Im Rhythmus des Todes

Greta Valentin

Impressum

Buchschmiede von Dataform Media GmbH
c/o Greta Valentin
Kolingasse 11/4, 1090 Wien
www.gretavalentin.at
info@gretavalentin.at

1. Auflage 2024
Autorin: Greta Valentin
Umschlaggestaltung: 100covers4you
Lektorat / Korrektorat: Lektorat Fidelitas

Druck und Vertrieb im Auftrag der Autorin
Greta Valentin: Buchschmiede von Dataform Media GmbH, Wien
www.buchschmiede.at – Folge deinem Buchgefühl!

ISBN: 978-3-99165-607-4

PRINTED IN AUSTRIA

Inhaltsverzeichnis

Prolog

Der Geruch von Blut und Angst lag in der Luft. Eine leblose Gestalt kauerte zusammengesunken in der Ecke des Krankenhauses, umgeben von einem Schleier aus Stille und Verderben. Der scharfe Geruch von Desinfektionsmittel mischte sich mit dem Gestank von altem Zigarettenrauch.

Das Flackern des Lichtes verstärkte die trostlose Atmosphäre.

Die Haut fühlte sich kühl und feucht an und war bläulich verfärbt.

Der Atem war anfänglich noch kurz und flach, die Halsvenen waren angeschwollen. Der Puls raste, bis die Ohnmacht über die Person hereinbrach.

Ein blutverschmiertes Skalpell ragte aus der Brust.

Die Klinge war zwischen zwei Rippen eingedrungen und hatte den Herzbeutel verletzt, was eine Herzbeuteltamponade zur Folge hatte. Blut tropfte unaufhörlich auf den Boden und bildete einen tiefroten See.

Keine vertraute Stimme, keine haltende Hand. Die Einsamkeit des Sterbens erfüllte den Raum.

Kurze Zeit später trat der Tod ein. Das Echo der letzten Atemzüge durchdrang die Stille, wie ein leiser Ruf der Vergänglichkeit.

Das Gesicht war blass. Die Augen hinterließen einen glasigen, leeren Blick und warfen dunkle Schatten.

Das verlassene Stiegenhaus des Krankenhauses diente als Fluchtweg und lag abseits des zentralen Treibens. Es würde eine Zeit brauchen, bis die Leiche Aufmerksamkeit erregen würde.

Kapitel 1

Wie alles begann

„Allgemeines Krankenhaus", dröhnte es aus den Lautsprechern der Bahn. Die Türen öffneten sich und Rosalie stieg aus.

Die U-Bahn in der Stadt pulsierte mit Menschenmassen, die eilig durch die belebte Bahnsteige strömten. Das gedämpfte Rauschen der vorbeifahrenden Züge wurde von geschäftigen Gesprächen, Handytelefonaten und dem Klappern von Schritten begleitet. All das spiegelte das urbane Leben in all seiner Vielfalt wider.

Es war ein angenehm warmer Herbsttag, der Rosalie mit einer erfrischende Brise begrüßte, als sie die U-Bahn verließ. Ihre blonden Haare waren zu einem Pferdeschwanz gebunden und schwangen im Takt mit jedem Schritt verspielt mit.

Rosalie bevorzugte einen unkomplizierten Kleidungsstil, bestehend aus einer Jeans, einem schlichten Shirt und Turnschuhen. Ihre zarte Figur wirkte auf den ersten Blick ein wenig fragil. Aber ihre kraftvollen blauen Augen und ihr Kampfgeist verrieten anderes, was nur ihre Familie und Freunde wussten. Hinter ihrer zierlichen Fassade verbarg sich eine Kämpferin, deren Stärke aus zahlreichen Herausforderungen bereits in jungen Jahren erwachsen war. Sie hatte viel erlebt in der Vergangenheit. Schwierige Situationen, Verluste, die es zu bewältigen gab. Sie waren tief versteckt in einem imaginären Buch, das sie nie wieder öffnen wollte. Das hatte sie sich zumindest fest vorgenommen. Sie wollte nicht mehr zurückblicken, nur mehr nach vorne.

Über die Jahre hatte sich ziemlich viel Staub angesammelt und es würde nicht mehr lange dauern, bis die Vergangenheit sich vom Schmutz befreien musste.

Davon wusste Rosalie in diesem Moment noch nichts. Alles hatte seine Zeit. Heute war ein neuer Tag und sie voller Tatendrang. Sie war bereit, ein neues Kapitel zu schreiben. Der Abschluss ihrer Ausbildung zum Facharzt war greifbar nahe und sie war optimistisch, dass das Leben positive Überraschungen für sie bereithielt.

Der Menschenstrom trug sie in Richtung Haupteingang des Allgemeinen Krankenhauses und weiter zu den roten Aufzügen.

Im 13. Stock angekommen, dröhnte eine Stimme: „13. Stock – Intensivstation."

Schmunzelnd stieg sie aus. Ab hier war sie nicht nur Rosalie, sondern auch Ärztin mit der Verantwortung, Leben zu retten.

Rosalie betrat den Umkleideraum und machte sich anschließend mit eiligen Schritten auf zur Station. Sie schlüpfte in ihre Arbeitskleidung, eine blaue Hose und ein Krankenhausshirt. Zuletzt streifte sie ihre Arbeitsturnschuhe über. Sie war startklar. Eine Tasse Kaffee war genau das, was sie jetzt noch brauchte. Der dampfende Inhalt versprach einen kleinen Moment der Entspannung. Rosalie schloss kurz die Augen und schnupperte das herrliche Aroma. Sie inhalierte diesen einen Augenblick. Jetzt konnte der Tag beginnen.

Die Dienste im Krankenhaus waren fordernd, aber sie erfüllten sie. Ihre Arbeit gab ihr Sinn, an den sie sich klammerte, wie ein Kind an seine Mutter. Sie brauchte eine Aufgabe, die sie über Wasser hielt, die all die dunklen Wolken der Vergangenheit zur Seite schob. Sie wollte nicht zu viel Zeit mit ihren Gedanken verbringen. Die Angst, darin zu versinken, war zu groß.

Rosalie begrüßte jeden ihrer Kollegen mit einem „Guten Morgen“, während ein warmes Lächeln über ihre Lippen huschte. Ihre stille, angenehme Art kam gut an. Der eine winkte, klopfte ihr schmunzelnd auf die Schulter oder nickte anerkennend. Mit manchen Ärzten bestand eine kollegiale, beinahe freundschaftliche Beziehung, während sie mit anderen Kollegen eine distanzierte, aber dennoch respektvolle Interaktion aufrechterhielt. Sie musste sich nicht inszenieren. Entertainer gab es genug.

„Guten Morgen, Frau Doktor!“, rief ihr Leon von der Pflege schmunzelnd zu. Rosalie lächelte wiederholt, während sich Tom leicht nach vorn beugte und provokant ein „Na, heute wieder mal ganz allein unter all den Männern? Geben sie Bescheid, wenn sie Unterstützung brauchen!“, in die Runde warf.

Jetzt lachte Rosalie und das tat sie eher selten. Sie hob den Daumen hoch, während ihre Mundwinkel zuckten. Sie kam gut mit dem Pflegepersonal aus. Sie waren durchgehend motiviert und lustig und selten um einem Scherz verlegen.

Ohne sie wäre eine professionelle Betreuung nicht möglich. Sie waren es, die den Patienten am besten kannten, die viele Situationen im Voraus ahnend, die eine oder andere Krise abfingen. Sie waren ein willkommener Rettungsschirm in all dem Trubel.

Dort wo Menschen waren, trafen unterschiedliche Charaktere aufeinander, diverse Arbeitsstile und Prioritäten. Das konnte hin und wieder so manche Herausforderungen mit sich bringen. Die Akutsituationen und Belastungen rissen natürlich manchmal an den Nerven der Mitarbeiter. Da konnte sich schon eine gewisse Rauheit demaskieren, die lediglich situationsbedingt durch den Stress ausgelöst und nicht persönlich genommen werden durfte.

Inmitten der Dringlichkeit und des Chaos brachen auch immer wieder Emotionen hervor. Wut, Frustration, aber auch die stille Verzweiflung angesichts der unerbittlichen Realität medizinischer Notfälle machten sich manchmal breit. Dennoch siegte die Professionalität, die die nötige Distanz brachte. Es war ein Teil des Lebens. Die rauen Worte, die manchmal von der Zunge sprangen, spiegelten lediglich die Spannung wider, die in vielen Momenten und über Stunden die Grenze der Belastbarkeit herausforderten.

Rosalie kannte Situationen wie diese aus ihrer Kindheit. In den stillen Momenten während der Schicht drängten sich Erinnerungen an die Belastungen der Familie damals auf.

Rosalie enthüllte nur wenig von sich selbst. Der Einzige, der fast alles über sie wusste, war Karim. Karim war ihr Lebensmensch, den sie seit Kindheit kannte. Obwohl sie sich für kurze Zeit aus den Augen verloren hatten, fanden sie wieder zusammen.

Ihre Adoptivfamilie hatte sie nie bedrängt, Details aus vergangenen Zeiten preiszugeben. Sie standen ihr zur Seite, wenn sie es am meisten brauchte, um sich den Schatten der Vergangenheit zu stellen und mit Zuversicht in die Zukunft zu blicken.

Eine Erinnerung schoss Rosalie durch den Kopf. Sie saß mit ihren Adoptiveltern in der Küche. Der beste Ort, Gespräche auszutragen. Ihre Adoptivmutter Renate schenkte ihnen Tee ein und legte ihr liebevoll ein Stück Kuchen auf den Teller. Ihre Art, ihren Mitmenschen zu zeigen, wie sehr sie diese liebte.

„Ist alles in Ordnung, Liebes?", fragte ihr Adoptivvater, während er bedächtig über seine Lesebrille blickte. „Du siehst heute etwas nachdenklich aus."

Rosalie seufzte, zögerte einen Moment, bevor sie antwortete.

„Kannst du in mir lesen, Stefan?" Rosalie musste schmunzeln. „Ich habe über meine Zukunft nachgedacht. Ich weiß einfach nicht, ob ich es schaffe, meine Träume zu verwirklichen."

Stefan Hartmann legte sanft seine Hand auf ihre und lächelte beruhigend.

„Schatz, du hast bereits so viel Mut bewiesen. Mehr, als du denkst. Du hast viel Trauriges erlebt und dennoch hast du nicht aufgegeben.

Du hast mehr Stärke und Durchhaltevermögen, als du denkst. Natürlich schaffst du alles, was du willst.

Du musst es nur versuchen, sonst wirst du es nicht wissen."

„Was, wenn ich scheitere, Stefan?"

Ihr Adoptivvater gab ihr einen aufmunternden Klaps auf die Schulter. „Du hast eine Familie, die immer hinter dir steht, egal was passiert. Also geh los und lebe deine Träume, Schatz."

Tränen liefen über Rosalies Wangen. „Danke Stefan, das bedeutet mir so viel."

Wenn diese Erinnerung hochkam, füllten sich heute noch ihre Augen mit Tränen und ein Gefühl von Zuhause breitete sich aus. Ein Tippen auf den Rücken holte Rosalie in die Realität zurück. Es war Tom von der Pflege, der gerade augenzwinkernd vorbeiging.

Es war ein typischer Montag, der anbrach, begleitet von einem hektischen Puls aus Alarmen und eiligen Schritten. Die Station wurde zum Schauplatz emsiger Aktivitäten, Pflegekräften, die zwischen den Zimmern hin- und hereilten und konzentrierter Mienen, die sich in den Gesichtern abzeichneten. Es wurden freie Betten für akute Neuaufnahmen oder Übernahmen nach Operationen freigemacht. Das hieß, pflegerisch und administrativ schnell zu jonglieren. Das Surren von medizinischen Geräten, Alarmen und die Patienten, die ihre Aufmerksamkeit brauchten. Ein Lärmpegel, der die Herausforderungen und die Verantwortungen des kommenden Tages ankündigten.

Kein Tag auf der Station glich dem anderen. Der Moment war ein ständiger Tanz zwischen Unvorhersehbarkeit und Veränderung. Herzen veränderten ihre Rhythmen oder versagten. Lungenflügel stellten ihre Funktion ein und benötigten Unterstützung. Die Psyche veränderte sich plötzlich, meist durch das Fehlen der Medikamente, die Patienten zuhause nahmen bzw. derer, die Patienten nun einnehmen mussten. Sie schlich sich ganz besonders mit Einbruch der Dunkelheit an. Als Ursache enttarnten sich aber auch bereits bestehende psychiatrische Hintergründe, die in Selbst-, Fremdaggressionen oder Bettflucht entarteten und behoben werden mussten. Manchmal war es auch eine Nebenwirkung einer Narkose oder diverser Medikamente.

Rosalie war gewohnt, dass sich innerhalb eines Wimpernschlages alles komplett verändern konnte.

Da zogen laute Stimmen ihre Aufmerksamkeit auf sich. Es rief jemand: „Ich brauche einen Arzt, Kammerflimmern!“ Als Rosalie ins Zimmer kam, hatte ein Pfleger bereits mit der

Herzdruckmassage begonnen und im nächsten Moment floss Strom über die Paddles, die am Oberkörper des Patienten befestigt waren.

Rosalie übernahm den Ambubeutel, über den der Patient mit Sauerstoff versorgt wurde. Rosalie war immer noch gestresst in solchen Situationen, auch wenn man es ihr äußerlich nicht anmerkte. Es war eine innerliche Anspannung, die sich wie ein Druck anfühlte. Es waren Ausnahmesituationen, die ihr Herz schneller schlagen ließen. Rosalie spürte das Pochen bis in die Ohren, begleitet von einem dumpfen Druck, der sich wie ein Kloß in ihrem Hals anfühlte. Sie versuchte, ruhig zu atmen. Ihre leicht zitternden Hände hielten den Ambubeutel krampfhaft fest.

„Achtung, Schock! Alle weg!“, rief der Oberarzt. Die Anwesenden sprangen zurück und ein Stromschlag wurde ausgelöst. Rosalie bediente den Ambubeutel, durch den der Patient, während der Reanimation beatmet werden musste. Kurz ließ sie los, um sofort mit der Beatmung fortzufahren. Der Sauerstoff strömte mit hoher Geschwindigkeit in den Patienten und Rosalie drückte den Beatmungsbeutel mit einer Hand zusammen, während sie mit der anderen die Maske, auf der der Beutel befestigt war, fest auf das Gesicht drückte. Sie ließ ihn abwechselnd wieder entspannen. In dieser Zeit füllte sich der

Beutel mit Sauerstoff, während sich seine elastischen Wände dehnten.

Das Zischen des Sauerstoffs war ziemlich laut und der Lärmpegel intensivierte sich. Es lagen noch zwei weitere Patienten im Zimmer, von denen einer mit laufenden Medikamenten schlief und beatmet wurde. Er bekam nichts mit. Für Patienten, die wach waren, war dies keine angenehme Situation. Die Nerven waren zum Zerreißen angespannt. Die Ausatmungsluft des Patienten entwich über das Einlassventil. Die Zeituhr wurde mit Beginn des Notfalls auf zwei Minuten geschaltet, um die nächste Rhythmuskontrolle einzuleiten. Leon, ein Pfleger, kniete im eingesunkenen Bett, das durch den Notfallhebel ausgelöst wurde und die Luft entweichen ließ. So erzeugte man einen harten Untergrund, der eine Wiederbelebung erleichterte und effizienter gestaltete und massierte den Brustkorb des Patienten.

„Tom, kannst du mich bei der nächsten Kontrolle ablösen?“ Mit Beginn des Notfalls hatte noch ein weiterer Pfleger das Zimmer betreten, der sich mit Leon bei der Herzdruckmassage abwechselte.

Währenddessen schob Rosalie schnell einen Larynxtubus als Notfallbeatmung ein, der den Rachenraum abdichtete und gleichzeitig mit einem zweiten Ballon davor schützte, Magensaft in die Lunge zu aspirieren. Ihre Hände zitterten. Das Adrenalin raste durch ihre Adern. Notfallsituationen waren noch immer wieder eine Herausforderung für Rosalie. Es galt, konzentriert und effizient zu arbeiten und den Überblick zu behalten. Eine große Verantwortung, die sie zu bewältigen hatte. Dennoch liebte sie diesen Adrenalinkick.

Der Patient wechselte wieder in einen normalen Rhythmus.

So eskalierten Rhythmusstörungen, Unregelmäßigkeiten im Herzschlag, die therapiert werden mussten, mit Medikamenten oder Elektroschocks. Herzen wurden wiederbelebt, Herzschrittmacher angelegt, akute Atemnot stabilisiert.

Eine stetige Wachsamkeit war von allen Seiten gefordert. Die Patienten waren schwer krank, nach großen Herzoperationen, Infarkten, Atemwegserkrankungen durch Infektionen, Suizidversuchen und chronischen Erkrankungen. Jung und Alt. Das Schicksal machte keinen Unterschied.

In einem Job, in dem der Tod allgegenwärtig war, begann man, ihn als Teil einer gewissen Normalität zu akzeptieren.

Dennoch blieb er ein Mysterium.

Nach der morgendlichen Visite, bei der alle Patienten vom ärztlichen Nachtdienst an den Tagdienst übergeben wurden, teilte sich die Tagdienstmannschaft auf und Rosalie verschaffte sich einen Überblick.

Die erste Aufnahme übernahm Rosalie. Während sie durch die Krankenakte blätterte, spürte sie eine Müdigkeit in ihren Gliedern. Gähnend öffnete sie die Akte und las aufmerksam. Ihre Augenlider fühlen sich heute irgendwie schwer an und sie kämpfte gegen die Versuchung an, sie zu schließen. Die Nacht war kurz gewesen. Sie hatte schlecht geträumt und konnte danach nicht mehr einschlafen. Es fehlten ihr wertvolle Stunden Schlaf. Dennoch versuchte sie, fokussiert zu bleiben. Ihr Verstand wehrte sich gegen den Schlafmangel. Trotzdem hatte sie Mühe, sich zu konzentrieren.

Die Normalstation konnte den Patienten nicht mehr stabilisieren. Sie hatten nicht die Ressourcen.

Diagnose: Lungenödem. Eine Ansammlung von Flüssigkeit im Lungengewebe.

Der Blutdruck war 210/90 und der Patient klagte über Atemnot.

Ursache war seine Herzschwäche, die ihn schon länger begleitete. Über Jahre war er bereits unter medikamentöser Behandlung.

Lange Zeit hatte er so stabilisiert werden können, aber nun war die Therapie ausgeschöpft.

Sein Name war Theodor Becker, 40 Jahre alt, Kardiomyopathie. Bei dieser Herzschwäche handelte es sich um eine chronische, stetig fortschreitende Erkrankung. Die Struktur und Funktionalität des Herzmuskels veränderten sich, während die Leistungsfähigkeit allmählich abnahm.

Ein vorausgehender Herzinfarkt hatte sein Herz bereits in jungen Jahren ziemlich angegriffen. Herr Becker war damals gerade mal 32 Jahre jung gewesen.

Eine daraus resultierende verringerte Auswurfleistung des Herzens, die über eine Ultraschalluntersuchung eingeschätzt werden konnte. Dazu kamen geschwollenen Beine, hoher Blutdruck und Atemnot. Diese wurde mit einem Atemgasbefeuchter versorgt. Damit konnte eine hohe Flussgeschwindigkeit erreicht werden, was eine Atemanstrengung gut unterstützte.

Die medikamentöse Therapie war ausgeschöpft und eine Herztransplantation stand im Raum. Die Verpflanzung eines Herzens von einem Organspender zu einem Empfänger.

Rosalie leitete einige Untersuchungen ein, um genaue Erkenntnisse über den Zustand seiner Erkrankung zu bekommen.

Herr Becker war nicht unbedingt groß gewachsen für einen Mann. Er war 1,75 cm groß, seine Statur war eher zierlich. Es war also möglich, auch das Spenderherz einer Frau zu erhalten. Übereinstimmung von Größe und Gewicht von Spender und Empfänger waren Kriterien. Die Wartezeit zur Herztransplantation konnte bis zu mehreren Monaten dauern. Bis dahin erfolgte eine stationäre Aufnahme. Da sich Herrn Beckers Zustand weiter verschlechtert hatte, benötigte er die Intensivstation. Je nach Dringlichkeit würde man ihn gegebenenfalls HU(=High-urgent) listen.

Auf einer Intensivstation blieb einem wachen Patienten das Nachthemd, das hinten offen sein musste, um ihn bei einem Notfall schnell entkleiden zu können. Oft musste rasch gehandelt werden.

Herr Becker wirkte sehr sicher, obwohl es ihm gerade nicht gut ging. Trotzdem war er im Moment sehr still und blass.

„Wie fühlen sie sich, Herr Becker?“

„Erschöpft“, gab er mit gepresster Stimme von sich.

„Sie werden sehen, die Medikamente werden ihnen bald helfen“, versuchte Rosalie, ihn zu beruhigen.

„Das hoffe ich doch. Deswegen bin ich ja auch hier“, konterte er etwas unfreundlich, während er sich weiter auf seine Atmung konzentrierte, die ihn anstrengte. Rosalie überging seine schlechte Laune. Sie ließ sie nicht an sich heran. Herr Becker war in einer Ausnahmesituation.

„Haben sie Angst?“ , versuchte Rosalie die Konversation voranzutreiben, um die Therapie auch gut anzupassen.

„Natürlich“, konterte Herr Becker, begleitet von einem Hauch von Ärger. Es ging eine seltsame Aura von ihm aus. Rosalie musste sich räuspern. Sie spürte plötzlich ein Engegefühl im Hals. Ein kurzer Hustenreiz nahm von ihr Besitz. Ein Gefühl, als hätte sie einen Fremdkörper im Hals.

Er belebte die vage Erinnerung an einen jungen Mann, aus Jugendtagen, die sie dennoch aufwühlte.

Er gab kurze, knappe Antworten auf ihre Fragen, mehr nicht. Er war etwas schweißig, was sich mit der Therapie bald verbessern würde. Die Schweißtropfen sammelten sich auf seiner Stirn, beiden Schläfen und weiter am Stamm und an den Extremitäten. Das war der Schock, den der Körper signalisierte. Zwischendurch musste er immer wieder husten.

„Wie lange besteht die Atemnot?“, fragte Rosalie.

„Seit zwei Tagen“, antwortete er kurz, während Sauerstoffzufuhr über seine Nasenlöcher seine Atmung erleichterte. Er gab kurze, knappe Antworten auf ihre Fragen, mehr nicht. Seine Schultern zog er beim Sprechen nach oben. Man merkte, dass er seine Atemhilfsmuskulatur betätigte, da die Atemanstrengung erhöht war. Sie befand sich vorwiegend an der Rückseite des Brustkorbes und unterstützte die Ein- und Ausatmung.

Er konzentrierte sich zwischen den Antworten auf das Atmen, was ihn merklich anstrengte. Dennoch war sein Blick starr nach vorne gerichtet. Zwischendurch stöhnte er. Es war bedrohlich. Als würde etwas in seinem Hals stecken.

Er wirkte sehr zentriert.

Rosalie kannte das. Sie wollte ihre Ängste, die sie seit Kindertagen begleiteten, auch kontrollieren, was ihr leider nicht immer gelang. Diese Ängste, die in der Vergangenheit gesät wurden. Seither haben sich deren Wurzeln tief im Boden verankert und hielten Rosalie gefangen. Es war, als würde der Patient etwas in ihrem Inneren aufwühlen. Er rüttelte an den tief vergrabenen Wurzeln. Es hatte den Anschein, als würde er das Verdrängte aus den Angeln heben wollen und an die Oberfläche zerren. Es entstand eine tiefe emotionale Resonanz mit vergangenen Erlebnissen.

Rosalie fühlte sich isoliert, als wären Herr Becker und sie alleine in diesem Raum, der plötzlich kalt und düster auf sie wirkte. Es war eine verborgene Einsamkeit, die sie umwob und sich bedrohlich auf ihre Brust drückte. Es war, als verschwamm die Umgebung zunehmend, während Rosalie in dem Meer aus Erinnerungen verschwand. Ihre Atemzüge wurden zu einer Schlacht aus Hoffnung und Verzweiflung.

Sie versuchte, sich aus dieser bedrohlichen Situation zu befreien, bevor diese Ängste ihren Verstand zerreißen würden.

Sie erinnerte sich an die Worte ihres Adoptivvaters, der sie immer wieder an ihre innere Stärke erinnerte, an ihren Mut. Die Wärme seiner Worte war wie ein Licht, das ihr den Weg zeigte. Beinahe taumelnd war sie wieder in der Realität angekommen. Was war hier nur passiert? Hatte sie geträumt? Ihr Blick wanderte zu Herrn Becker.

Seine Pupillen erweiterten sich immer wieder. Rosalie konnte sich das nicht erklären. Es ließ ihr einen Schauder über den Rücken laufen. Was passierte mit ihm? Sie konnte den Zusammenhang zwischen seiner Erkrankung und seinem Verhalten nicht erklären. Es war etwas Sonderbares, was von ihm ausging.

Er wirkte kühl und distanziert. Es war nicht nur die Tatsache, dass seine Situation lebensbedrohend war, es kam aus seinem Inneren. Seine Erschöpfung spiegelte sich in seinem müden Aussehen wider.

Trotzdem trug er eine seltsame Art zu Lächeln in seinem Gesicht. Es schien, als würde ein Hauch von Geheimnis in ihm schlummern und das verlieh ihm eine unheimliche Note. Irritiert schüttelte Rosalie den Kopf über sich selbst und war überrascht, welche Gedanken sich gerade eingeschlichen hatten.

„Was für ein Unsinn", sagte sie zu sich. Rosalie wollte diesen aufkeimenden Gedanken und der unkontrollierten Fantasie, die in ihr hochkam, keine weitere Aufmerksamkeit schenken. Menschen und ihre Eigenarten kannte sie nur zu gut. Eine chronische Erkrankung veränderte den Charakter, das beobachtete sie schon lange.

Der Patient saß fest mit einer niederschmetternden Diagnose. Die lebensbedrohende Situation hatte einen tiefgreifenden Einfluss auf seine Wahrnehmung. Inmitten dieser Krisen durchlebten Menschen Veränderungen, die ihr bisheriges Leben in einem neuen Licht erscheinen ließen. Die Bedrohung formte seine Sichtweise und prägte seine Emotionen in einer Weise, die kaum zuvor vorstellbar war.

„Haben sie im Moment Schmerzen, Herr Becker?“, fragte Rosalie.

„Nein“, antwortete er kühl.

Der zuständige Pfleger, Tom, nahm Blut ab und versuchte, im Moment keine Unterhaltung mit dem Patienten anzuregen, solange dieser mit der Atmung kämpfte. Tom agierte, indem er ihm seinen Ablauf erklärte und die Wirkung der Medikamente aufzeigte. Er verglich noch kurz alle Daten, um Angehörige und Telefonnummern zu eruieren, falls es welche gab. Er erledigte seinen Job. Die Distanziertheit von Herrn Becker schien ihn nicht zu tangieren. Es war die Luftnot, die gerade in den Vordergrund rückte und stabilisiert werden musste. Dann würde sich alles wieder beruhigen.

Herr Becker war Pastor. Er kam von einem Auslandsaufenthalt in Kanada. Er war dort über fünf Jahre stationiert und erst vor ein paar Wochen in seine Heimatstadt Wien zurückgekehrt. Seine andauernden und sich intensivierenden Symptome ließen ihn nach Wien zurückkehren.

Rosalie hatte bereits das Krankenzimmer verlassen und sich weiter auf die Krankengeschichte konzentriert, so dass sie das Gespräch nicht besonders aufmerksam verfolgte. Es entging ihr fürs Erste, dass Herr Becker ein Pastor war.

Eine halbe Stunde später sah sie kurz nach ihm und fand ihn mit geschlossenen Augen vor. Die Atemhilfsmuskulatur hatte ihre Aufgabe erfüllt und durfte sich entspannen. Ein Blick auf den Patienten zeigte eine deutliche Stabilisierung. Auch ein Blick auf den Monitor offenbarte eine Besserung, ebenso hatten sich die Laborwerte in eine positive Richtung entwickelt.

Die Stunden vergingen wie im Flug und der Dienst näherte sich dem Ende. Heute überschlugen sich die Ereignisse nicht. Schritt für Schritt konnte Rosalie heute ihre Aufgaben erledigen, zwischendurch lediglich einige ambulante Interventionen. Schrittmacher, Punktionen der Lunge, Behebung von Herzrhythmusstörungen von Patienten, die krank, aber nicht intensivpflichtig waren.

Es gab immer Arbeit. Tag und Nacht.

Erst einige Tage später sollte das Neue sein Erwachen feiern und seinen Anfang finden. Etwas war zu lange in den Hintergrund geschoben und wollte seine Aufmerksamkeit.

Es war 17:00 Uhr, als Rosalie endlich das Krankenhaus verließ.

Sie fuhr mit der U-Bahn bis Wien Mitte und schlenderte entspannt durch den Stadtpark. Die

Sonne neigte sich dem Horizont zu, und der Park, der tagsüber von fröhlichem Treiben erfüllt war, wurde langsam ruhiger. Die Bäume warfen lange Schatten auf den Weg, während die Blätter in den warmen Herbstfarben sanft im Wind raschelten. Der Geruch von feuchtem Laub und Erde lag in der Luft, und die frühherbstlichen Temperaturen ließen eine angenehme Kühle auf der Haut spüren.

Nach dem harten Tag entschied sich Rosalie, kurz im Park zu verweilen, um ihre Gedanken auszulüften. Die Bank mit direktem Blick auf den Teich zog sie magisch an. Hier fand sie Ruhe, um den Tag Revue passieren zu lassen. Kinder spielten in der Nähe, ihr fröhliches Lachen und aufgeregtes Rufen durchbrachen die Stille des Parks.

Während sie den spielenden Kindern zuschaute, kamen Erinnerungen aus früheren Zeiten hoch. Die Unbeschwertheit, die Freude am Spielen, die Neugierde auf die Welt – all das spiegelte sich in den kleinen Gesichtern wider, die sich um die Spielgeräte versammelt hatten. Ein Schauder der Nostalgie zog kurzfristig durch ihre Gedanken, der nicht nur Erfreuliches mit sich brachte. Wie sehr sie sich diese unbefangene Kindheit gewünscht hätte, ohne dauernde lauernde Wachsamkeit vor ihrem Vater. Ihre Gedanken drifteten in die Vergangenheit. Wie sie dieses Lächeln hasste. Es war eine Aufforderung zum Gehorsam. Diese Erinnerung hinterließ einen Kloß in ihrem Hals. Es war, als drangen die Worte der Vergangenheit in ihre Gehörgänge. Es bereitete ihr Beschwerden beim Schlucken. Ihr Herz pochte kräftig. Nicht aus Freude. Es war pure Angst.

„Wo bleibt denn mein kleines Mädchen? Papa wartet hier schon so lange und du hast dich noch gar nicht auf seinen Schoß gesetzt."

Ihr Kopf senkte sich. Sie wusste, Widerstand würde alles noch schlimmer machen. Sie machte einen Schritt nach dem anderen, während sie ein antrainiertes Lächeln auf ihre Lippen zauberte. Rosalie lief ein Schauder über den Körper, während sie gehorchte und sich auf den Oberschenkeln des Vaters niederließ. Eine Situation, die sie verabscheute. Dieser ekelerregende Duft nach Alkohol stieg ihr in die Nase, als sie plötzlich aufschreckte.

Sie war kurz abgetaucht in eine Vergangenheit, die sie vergessen wollte, die nun wieder ihre Aufmerksamkeit suchte.

Die tiefstehende Sonne tauchte den Park in warmes, goldenes Licht. Die Blätter der Bäume glühten in verschiedenen Rottönen und verliehen der Szenerie eine melancholische, aber gleichzeitig wunderschöne Atmosphäre. Die einsame Brise, die durch ihr Haar tanzte, trug den Duft von Freiheit mit sich. Ein Schmetterling tanzte mühelos durch die Luft und ließ die Welt um sie herum wie einen traumhaften Ort erscheinen. Rosalie kam es vor, als wäre ihre leibliche Mutter zu Besuch.

Nach ihrem Tod hinterließ sie Rosalie einen Brief, in dem sie schrieb, dass sie immer bei ihr wäre. In den Büchern, die sie las, in der Blume, die sich ihr zeigte oder zwischen den Zeilen eines Buches oder in den Sonnenstrahlen, die sich sanft auf ihr Gesicht legten. Rosalies Gedanken schweiften ab und sie fand sich in einem Moment der Ruhe und Gelassenheit wieder.

Die Parkanlage leerte sich langsam, die Menschen machten sich auf den Heimweg und die Vögel sangen ihre Abendlieder. Die Erinnerungen an vergangene Tage begleiteten Rosalie, während sie gemächlich aufstand und ihren Weg nach Hause antrat. Der Park, still und friedlich im herbstlichen Abendlicht, blieb als Ort der Reflexion und inneren Ruhe zurück.

Die Temperaturen waren noch immer angenehm. Sie zog ihre Weste enger um ihre zierliche Taille. Ein wohliges Gefühl, dass Rosalie sehr genoss. Sie mochte den beginnenden Herbst.

Sie liebte aber auch die ausgedehnten Spaziergänge nach einem anstrengenden Dienst, um Sauerstoff zu tanken und ihren Tagträumen eine willkommene Auszeit zu gönnen.

Wenn die Blätter zu Boden fielen und ihre Schritte sich den Weg durch das Geraschel suchten, war sie irgendwo zwischen gestern und heute. Der Aufprall der Kastanien holte sie immer wieder in die Realität zurück. Diese friedliche Stimmung, die sie gierig inhalierte und beim Ausatmen Altes loszulassen versuchte. Diese verstörenden Erinnerungen an vergangene Zeiten, die sich immer wieder belastend in ihre Gedanken und Träume drängten.

Eine immerwährende Suche nach Balance im Trubel des Alltags.

Wie sehr sie diese Kinder beneidete, die mit ihren Eltern spielten.

Wenn ihre biologische Mutter sie sehen könnte, sie wäre so stolz. Was gäbe sie für ein kurzes Treffen, ein Gespräch. Alles, was ihr blieb, war ein Foto von ihrer Mutter und ein paar Erinnerungskugeln, die sich in ihrem Kopf und ihrem Herzen verankert hatten. Es war mit viel Traurigkeit getränkt, an die Mutter zu denken, und wühlte etwas ganz tief in ihr auf.

Rosalie schreckte aus ihren Gedanken. Eine dezente Enge in ihrem Hals ließ sie räuspern und in die Realität zurückkehren.

Ihr Herz klopfte aufgeregt. Ein Ball hatte ihre Beine berührt. Anfänglich ziemlich verwirrt, warf sie den Ball zu den Kindern zurück. Sie war froh darüber, dass sie aus dem Traumzustand herausgekickt wurde. Diese Flashbacks gaben ihr ein Gefühl von Machtlosigkeit und Unsicherheit. Es war der Verlust der Orientierung in einer düsteren Vergangenheit, der an ihr nagte und sie wie in einem Sturm gefangen hielt. In den Momenten des Rückblickes überfiel sie eine erdrückende Leere. Die sich in ihrem Inneren ausbreitete. Lange waren die plötzlich aufkommenden Rückblenden verschwunden. Sie nahmen erneut ihren Anfang. Diese Lieblosigkeit, die sie erfahren musste, schmerzte noch immer. Eine zarte Melancholie, die sich wie ein Mantel um sie legte. Zurück in der Realität verblassten die vergangenen Ereignisse. Rosalie fand Trost im Sonnenlicht der Gegenwart und den Menschen, die für sie da waren.

Etwas aufgewühlt machte sie sich auf den Weg in ihre Wohnung.

Ihre Erinnerungen ließ sie auf der Parkbank zurück. Sie war so in ihre Gedanken versunken, dass sie beinahe die Zeit übersah.

Langsam bekam sie Hunger. Karim wartete sicher schon mit dem Essen auf sie.

Es waren nur ein paar Schritte nach Hause. Ihre Adoptiveltern hatten sie unterstützt, eine Dachgeschosswohnung zu finanzieren, ausgestattet mit einem atemberaubenden Blick über Wien. Sie förderten sie all die Jahre über so bedingungslos, als wäre sie ihr leibliches Kind. Rosalie erhielt die beste Ausbildung und großzügige finanzielle Mittel und Anerkennung für ihre Leistungen. Sie war clever und es schien, als würde sie alle Ausbildungen samt Studium mit Leichtigkeit absolvieren. Sie war ein Aushängeschild und stand ihrer Adoptivschwester Sophia, die im selben Alter war, um nichts nach.

Natürlich bekam sie auch Therapie, die sie über die Jahre wieder in Balance brachte. Zu sehr hatte sie der Tod ihrer leiblichen Mutter und die damit verbundenen Umstände aufgerüttelt. Sie hatte viel Unterstützung bekommen und trotzdem konnte all das Glück die Vergangenheit nicht verändern, deren Schatten sie weiterhin begleitete und ihre Leichtigkeit fesselte.

Zu Hause angekommen strömte ihr bereits ein wunderbarer Geruch entgegen, als sie die Tür aufschloss. Die dunklen Wolken blieben draußen. Der Gedanke, mit Karim Zeit zu verbringen, ließ die Vergangenheit ruhen.

Ihr Magen reagierte mit einem hungrigen Grollen.

„Hallo Süße!“, rief Karim überschwänglich.

Du bist spät, raunte er.

„Tut mir leid, ich war im Stadtpark und hab die Zeit vergessen.“

„Ich hoffe, du hast Hunger mitgebracht“, konterte Karim und drückte Rosalie einen Kuss auf die Lippen.

„Und wie“, flötete Rosalie und setzte ein strahlendes Lächeln auf.

Sie ging ins Bad, um sich kurz frisch zu machen und als sie zurückkam, nahm sie am bereits gedeckten Tisch Platz. Rosalie empfand tiefes Glück, als sie nach so vielen Jahren Karim wiederbegegnete. In Karims Armen fiel die Last des Tages so viel leichter ab. Er wusste von ihren Dämonen aus der Vergangenheit. Karim hatte seine eigene Art, damit umzugehen. Sein Humor war Balsam auf ihrer Seele.

„Hast du dir schon einmal überlegt, ob du deinen Ängsten nicht einen Namen geben solltest?“, stellte Karim schmunzelnd in den Raum.

„Einen Namen?“ Rosalie schaute Karim fragend an.

„Ja, damit kannst du vielleicht leichter damit umgehen.“

„Eine Angst, die einen Namen bekommt, klingt schon schräg, Schatz“, erwiderte Rosalie. „Das kann nur dir einfallen.“

„Mir hat ein Kollege erzählt, dass einer seiner Patienten seiner Depression einen Namen gab. Die Erkrankung bekam dadurch eine neue Stellung in seinem Leben. Sie wurde zu einer Art Gegenüber oder sogar Kumpel, dem man die Meinung sagen konnte.“

Rosalie dachte nach, während sie ihre Stirn runzelte. „Interessante Überlegung“, sprang Rosalie von den Lippen. „Ich werde darüber nachdenken.“

Dieser kluge, empathische, heitere Karim. Er suchte förmlich nach Lösungen. Er war imstande, humorvoll Spannungen zu lockern und Ängste zu vertreiben. Rosalie fühlte sich wie bei einem Flohmarkt der positiven Gefühle. In Karims Gegenwart waren Traurigkeit und Zweifel ausverkauft. Die Stimme der Vergangenheit war verstummt. Rosalie legte ihren Kopf auf Karims Schulter. Liebevoll drückte er ihr einen Kuss auf die Stirn.

„Ja, ich überlege mir das mit dem Namen“, entgegnete sie.

„Das wollte ich hören“, bemerkte Karim lächelnd.

Er war ein großgewachsener, sportlicher Mann mit einem unwiderstehlichen Lächeln.

Sein braunes Haar war immer perfekt frisiert, das sich bei einer bestimmten Witterung oder nach dem Sport in ein Lockenmeer verwandelte. Die Locken wirkten wie sanfte Vibrationen des Ozeans, die seinem Gesicht schmeichelten und seine Leichtigkeit widerspiegelten. Seine moderne Brille passte sich an seine markanten Gesichtszüge an, während sein Lächeln seinem Gesicht eine sanfte Ausstrahlung verlieh.

Seine Anwesenheit schenkte ihr ein Gefühl der Sicherheit, das sie lange Zeit vermisst hatte. In seinen Augen fand sie Trost und Vertrautheit, und seine Gegenwart wirkte wie ein Anker in ihrem Leben. Die Begegnung mit Karim ließ eine Wärme in ihrem Herzen aufleben, die lange Zeit verschüttet schien. Sie genoss diese Verbundenheit.

Sie liebte es, wenn sie gemeinsam aßen und Zeit hatten, wieder einmal angeregt zu plaudern. Er war ein guter Zuhörer. Darum war er wahrscheinlich auch so bei seinen kleinen Patienten beliebt. Karim war Psychiater. Er arbeitete mit Kindern.

Karim kochte gerne und gut. Es entspannte ihn. Rosalies Kochkünste beschränkten sich lediglich auf Salate und ein Butterbrot. Zu ihrer Freude hatte sie ja einen Freund, der herrlich kochte, wenn es die Zeit erlaubte. Jeden zweiten

Sonntag gab es ausreichend Brunch bei ihrer Adoptivfamilie, der alles bot, was das Herz begehrte und ein Gefühl der Geborgenheit und Sättigung schenkte. Ein Lunchpaket zum Mitnehmen war eine Selbstverständlichkeit.

Karim schenkte zwei Gläser Cabernet Sauvignon ein und setzte die Unterhaltung fort, während Rosalie noch kurz innehielt, die tiefrote Farbe des Weins bewunderte und daran nippte, während sie die Augen schloss.

„Hast du dir schon einen Namen überlegt?“ Karim lächelt Rosalie an. Es war dieses freche Grinsen, dass er schon als Junge hatte.

„Ich muss mich erst mit der Idee anfreunden. Gib mir Zeit“, gab sie augenverdrehend zurück. Diesem schelmischen Lächeln konnte sie nicht böse sein. Rosalie nippte nervös am Glas. Sie trank selten Alkohol. Aber einem Glas erlesenen Rotweins konnte sie nicht widerstehen.

Es gab ein saftiges Steak mit cremigem Trüffelpüree und gedünstetem Gemüse.

Als Nachtisch folgte ein herrliches Himbeer-Tiramisu, das auf der Zunge zerging und einen fruchtig-leichten Geschmack hinterließ. Rosalie genoss diese Momente, die ihr Herz umschmeichelten und ihrem Gaumen Freude bereiteten.

Karim wirkte so zufrieden. Es war erstaunlich, wie er sich dem Moment hingeben konnte.

Es war sein Anspruch, das Leben in all seiner Schönheit zu genießen.

Manchmal fragte sich Rosalie, ob sie ihm auf Dauer alles geben konnte, was er brauchte. Ja, er kannte sie schon ein Leben lang. Obwohl sie sich viele Jahre nicht gesehen hatten, lediglich ab und an geschrieben. Erst im Studium sind sie sich wieder begegnet und da hatte es gefunkt.

Er hatte eine glückliche, unbeschwerte Kindheit verbracht. Seine Familie war immer stolz auf ihn. Egal, ob er Fehler machte oder nicht.

War sie überhaupt gut genug für ihn, ging es Rosalie durch den Kopf. Ihre imaginären Fesseln, die sich rund um ihr Herz schlangen, hinderten sie immer wieder, auszusprechen, was sie fühlte. Ein paar Jahre war sie in Therapie, durch die ihre Albträume sich reduzierten und sich die Lebensqualität verbesserte. Würde die alten Zeiten sie dazu verdammen, ihre Leichtigkeit zu opfern? Diese schmerzhaften Erinnerungen, die sie abhielten, die Rosalie zu sein, die sie sein wollte. Zufrieden und frei.

„Na, wer grübelt da schon wieder zu viel?“, flüsterte ihr plötzlich Karim ins Ohr und nahm sie in die Arme.

„Lass nicht zu, dass die Vergangenheit etwas Geringeres aus dir macht, als du bist, mein Schatz.“ *Wenn das so einfach wäre*, dachte Rosalie.

„Deine PatientInnen können sich glücklich schätzen, dich als Arzt zu haben.“ *Die Kinder liebten ihn abgöttisch*, dachte Rosalie.

Er lächelte und ließen sich auf die Couch fallen und Rosalie kuschelte sich an Karim. Er war das Licht, das sie selbst in sich nicht fand. Sie konnte nicht ewig in einer Opferrolle dümpeln, das war klar. Es würde sich auf Dauer negativ auf ihre Beziehung auswirken.

Karim hatte recht, sie musste diese Schuldgefühle loslassen, die sie belasteten. Karim wusste Bescheid, aber er hatte nicht in alles den Einblick.

Veränderung beginnt immer bei einem selbst, hatte sie mal irgendwo gelesen.

Rosalie war klar, dass mit dem Schritt aus der Komfortzone vieles ans Tageslicht kommen würde. Es würde sich durch die Ritzen pressen und alles verändern.

„Weißt Du, vielleicht musste etwas Außergewöhnliches in mein Leben treten, um mir die nötige Motivation zu geben. Mich herausreißen aus der Behaglichkeit, damit sie ihre Grenzen sprengen konnte“, ging es ihr durch den Kopf. Sie hatte es laut ausgesprochen, als Karim sich zu ihr drehte.

„Ich verstehe nicht, warum du auf etwas wartest und nicht Losstartest“, meinte er etwas genervt. Sein Gesichtsausdruck war nachdenklich. Seine Augenbrauen zogen sich zusammen, was sie selten taten. Karim war deutlich aufgebracht. „Mach es doch für dich, Liebes. Manchmal verstehe ich dich nicht." Sein südländisches Temperament war spürbar. Diese Schranken, die sich immer wieder bemerkbar machten und ihren Alltag belasteten.

Die Angst, Karim zu verlieren, schlummerte in ihr und ploppte manchmal hoch wie eine Mail in ihrem Account. Völlig unerwartet. Aber heute wollte sie Karims Nähe genießen, diese Wärme, die er versprühte. Nun war er aufgeregt. Das war er immer, wenn sie über ihre Vergangenheit diskutierten. Dieser unerschöpfliche Optimismus, den er in sich trug und ansteckend auf Rosalie wirkte. Es waren auch seine Fürsorge und Liebe, die nicht verstanden, warum sie nicht daran arbeiten wollte.

Mit Karim dehnte sich ihr Horizont auf eine ganz besondere Art und Weise aus. Die Sorgen verschoben sich automatisch auf den nächsten Tag, wie so oft. „Wenn du das sagst, klingt es so leicht. Ich habe Angst."

„Da höre ich viel Angst, Rosalie. Du kannst nicht immer nur in den Widerstand gehen. Es braucht Mut, aber es wird sich lohnen. Wenn du dich nicht damit konfrontierst, wird es nicht besser werden.

„Manchmal habe ich das Gefühl, meine Worte gehen bei einem Ohr hinein und beim anderen wieder hinaus,“ erwiderte er gespielt aufgebracht.

Rosalie schaute ihn schweigend an. „Das stimmt nicht“, erwiderte sie.

„Lass uns schlafen gehen.“ Er lächelte liebevoll und klopfte ihr auf den Oberschenkel, bevor er aufstand. Sein Blick war traurig.

„Danke“, flüsterte Rosalie.

„Wofür?“

„Für deine Geduld, Karim.“

„Ich mache mir Sorgen um dich und möchte dich unterstützen, wo ich kann, das weißt du doch.“ Karim drückte ihr einen Kuss auf die Stirn.

In diesen Momenten mit Karim spürte sie den Mut. Am nächsten Tag war dieser dann allerdings verschwunden. Sie fühlte sich wie in einem Karussell und verfehlte immer wieder den Absprung.

Das imaginäre Buch, gefüllt mit den Ängsten der Vergangenheit stand noch immer ganz hinten im Regal und wartete darauf, geöffnet zu werden.

Der Abend verging wie im Flug und endete mit Schweigen. Die angenehmen Momente schienen viel zu schnell vorüberzugehen, aber

Rosalie war dankbar. Karim wollte nur das Beste für sie.

Gegen 22:00 Uhr fiel Rosalie erschöpft ins Bett. Da kam überraschend ein Gedanke zu Besuch. Er war wie ein Blatt, das plötzlich in das Wasser fiel und mit den Wellen davongetragen wurde.

Das seltsame Lächeln des Pastors erschien vor ihren Augen und erreichte kurz ihre Aufmerksamkeit. Es war ihr irgendwie vertraut, als würde sie es kennen. Aber Rosalie war zu müde, um sich noch weiter ihren Kopf zu zerbrechen, während der Gedanke in den Fluten unterging. Im nächsten Moment sank ihr Kopf ins Kissen und sie schlief ein.

05:50 Uhr. Der Wecker klingelte erbarmungslos. Rosalie streckte sich, um ihn auszuschalten und sich anschließend noch einmal umzudrehen.

Sie hatte wie immer einen zweiten Wecker gestellt.

Karim verstand das überhaupt nicht. Er sprang beim ersten Schellen aus dem Bett und hüpfte unter die Dusche, während Rosalie die verbleibenden zehn Minuten noch im Halbschlaf genießen konnte.

Mit dem zweiten Läuten warf sie die Decke zurück und trottete ins Bad, wo ihr bereits ein gutgelaunter Karim entgegenkam.

„Guten Morgen, Liebes, Espresso?“

Rosalie murrte etwas Unverständliches und nickte schlaftrunken, was Karim als „Ja“ deutete.

Die Dusche machte aus Rosalie einen neuen Menschen. Karim beschloss kurzerhand, sich mit dazuzugesellen. Damit löste sich die Spannung vom Vorabend wieder auf und der neue Tag begann mit einer gewissen Leichtigkeit.

Sie schlüpfte in eine weiche Leinenhose und ein Shirt, klemmte eine Weste unter den Arm und ging mit dem Espresso auf die Terrasse. Frühstücken würden beide später im Krankenhaus.

Karim fuhr wie immer mit dem Rad. Er hauchte Rosalie einen zarten Kuss auf die Wange und fuhr los.

„Hab einen guten Tag, Rosie.“

„Wünsch ich dir auch, mein Lieber“, erwiderte sie.

Kurz danach machte auch Rosalie sich auf den Weg zu ihrer Arbeitsstelle. Sie fuhr mit der U-Bahn. Eigentlich mochte sie keine Menschenmassen, was sie jedoch tagtäglich in Kauf nehmen musste, da sie kein Auto hatte und es auch nicht brauchte. Sie wollte sich nicht schon in der Früh auf den Verkehr konzentrieren. Sie war kein Morgenmensch. Sie schlief gerne länger und trödelte durch den Tag. Die Fahrt mit den öffentlichen Verkehrsmitteln ermöglichte ihr, den Arbeitstag entspannter zu beginnen. Manchmal saß sie einfach nur da, blickte aus dem Fenster oder las Kurzkrimis.

Mitten in der Stadt keine überfüllte U-Bahn zu dieser Zeit zu erwischen, war beinahe unmöglich.

„Akh-Allgemeines Krankenhaus", tönte es 20 Minuten später aus dem Lautsprecher.

Rosalie stieg aus und mit ihr eine Schar Menschen, die auch auf dem Weg zur Arbeit waren. Sie ging schnellen Schrittes ganz automatisch zu ihrer Station.

Wie immer stieg sie in den roten Aufzug, der die „Interne" Seite kennzeichnete. Sie senkte ihren Kopf, um sich vor unnötigen Gesprächen zu schützen. Am Morgen mochte sie es nicht, in belanglose Unterhaltungen verwickelt zu werden. Die Stille und die frühe Ruhe waren ihre bevorzugte Zeit, um in ihre eigene Welt einzutauchen.

Ein neuer Arbeitstag brach an, der neue Herausforderungen bereithielt. Beim Betreten der Station nahm sie eine angenehme Ruhe wahr, die nicht selbstverständlich galt. Manchmal war sie beim Hereinkommen schon mitten in einem hektischen und stressigen Treiben. Rosalie wusste, das könnte sich jederzeit ändern.

In ihrem Job war sie in ihrem Element. Da entbrannte etwas in ihr mit all dem Adrenalin. Es machte sie lebendig.

Zwischen all den Geschichten der kranken Menschen fühlte sie sich gebraucht und verstanden. Sie war mittendrin im Adrenalinfieber, was sie berauschte und auf eine seltsame Art und Weise belebte. Sie konnte sich auf andere Krankengeschichten konzentrieren und dabei ihre eigene in den Hintergrund drängen.

Rückblick 1

Eine Welt bricht zusammen

Als Linda, Rosalies Mutter, krank wurde, veränderte sich alles. Ein Zustand, der Rosalies Welt noch mehr in ein Chaos stürzte. Es kam plötzlich, ohne Vorwarnung. Rosalie war damals fünfzehn Jahre alt.

Eine scheinbar sichere Welt brach in sich zusammen. Langsam verschlang die Krankheit ihrer Mutter nicht nur deren Lebensgeister, es zerbrach auch etwas in Rosalie in winzig kleine Teile.

Es begann mit leichten Kopfschmerzen, die sich über Tage hinwegzogen. Wenn Rosalie aus der Schule heimkam, lag ihre Mutter auf dem Sofa. Die Jalousien waren verdunkelt. Sie war nicht imstande, aufzustehen. Rosalie kniete sich immer wieder zu ihr. Täglich fragte sie: „Mama, wie geht's dir heute?" Sie brachte der Mutter Wasser oder Tee, lehnte sich ans Sofa und las ein Buch, nur um in ihrer Nähe zu sein. Sie wich nicht von ihrer Seite. Es war eine Art Migräne, die anfangs wieder vorüberging. Zumindest dachten sie das. Aber sie begann, sich schleichend zu intensivieren.

Rosalies Mutter kochte an guten Tagen vor, sodass ihr Vater und sie etwas zu essen hatten. Vonseiten des Vaters gab es keine Unterstützung.

Er war etwas beleibter, was in den letzten Wochen zugenommen hatte, begleitet von einer sich einschleichenden Lethargie, die sich zeigte. Er war nie ein großer Redner, arbeitete den ganzen Tag in der Tischlerei. Abends aß er vor dem Fernseher, schaute anschließend fern, wobei er dann meistens einschlief. Er wurde immer schweigsamer. Sein Lebensraum begrenzte sich zunehmend auf ein Minimum. Eine Unterstützung war er definitiv nicht.

Im Gegenteil, er begann sich zu verändern und zog sich noch mehr in sich zurück. Wenn er etwas von sich gab, schien es, als sei seine Mitteilung von geringem Nutzen oder besser ausgedrückt, als trügen seine Worte wenig Substanz.

Anfänglich versuchte er, sich immer wieder Zeit zu nehmen, um mit Rosalie ein paar Bälle vor dem Haus zu werfen, wie sie es schon seit Kindheit taten. Er sprach nie viel, aber das gemeinsame Spiel verband sie auf eine spezielle Art und Weise. Früher hatten sie manchmal Spieleabende.

Mit der Erkrankung der Mutter veränderte sich alles. Je mehr die Mutter an Energie abbaute, desto mehr verlor auch ihr Vater an Substanz.

Es gab keine Mutter-Tochter-Gespräche mehr, nur ein seltenes und kurzes: „Wie war es in der Schule, Kleines?“ Rosalie antwortete stets monoton und traurig: „Alles bestens, Mama.“ Sie wollte sie nicht zu sehr anstrengen. Ihr Vater nahm keine Notiz mehr von seiner Umwelt. In seiner Welt war zunehmend kein Platz mehr für die Familie. Rosalie war nicht sicher, ob es den jemals gegeben hatte.

Es war schwer für sie, dass er sich so ganz zurückzog. Er bemerkte nicht, wie sehr ihn seine Familie brauchte. Das hatte er nie getan. Trotzdem war Rosalie in der Erwartung, dass sich etwas änderte. Dieses Warten auf Anerkennung hörte nicht auf. Diese heimliche Sehnsucht nach Aufmerksamkeit wurde ignoriert.

So kam es, dass Rosalie schneller erwachsen werden musste, als sie es eigentlich wollte.

Ihre Mutter war in der Gemeinde sehr beliebt und ging regelmäßig in die Kirche. Es war ihr Auffangort, der sie stärkte und wo sie die Chance hatte, mit Menschen in Kontakt zu treten. Die Gebete und der Austausch mit anderen Menschen waren wie eine willkommene Abwechslung und es gab ihr einen Sinn. Dort bekam sie die Wärme und Anerkennung, die sie scheinbar vermisste.

Ja, so war sie, ihre Mutter. Immer für andere da. Sie wirkte stark, obwohl sie auch so zierlich war wie Rosalie. Ihre Mutter versuchte immer, aufkeimende Emotionen zu besänftigen, um den Frieden zu bewahren, und kümmerte sich um die Familie und bedürftige Gemeindemitglieder. Rosalies Vater ging früher jeden Sonntag mit in die Kirche. Er konnte damit wenig anfangen, aber er hatte auch nichts dagegen, dass ihre Mutter sich so engagierte, solange sie ihre Aufgaben als Hausfrau erledigte. Der Vater war traditionell eingestellt; in seinen Ansichten wirkte er altmodisch. Er erwartete von seiner Frau, dass sie sich um den Haushalt kümmerte und sich um das Kind sorgte, entsprechend den klassischen Geschlechterrollen, die er als selbstverständlich ansah. Da erhob er schon mal seine Stimme, nicht aggressiv, aber bestimmt. Rosalie verstand seine Ansichten mit zunehmendem Alter immer weniger, aber sie fügte sich.

Innerlich rebellierte sie. Je älter und klüger sie wurde, hinterfragte sie vieles und lehnte sich gegen die Unterdrückung auf.

„Du weißt schon Papa, dass diese typische Frau – Mann – Geschichte mittlerweile altmodisch ist?“, warf Rosalie ihrem Vater provokant vor die Füße. Sie hatte keine Angst mehr vor ihm. Sein Gebrülle nervte sie nur.

„Was weißt du schon. Spiel dich hier nicht als Expertin auf."

„Du lebst unter meinem Dach, also bist du still und machst das, was ich sage."

„Nein, mach ich nicht", konterte sie, während sie ihm in die Augen sah.

Der Vater hob energisch die rechte Hand. Rosalie wurde wütend und schrie ihn an: „Ist das alles, was du kannst?"

Die Mutter ging dazwischen: „Bitte, hört auf damit."

Ihr Vater senkte die Hand, drehte sich um und verließ grummelnd das Wohnzimmer.

„Warum musst du ihn auch provozieren, Rosalie."

„Wieso bin ich schon wieder schuld? Ich lass mir nichts mehr gefallen!", konterte Rosalie und ging in ihr Zimmer.

Der Vater lebte für seine Arbeit. Er war Tischler und zauberte viele wunderbare Dinge für seine Kunden. Von Montag bis Freitag war er in seiner Werkstatt und kam erst spät nach Hause. Rosalie sah ihn kurz zum Frühstück und am Wochenende. Aber auch da verschwand er die meiste Zeit in seiner Werkstatt, was Rosalie nicht störte. Sie krachten immer mehr aneinander. Ihr Vater sagte immer, das wäre die Pubertät, die sie so rotzfrech machte. Rosalie hatte eine andere These. Er trank wieder.

So verschwand der Vater auch an Samstagen und Sonntagen, um ein paar Möbel fertigzustellen. Die Bierflaschen versuchte ihre Mutter heimlich zu entsorgen. Rosalie war kein Kind mehr und begann immer mehr zu durchschauen.

Sie liebte es, wenn sie und ihre Mutter Zeit hatten, alleine miteinander zu plaudern. Diese besondere Mutter-Tochter-Zeit wurde zur Tradition.

„Karim war schon länger nicht mehr zum Essen, Liebes“, meinte ihre Mutter.

Wie sollte sie ihrer Mutter beibringen, dass sie sich für ihren Vater schämte und Karim das nicht mehr zumuten konnte.

„Ach, der muss viel im Restaurant helfen“, entgegnete Rosalie.

„Warum hast du keine anderen Freunde in der Klasse, eine richtige Freundin?“, versuchte die Mutter, weiter auszukundschaften, während sie eine Kuchenform aus dem Regal holte.

„Mama, Karim ist ein richtiger Freund, mein bester Freund“, gab sie etwas genervt zurück. „Er ist alles, was ich brauche.“

„Muss ich mir Sorgen machen um eure Freundschaft?“, bohrte die Mutter weiter.

„Nein, Mama, da ist alles in Ordnung.“

Manchmal nervten die Fragen ihrer Mutter. Sie verstand so vieles nicht, was sie beschäftigte. Die Tatsache, dass sie mit einem Jungen befreundet war, schien ihr doch immer wieder befremdlich, obwohl sie Karim mochte.

„Ich will einfach nur wissen, was dich beschäftigt, Rosalie. Mit welchen Menschen du dich umgibst."

„Ja, alles klar Mama", gab Rosalie zurück und schrieb weiter an ihrer Aufgabe, die sie wie immer so nebenbei am Küchentisch erledigte.

Ihre Mutter war eine so positive Frau, die versuchte, ihrer Tochter beizubringen, die alltäglichen Geschenke des Lebens zu erkennen und einzusammeln. Sie war eine Optimistin. Sonntags gingen sie dann gemeinsam in die Kirche. Danach kochte die Mutter für die Familie. Rosalie hatte immer mehr das Gefühl, dass ihre Mutter den Anschein einer Familie aufrecht hielt, die es nie gegeben hatte. Wenn Vater gute Laune hatte, warfen sie noch ein paar Bälle hinter dem Haus. Bis sich alles veränderte. Der Wandel setzte ein. Alles geriet aus den Fugen.

Rosalies Mutter hielt sich abermals den Kopf, es ging aufs Neue los.

Rita, die beste Freundin der Mutter, hielt es eines Tages nicht mehr aus und fragte: „Was ist los Linda, geht es dir nicht gut?“

„Wird schon wieder, ich habe nur Kopfschmerzen“, antwortete Linda mit schwacher Stimme. Sie saß im Wohnzimmer auf dem Sofa und hielt sich wiederholt den Kopf mit beiden Händen. Ein kaltes Tuch, gegen die Stirn gepresst, verschaffte ihr ein wenig Erleichterung.

„Rosalie meint aber, dass das immer häufiger wird“, hakte Rita nach. „Willst du dich nicht einmal untersuchen lassen?“

„Das ist doch nur eine Migräne“, seufzte die Mutter erschöpft.

Rosalie trat näher und meinte: „Das ist doch nicht normal. Geh bitte endlich zum Arzt, Mama“, während sie sich neben sie setzte und ihren Arm um sie legte. Es waren nicht nur die starken Kopfschmerzen, die ihre Mutter quälten. Sie wurde körperlich deutlich schwächer. Sie litt immer mehr an andauernder Übelkeit. Die Intervalle bis zur Besserung wurden kontinuierlich länger.

Rita blieb hartnäckig und schaffte es, dass ihre Freundin sich endlich einen Arzttermin ausmachte.

Rosalies Vater belächelte ihren Zustand. Er meinte, alle würden übertreiben. Er war genervt, wenn sein Essen nicht auf dem Tisch stand. „Bekommt man in diesem Haus nichts mehr zu essen?“

„Was ist mit dir eigentlich los? Siehst du nicht, wie es deiner Frau geht?“

„Ach, das sind doch nur Kopfschmerzen. Man kann es ja auch übertreiben.“

„Papa, geh ins Gasthaus, wenn es dir nicht passt“, mischte sich Rosalie wütend ein. Er wollte sie nicht erwachsen sehen. Ihre Weiterentwicklung blockieren, damit sie klein bliebe und fragil. Rosalies Herz klopfte aufgeregt. Es pulsierte bis in den Hals und schob sich mit der Wut nach oben. Er wollte sie abhängig sehen, wie früher. Gerade wurde ihm die Macht über sie entzogen und das machte ihn noch aggressiver.

„Das werde ich auch tun!“, schrie er Rita und Rosalie an, drehte sich um und verließ das Haus.

Eine unerfreuliche Entwicklung, die ein noch unerfreulicheres Verhalten mit sich zog.

Im Notfall ging Rosalie nach der Schule bei Rita vorbei und holte sich ein paar Würstel oder ein Grillhuhn mit Salat. Rita hatte einen Würstelstand am Hohen Markt, wo sie auch dem Vater etwas zukommen ließ, des Friedens willen.

Auf Rosalies Vater war kein Verlass mehr. Er war wie ein kleines Kind und wirkte irgendwie hilflos. Es war, als hätte er Scheuklappen auf Augen und Ohren, die ihn abhielten, seine Umgebung und die Menschen darin wahrzunehmen. Er wurde von Tag zu Tag energieloser und ignorierte seine Mitmenschen zunehmend, was niemand wirklich störte.

Je schwächer Rosalies Mutter Linda wurde, desto mehr trank ihr Vater. Der Alkohol stahl immer mehr von seinem Wesen. Persönlichkeit hatte er nie, er war ein Tyrann, das erkannte Rosalie und alle mussten immer das tun, was er wollte. Und das Schlimmste: Die Vergangenheit holte ihn ein. Er hatte bereits einen Entzug hinter sich gebracht und nun schlich sich der Alkohol wieder ein.

Der soziale Rückzug war geradezu ein Alarmsignal. Eine gewisse Reizbarkeit gesellte sich dazu, ebenso wie Schlaflosigkeit. Ihr Vater lag in der Früh zunehmend auf der Couch im Wohnzimmer. Der anfängliche Versuch, dem Schlafentzug mit Fernsehen bis in die Morgenstunden entgegenzuhalten, scheiterte, und der Alkoholkonsum erhöhte sich, bis er irgendwann dann doch in den Schlaf fand.

Rosalie lernte, die Waschmaschine zu bedienen, ging einkaufen, wenn die Mutter dazu nicht in der Lage war. Diese litt immer öfter unter den belastenden Schmerzen in ihrem Kopf, die sie tagelang im Bett oder auf dem

Sofa festhielten. Rita hatte bereits einen Arzttermin ausgemacht. Sie hatte ihre Mutter nicht gefragt, denn so konnte es nicht weitergehen. Rosalie war nun gezwungen, mitzuhelfen. Auf einmal stand ihre Welt Kopf. Sie war nicht mehr das Kind, sondern musste die Funktion ihrer Mutter übernehmen.

Manchmal holte sie sich auch ein Mittagessen im Lokal von Karims Eltern.

Karim war Perser, der in Österreich geboren wurde. Sie gingen gemeinsam in eine Klasse. Auch er war ein überaus cleverer Bursche, und so kam es, dass sie viel Zeit miteinander verbrachten und Rosalie war dies eine willkommene Abwechslung. Sie musste keine Rechenschaft zuhause ablegen. Ihre Mutter war zu krank und der Vater betrunken. Er würde es sowieso nicht verstehen und wahrscheinlich ein: „Mit einem Perser", von sich geben. Er hatte inzwischen nur noch wenig helle Momente, und selbst dann sprach sie nicht mehr mit ihm.

Rosalies Mutter versuchte immer, zu deeskalieren, aber im Moment war sie mit sich selbst und ihren Schmerzen beschäftigt, die sie wenig am Leben teilhaben ließen. Es waren seltene Augenblicke, an denen ihr Vater Anteilnahme zeigte, indem er kurz nickte und einen Seufzer von sich gab. So kurz, dass diese Momente nicht einmal im Gedächtnis blieben. Mit jedem weiteren Tag nahm der Alkohol von ihm und seinen Gehirnzellen mehr Besitz. Die Stimmungsschwankungen nahmen zu und entweder war er übermäßig gereizt, gleichgültig oder auffallend emotional.

Rosalie verlor mit jedem Tag mehr Respekt vor ihrem Vater. Eine aufkeimende Wut, die in ihr zu brodeln begann und sich mit jedem Tag verstärkte. Ein Ärger, der schon länger in ihr lebte, aber irgendwo in die Vergangenheit geschoben, verdrängt wurde. Eine immer wieder aufkeimende Aggression, die sie erstickte und hinunterschluckte, des Friedens willen, wie sie es gelernt hatte. Es waren einstudierte Mechanismen, die sich unbewusst eingeprägt hatten und die unaufhörlich weiter voranschritten, ohne dass sie es merkte.

Karims Familie war gut integriert und freute sich, wenn sie Rosalie sahen. Diese Freude war für Rosalie immer besonders. Dort war sie willkommen und sie fühlte sich wertvoll. Rosalie betrat das Restaurant und der Vater winkte ihr schon zu.

„Hallo Rosalie, Karim ist in der Küche. Komm nach hinten!“, rief er mit einem strahlenden Lächeln, als wäre Rosalie das Schönste, was er je gesehen hatte. Auf dem Weg zur

Küche kam ihr Karims Mutter entgegen und drückte sie freudig an sich.

„Hallo Rosalie, schön dass du hier bist. Hast du Hunger?“ Das fragte Karims Mutter immer, wenn sie Rosalie sah. „Du bist zu dünn, Mädchen, du musst mehr essen! Karim kocht gerade ein neues persisches Gericht. Du musst unbedingt probieren.“

Rosalie lachte. Es gab kein Entrinnen. Sie war gefangen und genoss es in vollen Zügen.

Zuhause ging das Familiengefüge konstant mehr unter. Es zerrann wie Sand in ihren Händen. Es war, als würde plötzlich eine dunkle Wolke über ihr hängen. Eine Wolke, die sie vorher nicht bemerkt hatte und die sich nun zu einem Gewitter zusammenbraute. Es war, als würde sie jedem leichten Moment nachlaufen, um sich daran zu stärken. Diese Augenblicke erlebte sie mit Karim, ihrem besten Freund. Natürlich war auch Rita, die beste Freundin ihrer Mutter, immer für sie da, aber das war nicht dasselbe.

Seitdem ihre Mutter nicht mehr so funktionierte, kam es Rosalie vor, als würde das Sicherheitsschiff zu sinken beginnen. Wie konnte ihr Vater nur ihre Mutter so im Stich lassen? Ein unaufhaltsamer Verfall begann. Sein Alkoholkonsum stieg stetig an und mit ihm starben seine Gehirnzellen. Sie hasste es, wenn er seine gute Laune hatte und einen auf nett machte.

„Na, mein schlaues, widerspenstiges Mädchen. Leiste doch deinem alten Vater ein bisschen Gesellschaft.“ Diese Phase löste immer wieder einen Flashback aus: Als sie etwa zehn Jahre alt war, da hatte er das auch immer gesagt. Er hatte getrunken und biederte sich an. Es war ekelerregend. Sein Alkoholgeruch, der aus dem Mund strömte, löste beinahe einen Brechreiz aus.

„Warum lädst du eigentlich keine Freundinnen ein?“, durchbrach er ihre Erinnerung.

„Das ist jetzt keine ernsthafte Frage, Papa.“ Er war wie ein Raubtier auf der Jagd.

Rosalie hatte heute keine Lust, zu diskutieren. Sie konterte mit „Ich habe keine Freundinnen.“

Seine gute Laune war gespielt und nicht Realität. Wie ein schlechter Schauspieler, der alles für eine Rolle gab.

Rosalies Gedanken konzentrierten sich hauptsächlich auf ihre Mutter. Sie musste wieder gesund werden. Sie hatte oberste Priorität. Als Rita zu Besuch war, hörte sie sie ihren Vater fragen: „Was ist los mit dir, Kurt? Lass dich nicht so gehen. Deine Familie braucht dich.“

Kurt Keller nuschelte irgendetwas in seinen Bart, der seit geraumer Zeit sehr ungepflegt sein Gesicht bedeckte und verschwand ins Untergeschoss, das zu seinem neuen Zuhause geworden war. Er ließ sich kaum mehr blicken, und wenn, dann sah man ihn mit einer Flasche Bier oder einem Glas Wein.

Er vernachlässigte nicht nur seine Familie, sondern auch sich selbst, samt seiner täglichen Hygiene. Seine Kleidung behielt er über Tage an, ohne sie zu wechseln. Mit der Zeit sah er mehr wie ein Obdachloser aus und Rita und Rosalie rümpften manchmal die Nase. Ein unangenehmer Schweißgeruch, der von ihm ausging, gemischt mit einer Bierfahne war nicht wirklich erquickend.

Da er sich mittlerweile im Keller eingerichtete hatte und die meiste Zeit dort verbrachte, stand er auch niemandem im Wege.

So ging es bis zu den Phasen, in denen ihre Mutter wieder eine Besserung verspürte und in der Lage war, ihn zu verköstigen. Er war wie ein bedürftiges Kind, das Aufmerksamkeit brauchte.

Rosalie flüchtete immer mehr von zuhause, um diesem Elend wenigstens ein paar Stunden zu entkommen.

Karim war der einzige Sohn in der Familie, die von vier Frauen dominiert wurde. Er war der Jüngste und natürlich verwöhnt, aber ein guter Kerl, fand Rosalie. Er half dem Vater gern nach der Schule im Restaurant und er entdeckte bereits in jungen Jahren seine Leidenschaft fürs Kochen. Er war so ganz anders als Rosalie.

Er inspirierte mit seiner Begeisterung für die Dinge, die er gerne machte. Er war schon damals ein außergewöhnlicher Junge, der es schaffte, sie auch in schweren Zeiten zum Lächeln zu bringen. Er brachte ihr bei, einfache Gerichte zu kochen und sich so über Wasser zu halten.

„Rosie, die Nudeln müssen al dente sein." Rosalie hatte wieder einmal vergessen, was das hieß. Sie sah ihn fragend an. Karim lachte und antwortete: „Bissfest."

„Ach, ja genau", sagte sie lachend. „Ich werde das nie lernen. Kochen ist nicht mein Ding."

Karim hatte viel Geduld und so lernte sie die Zubereitung einfacher Gerichte, um über die Runden zu kommen. „Du kannst alles schaffen", erinnerte sie Karim. „Das sagt mein Papa immer." Karims Augen strahlten, während er erzählte. Als das Familienoberhaupt den Raum betrat und lächelnd einwarf: „Wie recht du hast, mein Sohn." Sein Herz platzte voller Stolz. Das konnte man sehen. So sah also eine glückliche Familie aus. Rosalie war bewegt von diesem

Anblick. Karims Vater unterstützte und motivierte seinen Sohn in jeder Hinsicht. Rosalie zückte ihr Handy und machte ein Foto.

„Cheese!“, lachte sie. Die Mundwinkel von Karim und seinem Vater dehnten sich und ihre weißen Zähne blitzten um die Wette. Sie hielt gerne glückliche Momente fest, die sie sammelte. Eine unglaubliche Wärme, die sie mit der Kamera einfing. Sie an traurigen Tagen anzusehen, gab ihr Hoffnung.

Sie vermisste die gemeinsamen Momente mit ihrer Mutter. Unbeschwerte, glückliche Augenblicke. Kurz musste Rosalie innehalten und sich fragen, ob sie jemals wirklich so unbeschwert waren. Vielleicht war es lediglich der Wunsch, diese Erinnerung mit sich zu tragen. Ihr Vater hatte ihre Tränen geraubt. Er hatte einen Teil in ihrem Herzen stillgelegt, der andere war erfüllt von tiefer Wut. Eine Bitterkeit, die sich still verhielt, aber manchmal mit Groll nach außen drang.

Mit Karim war es so einfach. Er strahlte eine ansteckende Lebensfreude aus. Mit seinem humorvollen Wesen verbreitete er ständig gute Laune. Entspannt und optimistisch bewegte er sich durchs Leben, ohne sich allzu viele Sorgen zu machen.

„Rosalie, du darfst die Dinge nicht so nah an dich heranlassen. Wenn dich jemand nervt, dann schieß ihm gedanklich den Ball zurück."

Wenn das so einfach wäre. Karim kannte nur ein intaktes Familienleben. Er ahnte nicht, was sie alles erlebt hatte. Er war ihr Zauberer, der ihre Seele zum Lächeln brachte. Er verstand sie auf eine Art und Weise, wie es anderen nicht möglich war.

„Weißt Du, Karim, du wirst aus ganzem Herzen geliebt. Du wirst in allem unterstützt. Deine Familie ist so herzlich."

„Vielleicht liegt es einfach daran, dass ich ein junger, attraktiver Mann bin unter so vielen Frauen", neckte Karim Rosalie. „Mich muss man einfach lieben. Ihr Mädchen denkt immer viel zu viel nach."

„Du und deine Sprüche. Das stimmt überhaupt nicht", antwortete sie gespielt verärgert. Rosalie tat so, als würde sie auf ihn einschlagen. Karim prustete los.

„Ich bin der Frauenflüsterer", meinte Karim lachend.

„Ich werde dir gleich etwas flüstern", konterte Rosalie, während sie sich weiter auf die Suppe konzentrierte, die sie gerade kochte.

„Hilf mir lieber beim Abschmecken, Superman."

Sein gelassenes Auftreten und sein Sinn für Humor machten Karim zu einem angenehmen Begleiter, der das Positive im Leben zu schätzen wusste.

Es gab so viel Zuneigung in dieser Familie. Eine Liebe, von der sie nur träumen konnte. Er kannte nur eine intakte Familie.

Rosalie genoss die Zeit mit Karim sehr. Sie waren die besten Freunde, gingen in dieselbe Klasse. Sie verstanden sich einfach gut. Zusammensein mit ihm hieß, unbeschwert zu sein und alle Sorgen für einige Zeit zu vergessen.

Sie wollte nicht nur von Würsteln oder Einladungen von Karims Eltern leben, also nahm sie all ihre Konzentration zusammen, um Karim zu beeindrucken. Sie wollte etwas alleine schaffen und ihren besten Freund dazu bringen, stolz auf sie zu sein. Dann konnte er auch von ihr ein Foto machen, das sie an schwierigen Tagen betrachten würde, mit dem begleitenden Gefühl, dass alles gut werden würde. Sie würde sich daran erinnern, wie viel Spaß sie hatte und wie leicht das Leben war. Rosalie wusste, dass sie sich auf Karim verlassen konnte. Hier fühlte sie sich wie Alice im Wunderland.

Kapitel 2

Zwischen Leben und Tod

Rosalie wurde mit einem gesammelten „Guten Morgen, Rosie!“, begrüßt. „Wie war deine Radtour, Paul?“

„Super. Das Wetter war perfekt.“

„Warum kommst du nicht mal mit, Rosalie?“

„Oh, lieber nicht! Ich habe gar keine Kondition. Mein Freund versucht mir auch immer, das Radfahren schmackhaft zu machen.“

„Rosalie bevorzugt den Pool, eine gute Aussicht und ein erlesenes Glas Wein, stimmt`s?“, warf Claus, ein Kollege ein.

Rosalie nickte lächelnd. „Du bringst es auf den Punkt.“

„So, lasst uns jetzt Übergabe machen“, äußerte sich der Oberarzt ungeduldig.

Sie neigte nicht zu Egozentrik oder Selbstbezogenheit, davon war sie weit entfernt, aber ihre Vergangenheit barg zu viele Geheimnisse, die niemand zu wissen brauchte. Statt darüber zu sprechen, was in ihrem eigenen Leben geschah, war sie eher zurückhaltend. Sie war prinzipiell nicht die Art von Person, die jeden Aspekt ihres Lebens mit anderen teilte. Ihre

Familie und Karim waren genug Menschen, die Teile ihrer Lebensgeschichte kannten und die sie näher um sich brauchte.

Ein paar Minuten später ging es los und die Visite startete, die Patienten wurden vom Nachtdienst übergeben. Anschließend teilte sich die Ärztemannschaft auf.

Rosalie war für das Zimmer 1 Position 2 und 3 zuständig.

Frau Lindemann, 62 Jahre, nach Bypass Operation und Herr Theodor Becker, 45 Jahre, Abklärung zur Herztransplantation.

Frau Lindemann war Gott sei Dank stabil, während Herr Becker ihre ganze Aufmerksamkeit benötigte.

Er hatte schlecht geschlafen und der Lärm nervte ihn. Es war das Läuten eines Monitors, weil die eingestellten Alarmgrenzen überschritten wurden, ein verwirrter Patient seine EKG-Kabel oder seinen Sauerstoffklipp am Finger abmontierte, eine laufende Medikamentenspritze, die läutete und ihn störte.

Es war ein deliranter Patient, der versuchte, das Bett zu verlassen, oder Hilfe schrie. Der Sauerstoff, den manche Patienten über eine Maske oder über die Nase erhielten, hörte sich nach Aussagen der Patienten an wie Regen. Es war noch das angenehmste aller Geräusche. Manchmal waren es normale Alarme, die allen zur Kontrolle dienten, aber eben auch bei Notfällen, wo man schnell handeln musste. Die Patienten waren somit 24 Stunden überwacht.

Es warteten einige Untersuchungen auf Herrn Becker, die ihn stressten. Es fand sich eine beruhigende Medikation, die ihn entspannte, zumindest für eine kurze Zeit. Seine Situation war alles andere als einfach und stellte ihn vor große Herausforderungen.

Rosalie erfuhr, dass er Pastor war. Chris von der Pflege hatte ihn gegoogelt und herausgefunden, dass er Teufelsaustreibungen beiwohnte, was alle überraschte, ganz besonders Rosalie. Ihr war nicht klar, dass es Exorzismus überhaupt noch in dieser Form gab, aber man durfte dem Internet nicht alles glauben. Dass man heute noch Menschen von bösen Geistern befreien musste, war ihr neu.

Rosalie schob die Gedanken schnell wieder zur Seite. Sie blickte Herrn Becker ganz bewusst in sein Gesicht, denn seine Mimik bewegte etwas in ihrem Inneren. Sie löste ein beunruhigendes Gefühl in ihrem Magen aus. Eine dezente Übelkeit machte sich breit, während ihr Herz begann, schneller zu schlagen.

„Rosalie!“, rief Chris von der Pflege und unterbrach damit ihre beginnende Aufregung.

Ihre andere Patientin, Frau Lindemann, benötigte ihre Aufmerksamkeit. Man hatte die Schlafmedikamente bereits reduziert und sie wachte langsam auf. Sie hatte gerade die Augen geöffnet und wirkte aufgeregt. Rosalie hielt kurz die Hand der Patientin. Dieses Gefühl der Aufregung flatterte noch in ihrem Magen.

Ein Paravent trennte die Patienten voneinander und diente als Sichtschutz, während es auch ein wenig die Intimsphäre der Patienten schützte.

„Chris, wann können wir Frau Lindemann den Beatmungsschlauch herausziehen?“

„Das dauert noch. Sie kann auf Ansprache nicken, bewegt Arme und Beine und hustet auf Aufforderung. Aber sie ist noch ziemlich verwirrt“, entgegnete der Pfleger.

Die Blutwerte waren in Ordnung und sie atmete bereits kräftig mit leichter Unterstützung.

„Frau Lindemann, wissen Sie, wo Sie sind?“ Pfleger Chris und Rosalie erklärten ihr die Situation noch einmal, da sie etwas verwirrt zu sein schien. „Sie sind im allgemeinen Krankenhaus Wien auf der Intensivstation. Die Operation ist gut verlaufen, Frau Lindemann.“ Die Patientin schüttelte energisch den Kopf, ihre Augen wirkten ängstlich. „Sie können im Moment nicht sprechen, sie haben noch einen Beatmungsschlauch im Mund."

Die Tränen liefen Frau Lindemann über die Wangen.

Ein normaler Zustand nach einer Herzoperation. Ausgelöst durch die Medikamente, die für eine Narkose notwendig sind, kam es schon vor, dass ältere Menschen etwas Zeit brauchten, um wieder Orientierung zu finden.

Zwei Stunden später war Frau Lindemann klar, befolgte alle Aufforderungen. Sie hob beide Hände, bewegte die Beine und hustete kräftig.

„Ich denke, Frau Lindemann, wir können den Beatmungsschlauch entfernen", sagte Chris.

Sie nickte.

Die Parameter waren alle stabil, also entschied Rosalie, Frau Lindemann aus ihrer Situation zu erlösen.

Während ein starker Würgereflex die Patientin erfasste und Tränen über ihre Wangen liefen, löste Chris die Sicherung für den Beatmungsschlauch und zog ihn anschließend heraus. Rosalie entblockte währenddessen den Ballon, der die Luftröhre abdichtete, damit kein Mageninhalt in die Lunge fließen konnte. Mit einer kleinen Spritze zog sie Luft aus dem Ballon.

Chris befestige am Schluss noch eine transparente Sauerstoffmaske, die das Gesicht bedeckte, um das Einatmen von reinem Sauerstoff zu ermöglichen. Die Sauerstoffsättigung zeigte 99%. Wenn alles so stabil blieb und auch die Blutwerte passten, könnte die Maske zu späterer Stunde auf eine Sauerstoffbrille gewechselt werden, die den Sauerstoff über ein Nasenstück in die Naseneingänge führte. Es war viel angenehmer und praktischer. Die Patientin könnte dann auch später einen Schluck trinken und auch etwas essen. Jetzt galt es einmal, sich zu erholen. Sie würden sehen, was die nächsten Stunden brachten. Es brauchte noch etwas Geduld und Beobachtung.

Frau Lindemann hustete und lächelte anschließend von einem Ohr zum anderen.

Sie versuchte, etwas zu sagen, aber sie war noch heiser. Rosalie und Chris erklärten ihr, dass es dauerte, bis sie wieder normal sprechen konnte.

Lassen Sie sich Zeit mit dem Sprechen“, sagte Chris von der Pflege und erwiderte ihr Lächeln. „Es ist normal, dass Sie noch etwas heiser sind.“

Frau Lindemann war eine sehr nette, freundliche Person, die an einem Austausch mit dem Krankenhauspersonal interessiert war. Das komplette Gegenteil zu Pastor Becker. Sie hielt ihren Daumen hoch, was hieß, dass sie alles verstanden hatte. Sie war eine sehr geduldige Frau. Beim Husten verspürte sie Schmerzen im Brustkorb, was normal war nach einer Operation am Herzen. Sie erhielt starke Schmerzmedikamente und entspannte sich rasch wieder. Es war notwendig, den Schmerz zu lindern, da am nächsten Tag bereits die Physiotherapie beginnen würde.

Voller Freude erwartete sie ihren Mann und ihre Schwester, die gegen 15:00 Uhr zur Besuchszeit eintreffen würden. Bis dahin war genug Zeit, sich noch auszuruhen. Die Schmerzmedikamente taten ihre Wirkung und so schlief sie noch ein wenig. Die Ereignisse waren doch sehr aufregend.

Während Rosalie und Chris sich um Frau Lindemann kümmerten, begann hinter dem Paravent ein erneutes Stöhnen. „Kümmert sich auch jemand um mich?"

„Natürlich, ich komme sofort zu ihnen", antwortete der Pfleger.

Chris` Blicke streiften Rosalies und er wechselte die Position. Er widmete sich Pastor Becker und seinen Bedürfnissen, als Rosalie das Zimmer verließ.

Medikamente für den Bedarfsfall waren vorgeschrieben und Chris würde sie kontaktieren, wenn er noch etwas brauchte.

„Wie stark ist der Schmerz auf einer Skala von 1-10?“, fragte Chris.

„Acht“, hörte sie den Pastor noch stöhnend antworten. Chris wusste, was zu tun war.

Rosalie merkte, wie trocken ihr Mund war und es wurde Zeit, etwas zu trinken.

Ihre Gedanken wanderten zu Pastor Becker. Er war anstrengend, fordernd, unfreundlich und kühl.

Wenn sich sein Zustand verschlechtern würde, würde man ihn ‚High Urgency‘, also mit hoher Dringlichkeit auf eine Liste setzen, damit er ein Herz bekäme. Eine lebensbedrohliche Situation. Es war herausfordernd. Trotz allem ging von ihm eine seltsame Aura aus. Ob es die Teufelsaustreibungen waren, die ihn veränderten? „Rosalie Hartmann“, ermahnte sie sich selbst. „Du wirst so einen Unsinn ja nicht wirklich glauben.“ Damit vertrieb sie diesen unsinnigen Gedanken. Das konnte sie gut. Gedanken verstecken und vertreiben.

Er war in einer belastenden Situation. Es ging um Leben und Tod. Theodor Becker war 45 Jahre alt. Trotzdem hing sein Leben an einem seidenen Faden.

Ein Kunstherz war auch eine Option, es stand als Überbrückung oder Übergang, auch ‚Bridging‘ genannt, zur Verfügung, was manchmal zum Einsatz kam. Obwohl auch das nicht ohne Risiko einherging. Pastor Becker, wie ihn alle nannten, stand am Rande seines Weges, mit der unsicheren Aussicht auf ein Überleben. Vielleicht würde sich das Blatt wenden und er könnte noch für eine länger Zeit stabilisiert werden. Diese Option gab es. Die Zeit würde Klarheit bringen.

Was er wohl alles in seiner Vergangenheit erlebt hatte? Was hatte ihn dazu gebracht, Pastor zu werden, fragte sie sich. Er wirkte nicht sehr gesprächig, was Rosalie verstand. Zudem befand er sich in einer Ausnahmesituation. Dennoch glitten seine Blicke immer wieder neugierig an ihr hoch. Ihr Herzschlag beschleunigte das Tempo. Sie schob die aufkommende Unruhe und Gedanken zur Seite, wie viele andere Dinge in ihrem Leben.

Wieder einmal wurde ihr Grübeln unterbrochen, die Visite begann.

Die Patienten wurden gemeinsam mit der Pflege durchgesprochen. Es dauerte wie so oft eine gefühlte Ewigkeit. Telefonate, die störten, Röntgenvisite, die die Besprechung unterbrach und Diskussionen, die kein Ende fanden.

Danach konnte Rosalie endlich etwas Essbares zu sich nehmen. Das Knurren ihres Magens wurde deutlich lauter. Auf der Station konnte man nicht immer dann essen, wenn der Hunger aufkam, sondern vielmehr, wenn es die Zeit und die Patienten zuließen.

Das Essen musste warten. Ein großes Glas Wasser und ein kleiner Snack füllten ersatzweise ihren knurrenden Magen.

Rosalie hatte noch einige Forschungsarbeiten zu erledigen, ging ins Ärztezimmer und nahm vor ihrem Computer Platz. Obwohl sie sich konzentrieren musste, schweiften ihre Gedanken zu Pastor Becker. Es fühlte sich an, als würde sich langsam eine Brücke über einem Abgrund spannen, während sich die Verbindung zwischen ihnen vertiefte. Er nistete sich in ihre Gedanken ein. Die Atmosphäre wurde zunehmend düster und beängstigend. Rosalie konnte sich das nicht erklären. Die Dunkelheit um sie herum verdichtete sich und die Geheimnisse krochen langsam wie Schatten aus den dunklen Ecken ihrer Gedanken hervor, bereit, sie zu verschlingen.

Es war kurz nach 15:00 Uhr, als Chris sie bat, den Angehörigen von Frau Lindemann Auskunft über deren Zustand zu geben.

Rosalie musste noch einen Katheter für einen Patienten von der Normalstation setzen. Er benötigte einen dauerhaften Zugang für seine Chemotherapie.

„Wenn ich fertig bin, dann komme ich gleich Auskunft geben“, meinte Rosalie etwas ungeduldig. Die Angehörigen forderten ihre Aufmerksamkeit.

Als sie sich 20 Minuten später in das Zimmer begab, in dem der Ehemann und die Schwester von Frau Lindemann schon warteten, wurde sie freundlich lächelnd begrüßt.

Sie gab medizinische Auskunft, während beide erleichtert aufatmeten, dass alles gut gegangen war. „Die Operation ist gut verlaufen. Es gab keine Zwischenfälle. Die Laborwerte sind stabil. Wir sind sehr zufrieden.“

Der Ehemann von Frau Lindemann hatte Tränen in den Augen. „Danke Frau Doktor, wir sind sehr erleichtert.“

Als Rosalie im Begriff war, das Zimmer zu verlassen, schlich die Schwester von Frau Lindemann, Christa Koch, hinter ihr her und griff nach ihrer Hand. Sie war ausgestattet mit einer stämmigen Figur und einer angenehmen Ausstrahlung. Ihr rundes Gesicht strahlte eine angenehme Wärme aus und ihre Bewegungen verliehen ihr eine beeindruckende Präsenz. Trotz ihrer beachtlichen Statur wirkte sie anmutig und leichtfüßig. Ein Ausdruck intensiver Mimik zeichnete sich auf ihrem Gesicht ab, während sie sprach. Etwas erschrocken drehte Rosalie sich um und blickte in ein nachdenkliches Gesicht.

„Es tut mir leid, liebe Frau Doktor, ich möchte Ihnen nicht zu nahe treten, aber ich spüre etwas Dunkles in Ihrer Nähe. Sie sind in Gefahr“, flüsterte sie ihr zu, während sich ihre Augenbrauen zusammenzogen.

Rosalie musste lächeln. „Das ist sehr nett von Ihnen, aber machen Sie sich keine Sorgen.“

„Ich meine das ernst“, flüsterte Frau Koch. Ihre Augenbrauen zogen sich zu einer dicken Falte zusammen. Sie machte sich sichtlich Sorgen. „Sie müssen auf sich aufpassen. Kümmern sie sich um die Vergangenheit, junge Ärztin. Es ist wichtig für ihr Seelenwohl.“

Frau Lindemann hatte Rosalie schon gewarnt. Ihre Schwester liebte die Astrologie und das Mystische und konnte sich manchmal hineinsteigern. Die unerwartete Einmischung der Frau traf Rosalie wie ein Schlag ins Gesicht. Diese Frau hatte kein Recht, sich in ihre Angelegenheiten zu mischen. Ein Funke Wut flackerte in Rosalies Augen auf, während sie sich innerlich zusammenriss, um nicht die Beherrschung zu verlieren. Die Vergangenheit begann wieder aufzubrechen und wollte ihre Aufmerksamkeit. Ihr Herz klopfte schnell. Ihr Atem erhöhte sich.

Mit einem tiefen Seufzer bedankte Rosalie sich lächelnd, als jemand laut nach ihr rief: „Frau Doktor Hartmann, können sie sich das Röntgen anschauen?“

„Ja, ich komme“, gab Rosalie zurück. Sie müsste zu einem Patienten, gab sie als willkommenen Grund an, um das Zimmer zu verlassen. Während sie das Röntgen kontrollierte und freigab, drängten sich wieder die Worte von Frau Koch, der Schwester von Frau Lindemann in den Vordergrund.

Diese Frau hatte sich einen Schritt zu weit vorgewagt, ging es Rosalie durch den Kopf. Sie selbst hatte doch versucht, die Vergangenheit zu verbannen.

Mit jedem neuen Tag kam Vergangenes ans Licht, wie unerwünschte Schatten, die unaufhörlich aus den Tiefen ihrer Erinnerung auftauchten. Wie die Motten das Licht anzogen, so drängte die Vergangenheit um ihre Aufmerksamkeit. Ein Gefühl von Angst machte sich breit und hinterließ eine bedrückende Atmosphäre, die sich als Druck in Rosalies Brust bemerkbar machte. Die neuen belastenden Gedanken schob sie gleich in die hinterste Ecke. An den Platz, an dem auch das alte, verstaubte Buch über ihr Leben stand, das sie nicht bereit war, zu öffnen.

Aber die Gedanken vergruben sich nur kurz. Sie würden schon bald wieder zum Leben erwecken.

Rückblick 2

Eine schreckliche Diagnose

Rosalie kam von der Schule, als sie ihre Mutter weinend vorfand. Sie hatte ihren Kopf auf Ritas Schoß gelegt, die sie sanft streichelte und auch weinte.

Sie lief schnurstracks zu ihnen und schrie aufgeregt: „Was ist los, was hast du, Mama?“, während sie sich hinunterbeugte.

Linda Keller ergriff die Hand ihrer Tochter, hob den Kopf, brachte aber keinen Ton heraus. Hilfesuchend schaute sie zu Rita, die Rosalie bestätigte, was sie schon geahnt hatte. „Deine Mama hat einen Tumor im Kopf.“ Eine traurige Ahnung, die sich bestätigte. Rosalie hatte bereits im Internet gegoogelt und dennoch flackerte noch zarte Hoffnung auf, dass die Realität anders sein könnte. Nun wurde diese von einem auf den anderen Moment begraben. Sie schnappte nach Luft, wie ein Fisch ohne Wasser.

Diese Tatsache riss Rosalie buchstäblich zu Boden.

Sie fiel auf die Knie, der Rucksack rutschte von der Schulter. Ein Strom an Tränen ergoss sich über ihre Wangen. Die Augen schwollen zu Schlitzen und ein Nebelschleier umgab sie. Es war ihr, als würde ihr ganzes Leben verschwimmen. Rosalie schnappte nach Luft. Ihr Herz klopfte beängstigend schnell.

Ihre Mutter strich ihr liebevoll über ihren Kopf, um sie zu beruhigen. „Aber du wirst doch wieder gesund werden?"

„Das weiß ich nicht, Liebes", antwortete die Mutter sanft.

Rosalie vermisste den Kampfgeist in den Worten ihrer Mutter. Sie musste wieder gesund werden, aber die Dringlichkeit zu genesen, schien zu verblassen. Ihr Mutterschiff lief gerade auf Sand.

Der Vater zeigte keine Regung, er war wieder einmal betrunken und schlief friedlich im Kellerstübchen, das er fast gar nicht mehr verließ. Die Treppen, die in den Keller führten, verschlossen ihn von der Außenwelt. Unter der Woche ging er nach der Arbeit in den Pub, am Wochenende lud er sich einen Freund in den Keller ein. Dort tranken und spielten sie Karten und erzählten sich Schwänke aus ihrem Leben. Die Zeit, die er in seiner Werkstatt verbrachte, reduzierte sich. Der Alkohol verschlang ihn wie ein Tintenfisch mit seinen Tentakeln.

Die Mutter nahm ihn trotzdem in Schutz. Er war hilflos wie ein kleines Kind ohne sie. Er war nie erwachsen geworden. *Jetzt wäre der richtige Zeitpunkt*, dachte Rosalie. Ihre Mutter brauchte Unterstützung und Rosalie einen Vater.

Rosalie blickte zurück. Sie war gerade mal zehn Jahre gewesen, als er ihr immer nach der Schule, wenn sie zu ihm rannte und ihn begrüßte, über den Kopf strich und: „Mein Mädchen“, raunte. Es war, als würde sie seine Stimme wahrnehmen, die ihr einen Knoten im Hals formte, der ihr das Schlucken erschwerte. Rosalie erinnerte sich an sein falsches Lächeln. Ein Grinsen, das etwas einforderte. Eine Erinnerung, die ihr fortwährend den Schlaf raubte und an ihrer Energie nagte. Er war der Tränenräuber, der ihr kindliches, noch unreifes Vertrauen zerstört hatte. Ihr Vater hatte es förmlich zerquetscht. Heute begann er in den Abgründen seiner Sucht unterzugehen und er zog sie alle mit. Es war nicht das erste Mal.

Er war wieder einmal zu sehr in seiner Opferrolle gefangen, als zu erkennen, wie sehr ihn seine Frau und Rosalie jetzt brauchten. Er erkannte auch nicht die furchtbare Tatsache, dass er überhaupt erneut dem Alkohol verfiel. Es war Zeit, sich von der Vorstellung zu lösen, ihr Vater könnte sich ändern. Es platzte ein kleiner Mädchentraum wie eine Seifenblase. Dieser zarte Hauch von Unbeschwertheit tauchte in eine harte Realität. So fühlte sich Rosalie von der aufkeimenden Einsamkeit erdrückt. Eine Leere, die schon lange existierte und sich in ihrem Inneren verankert hatte.

Die Unfähigkeit ihres Vaters, dem Alkohol Widerstand zu leisten und einfach ein Vater zu sein, bestätigte sich wieder. Rosalie fühlte sich wie in einem endlosen Déjà-vu gefangen, in dem sich die gleichen enttäuschenden Muster unaufhörlich wiederholten.

Ein intensiver Geruch von Schweiß und Bier hing immer stärker in der Luft. Seine Hygiene wurde vernachlässigt, und der stechende Duft von ungewaschenem Körper und alkoholischem Hauch umgab ihn wie ein unangenehmer Schleier. Er verfolgte sie in ihren Albträumen, die sie aus dem Schlaf rissen. Dieses Lächeln, das sie aufforderte, doch gehorsam zu sein, während er sie auf seinen Schoß drückte. Sie hatte die vergangenen Ereignisse verdrängt, aber sie loderten in ihrem Inneren und brachen an die Oberfläche. Die Erinnerungen traten schemenhaft auf und kamen mit der Aggression an die Oberfläche. Verschwommene Fragmente tauchten aus dem Nichts auf und überschwemmten sie mit einem Panikgefühl. Diese Angst, die sich mit Wut mischte. Dieses kleine Mädchen, dass sich nicht vor den Übergriffen wehren konnte. Diese Hilflosigkeit der Mutter, die nicht hinsehen wollte. Diese dunklen Schatten begleiteten Rosalie und schreckten sie schweißgebadet aus dem Schlaf. Diese Stimme, die in ihre Gehörgänge drang und ihren Namen rief. „Rosalie, Rosalie komm doch zu mir. Sei ein liebes Mädchen." Sie löste rasendes Herzklopfen aus, dass wild gegen den Panzer um ihr Herz klopfte.

Der Alkohol veränderte einen Menschen von innen heraus auf vielfältige Weise.

Ein Nebel, der sich langsam über das Bewusstsein legte und die Wahrnehmung trübte.

Das Lachen hatte sich aus dem Staub gemacht. Ausgelacht.

Rosalie wollte ihre Bitterkeit hinausschreien, die sich gegen den Vater richtete. Ihre Mutter hatte ihr immer beigebracht, ihre Emotionen im Zaum halten. So fanden sie nie ein Ventil, um sich zu entladen. Eine regelrechte Verzweiflung ergriff sie und entbrannte einen tiefen Schmerz. Es war, als würde ihr Herz zerspringen. Die negativen Emotionen krochen unaufhaltsam in ihr hoch, als der Verrat ihres Vaters immer deutlicher wurde. Es war, als kannte sie diesen Zorn von früher, der nun wieder an die Oberfläche gelangte. Als hätte er unterdrückt in ihrem Inneren geschlummert und zeigte sich jetzt als impulsives, unkontrollierbares Verhalten, als aggressive Gedanken, die ein Gefühl von Unruhe auslösten. Hier nahmen die inneren Konflikte, die diese aufgestauten Emotionen einfingen, ihren Anfang. Innere Schreie, die mit einer Heftigkeit an ihre Brust klopften und ihr die Luft raubten. Vaters Entscheidung, sie im Stich zu lassen, wurde von einem Strudel aus Alkohol und Selbstzerstörung begleitet, der ihre Narben immer tiefer riss.

Die Ereignisse begannen schon viele Jahre davor, in Rosalies Seele Spuren zu hinterlassen, die ohne Vorwarnung von so vielem Neuen überschwemmt wurde. Ein Prozess, der sich in Gang setzte. Es war, als würde sich ein in ihr schlummernder Vulkan an die Oberfläche drängen. Gefühlt eine emotionale Explosion, die keinen neuen Blickwinkel erlaubte. Jegliche Aussicht auf Besserung wurde von der kalten Realität versperrt.

Inmitten des düsteren Alltags kämpfte Rosalie gegen die Abwärtsspirale, die ihre Familie zu verschlingen drohte. Doch je mehr sie die Schatten zu vertreiben glaubte, desto tiefer wurde sie hineingezogen. Alice wurde immer wieder aus ihrem Wunderland gespült. Sie begann, die Welt mit anderen Augen zu betrachten.

Sie selbst spürte die Veränderung in ihren Gedanken, ihrer beginnenden Gleichgültigkeit, ihrer aufkeimende Gereiztheit zu den Geschehnissen und Menschen.

Dennoch spürte sie gleichzeitig eine Hilflosigkeit. Sie hatte das Gefühl, auf einem Seil zu balancieren. Der Abgrund war nahe.

Rosalies Mutter wurde immer schwächer, vergaß Dinge und schlief sehr viel.

Rosalie hatte mit ihren 15 Jahren schon einiges erlebt. Sie konnte nicht auf eine glückliche Kindheit zurückblicken. Eine Familie, in der sie sich gut aufgehoben gefühlt hatte. Ihre Mutter war ihr Anker, an dem sie sich festhalten konnte. Jetzt schien diese Stütze wegzubrechen.

Rosalie war plötzlich auf sich selbst gestellt. Nein, da gab es noch Karim und Rita, die für sie da waren. Sie war nicht allein.

Ein Verlust der Mutter würde ein großes Loch in ihr Herz reißen. Dennoch begann ein Teil ihrer Wut sich auch gegen die Mutter zu richten. Das verdrängte sie. Wollte sie doch eine besondere Erinnerung ihres Lebens bei sich behalten. Die Mutter war scheinbar nicht so stark, wie Rosalie immer dachte. Sie war ihrem Vater gefügig und fand Halt bei Gott und in der Kirche.

Jetzt begann das Leben ihrer Mutter zu schwinden. Rosalie spürte die Angst, die sie nun nicht mehr in den Nächten besuchten, sondern auch tagsüber.

Es gab keinen Tag, an dem sich die Mutter nicht den Kopf stützte, Tabletten einnahm, die nichts brachten. Sie verlor zunehmend an Gewicht.

So standen sie in der Küche. Die Mutter, die völlig blass um die Nase sich bereits mehrmals übergeben hatte, saß auf einem Stuhl und leitete Rosalie beim Kochen an.

„Rosalie, nimm einen Topf Wasser und gib die Brokkoli hinein."

„Soll ich sie klein schneiden?", fragte Rosalie.

„Ja, den Stumpf entfernst du. Dann lass sie kurz kochen."

„Willst du dich nicht hinlegen, ich denke, die Suppe krieg ich nun auch alleine hin, Mama. Ich kann ja sonst Karim anrufen." „Gut, dann lege ich mich ins Wohnzimmer. Ich bin schrecklich erschöpft."

So ging das nun schon eine Woche lang.

Sie warteten auf die Ergebnisse der Untersuchungen, die Rita in die Wege geleitet hatte.

Es war ein beginnender Albtraum, aus dem sie täglich zu erwachen hoffte.

Zwei Tage später traf der Befund endlich ein. Rita und Rosalie begleiteten die Mutter zum Arzt.

Der Tumor, der im Kopf ihrer Mutter wucherte, ein sogenanntes Glioblastom war mittlerweile so weit fortgeschritten, dass eine sofortige Therapie eingeleitet werden musste. Eine Operation war obsolet und eine Strahlentherapie wurde gestartet.

Rosalies Mutter wurde sofort ins Krankenhaus eingeliefert. Es wurde zu Rosalies neuem Zuhause, zumindest stundenweise nach der Schule.

Dort saß sie neben ihrer Mutter, las ihr etwas vor, sah ihr beim Schlafen zu, hielt ihre Hand und erledigte ihre Hausaufgaben.

Diese Angst, ihre Mutter zu verlieren, schien sie manchmal zu erdrücken. Aber Rosalie war eine Kämpferin, zumindest startete sie den Versuch, eine zu sein. Ihre Mutter kämpfte nicht, sie akzeptierte ihre Situation, was Rosalie nicht verstehen konnte. Sie jammerte nicht. Die Mutter litt still vor sich hin. Rosalie begann, an unerwartete Grenzen zu stoßen.

Es war vor allem die Angst, die sich vor ihr platzierte und sie immer wieder anstarrte und gleichzeitig ihr Herz schneller schlagen ließ. Panikattacken, die sich bedrohlich vor sie stellten und die Intensität der Situation verdeutlichten.

Es begann mit einem flauen Gefühl im Magen, dass sich bis zum Brustkorb ausbreitete. Der Druck in der Brust löste eine erschwerte Atmung aus. Das Vertrauen in das Leben stand weiter auf wackeligen Beinen.

Sie saß am Fenster und schaute in den Garten. Am Horizont hing eine unruhige Stille, als würden sich weitere Gewitterwolken am Himmel zusammenziehen. Ihr Herz schlug so heftig, dass sie den Puls in den Ohren spürte, begleitet von einer erdrückenden Enge, die sie überwältigte. Die Atmosphäre war täglich von Spannungen durchzogen. Der Himmel nahm eine beängstigende, tiefdunkle Farbe an und der Wind begann, zaghaft an den Bäumen zu rütteln.

So, wie die Ängste an Rosalie zerrten und sie nicht mehr losließen.

Mit dem Regen begann sich etwas in Rosalie zu entspannen. Die Regentropfen, die an das Fenster trommelten, nahmen ihr eine Last ab. Wie sehr sie wünschte, sie könnte die Momente der Ruhe festhalten.

Die Herausforderungen, die gerade auf Rosalie und ihre Mutter einprasselten, brachten eine Erschöpfung mit sich, der sie sich aber nicht geschlagen geben wollte.

Rosalie konnte diese Situation nicht akzeptieren. Niemals.

Schon früh hatte sie erkannt, dass sie eine Stärke und Entschlossenheit in sich trug, von der sie nicht wusste, woher sie kam. Vielleicht war es aber auch nur die unsagbare Wut, die in ihr bebte und die sie aufrechterhielt. Sie würde nicht aufgeben, alles in ihrer Macht Stehende zu tun, um ihrer Mutter beizustehen und sie bestmöglich zu unterstützen. Dass es ein Verleugnen war und ein Widerstand, das wusste Rosalie nicht.

Aber es war natürlich, dass ein junges Mädchen es nicht akzeptieren konnte, dass ihre Mutter sterben könnte, während ihr eigenes Leben in Scherben zerbrach. Die Fesseln begannen sich unaufhaltsam um ihr Herz zu legen, ganz still und leise. Die unsichtbaren Ketten, die Ängste und Zweifel ans Tageslicht brachten und die Leichtigkeit erstickten und Rosalie belasteten. Sie war ein kluges, waches Mädchen, das natürlich alles googelte und sich einlas in die Fachliteratur. Sie wollte einmal Medizin studieren.

So begann sie, sich intensiv über die Krankheit ihrer Mutter zu informieren. Es gab ihr das Gefühl, etwas zu tun, anstatt nur hilflos danebenzusitzen und zuzuschauen, wie das Leben aus ihrer Mutter wich. Damit lenkte sie sich auch ab. Sie wollte ihren dunklen Gedanken nicht zu viel Aufmerksamkeit schenken. Sie las Bücher, suchte im Internet nach Informationen und befragt Ärzte.

Rosalie stürzte sich förmlich in die Organisation des Alltags. Sie kümmerte sich um den Haushalt. Ihr starker Wille ermöglichte es ihr, den Überblick zu behalten und ihre Mutter optimal zu unterstützen. Die Schule lief nebenher. Zwischen Würstchen, Pommes und persischer Küche gab es viele einfache Nudelgerichte, die Karim ihr beigebracht hatte.

Rosalie erkannte die emotionalen Bedürfnisse ihrer Mutter und war, so oft es ging, an ihrer Seite, um Trost und Entlastung zu bieten.

Ihre eigenen Interessen verstaute sie sorgsam, als wären sie Kostbarkeiten, in die unsichtbare Tasche ihrer Jacke. Dort waren sie verborgen und vor neugierigen Blicken geschützt. Sie wollte sich später darum kümmern. All ihre Träume und Sehnsüchte tanzten lachend an ihr vorbei.

Kurz neigte sie ihren Kopf und blickte ihnen traurig hinterher. Es waren Illusionen, die sie wieder abschüttelte, zumindest für den Augenblick. Rosalie hörte aufmerksam zu, wenn ihre Mutter über ihre Sorgen sprach und gab ihr Hoffnung und Mut in den schwersten Momenten. Ihre Mutter jammerte kaum. Wenn sie aber Sorgen verbalisierte, dann Rosalie betreffend. „Rosalie, danke, dass du dich so um mich sorgst und mir so eine große Hilfe bist.

Aber du musst dich auch um dich selbst kümmern!“

„Wichtig ist, dass du wieder gesund wirst, Mama.“ Rosalie gab Mutter das Gefühl, gut ohne sie zurechtzukommen. Sie beabsichtigte, ihr unnötige Aufregungen ersparen, doch fühlte sie ich manchmal einsam. „Ich habe ja Rita und Karim, die passen auf mich auf. Karim bringt mich auch immer zum Lachen. Mach dir keine Sorgen“, erwiderte Rosalie, während sie die Hand ihrer Mutter nahm.

„Dann bin ich erleichtert. Versprich mir, dass du die Schule nicht vernachlässigst.“ Es gab keine Ursache zur Besorgnis, was das Lernen betraf.

„Ja, das verspreche ich dir.“ Sie wollte ihre Mutter stolz machen. „Schule ist leicht“, erzählte Rosalie weiter.

„Gott sei Dank habe ich so ein schlaues Mädchen“, antwortete Linda Keller.

Rosalie zählte mit Karim zu den Schlauesten in der Klasse und die Schule war nicht wirklich herausfordernd. Rosalie war sehr ehrgeizig. Immer schon. Eine Perfektionistin, was natürlich hin und wieder selbst gemachten Stress mit sich brachte.

Ihre Mutter und die Angst, sie zu verlieren, erfüllten ihre Gedanken und ließen sie nicht los.

Gelegentlich war sie so im Tun, dass sie zu essen vergaß. Rita oder Karim sorgten dafür, dass Rosalie regelmäßig aß und sich auch eine Auszeit gönnte. Karim versuchte, sie so oft es ging, abzulenken.

Manchmal war der Schmerz, ihre Mutter so zu sehen, so stark, dass es sie innerlich beinahe zerriss. Er veranlasste sie, ganz im Jetzt und Hier zu sein. In diesen Momenten sah sie, wie blass ihre Mutter geworden war und dass die Kilos dahinschwanden. Ihre Augen hatten ihren Glanz nicht verloren, das war ein gutes Zeichen. Doch die stetige Übelkeit und die extreme Mundtrockenheit, die sich einstellte, verhinderte, dass sie normal essen konnte. Es wurde ein Wettlauf mit der Zeit.

Da erschien eines Tages ein junger Pastor. Er musste um die 24 Jahre alt gewesen sein. Der Monsignore, so nannte man ihn, hatte eine seltsame Aura, die Rosalie Gänsehaut bereitete.

„Rosalie, das ist der neue Priester in Ausbildung, Theo“, stammelte ihre Mutter beim ersten Aufeinandertreffen, etwas außer Atem. „Er kümmert sich um mich.“

Rosalie erwiderte damals ein unaufgeregtes: „Hallo." Seine Blicke waren kalt. Er lächelte nicht.

„Er unterstützt mich so gut, ich bin sehr dankbar", wiederholte Mutter immer wieder. Sie hatte dabei ein besonderes Lächeln in ihrem Gesicht. Der Gesichtsausdruck entspannte sich, wenn sie von ihm sprach. Lange hatte Rosalie es nicht an ihr gesehen. Aber sie, Rosalie, war doch für ihre Mutter da! Sie wollte nicht, dass dieser Mann sich in das Herz ihrer Mutter schlich.

Was passierte hier, fragte sich Rosalie jeden Tag aufs Neue.

Er war kurz angebunden, wirkte zurückhaltend und ruhig. Manchmal versuchte er, zu lächeln. Es war genauso unecht, wie das Lächeln ihres Vaters. Der Monsignore war von normaler Statur. Es wirkte, als könnte er keinem Sturm standhalten. Er kam täglich und blieb den ganzen Nachmittag. Die Miene von Linda Keller erhellte sich, kaum dass er den Raum betrat, und Rosalie ertappte die beiden dabei, wie er ihre Hand hielt und sie ihn anlächelte. Es war ein seltsames Lächeln. Ein – ich tue alles für dich – Lächeln. Nein, man konnte Rosalie nichts vormachen. Aber sie wusste nicht, was hier vor sich ging. Anfänglich tangierte es sie nicht, dass es Monsignore Theo gab, aber nach und nach schien es, als wäre er der Mittelpunkt und sie selbst würde mit jedem Tag weniger existieren.

Rosalie wurde verdrängt. Sie fühlte sich wie ein zerbeultes Rad, dass man am Straßenrand stehen gelassen hatte. Sie fühlte sich nutzlos und überflüssig. Sie fühlte sich überrumpelt und konnte nicht verstehen, warum dieser Mann plötzlich so in der Gunst ihrer Mutter stand.

Karims Beschützerinstinkt war stark ausgeprägt. Er unterstütze sie, wo er nur konnte. Er achtete darauf, dass sie aß, dass sie lachte. Er wohnte ein paar Häuser weiter und war jederzeit abrufbereit, wie er immer sagte. Schließlich waren sie beste Freunde. Er versuchte, sie mit kniffligen Quizspielen abzulenken, sah mit ihr zusammen Fantasyfilme oder machte mit ihr einen Ausflug mit dem Rad.

Die Wochen verstrichen und mit ihr die Lebensenergie ihrer Mutter.

Sie musste wieder stationär im Krankenhaus aufgenommen werden, weil sie zu wenig trank und aß.

Ihren Vater sah sie abends anhaltend betrunken. Er arbeitete nicht mehr, seine Werkstatt hatte er offiziell vorübergehend wegen Krankheit geschlossen.

Nicht einmal besuchte er seine Frau im Spital. Wenn Rita ihn darauf ansprach, schimpfte er und schickte sie weg.

Wenn Rosalie zuhause schlief, sperrte sie sich in ihrem Zimmer ein. Sie hatte Angst. Die Panikattacken schlichen sich zunehmend ein und raubten ihr die Leichtigkeit. Ihr Zimmer wurde zu einem Gefängnis. Die Wände wurden immer enger, wenn sie keine Luft bekam. Das Weiß verstärkte Rosalies Einsamkeit, die sich um ihr Herz legte. Ihr Leben bräuchte einen neuen Anstrich. Ihr Sicherheitsschiff begann zu sinken. Rosalie hatte Angst vor dem Ertrinken.

Rita und Karim waren willkommene Rettungsringe, die sie über Wasser hielten. Krampfhaft und fast panisch hielt sie sich daran fest, während sie Wasser spuckte. Ihr Kopf tauchte immer wieder unter, während sie um Luft rang.

Abends, wenn sie niemand sah, ließ sie manchmal ihren Tränen freien Lauf. Sie kamen plötzlich, ohne Vorwarnung. Ein klitzekleines Ventil, dass ihrer Verzweiflung Ausdruck verlieh. Sie brachten Erleichterung mit sich und einen Funken Hoffnung. Es war wie ein kleiner Sonnenstrahl nach dem Regen. Der Regenbogen allerdings schien auszubleiben.

Rosalie zögerte, über die Zukunft nachzudenken. Es bereitete ihr Unbehagen. Die Vorstellung, dass ihre Mutter nicht überleben würde, ließ ein immer belastenderes Gefühl von Angst hochkommen. Schwer wie ein Schritt durch den Morast. Eine Dunkelheit, die ihr Zuhause umgab. Die Isolation verstärkte sich in dieser trostlosen Umgebung und drückte auf ihre Schultern, wie ein unsichtbares Gewicht. Jeder Atemzug fühlte sich an wie ein Kampf gegen die Leere. Rosalies Beine waren schwer, als würde sie durch dickflüssigen Sirup waten. Eine Müdigkeit, die Rosalie zu verdrängen versuchte, doch die Unsicherheit nagte an ihr, während der ständige Kampf mit der Angst nicht aufhörte. Eine Kraftlosigkeit legte sich wie ein Mantel um sie. Er hüllte sie in der Stille der Einsamkeit.

Als der Monsignore das Krankenzimmer verließ, und das tat er regelmäßig mit der Entschuldigung, er müsse auch nach anderen Patienten sehen, fragte sie ihre Mutter, ob sie ihn irgendwoher kenne.

„Nein, Rosalie, er wurde von der Gemeinde geschickt, um mich zu unterstützen." Warum glaubte Rosalie ihr nicht?

„Aber der ist doch noch nicht einmal mit seiner Ausbildung fertig!"

„Liebes, sei ein wenig aufgeschlossen, er macht das sehr gut", meinte die Mutter und schaute sie beinahe flehentlich an. „Sein Onkel ist Priester und hat ihn mir ans Herz gelegt."

„Wenn du meinst", antwortete Rosalie. Sie kannte ihre Mutter und spürte, dass sie etwas vor ihr verbarg.

Woher kam dieser Monsignore plötzlich, überlegte Rosalie angestrengt. Sie wollte ihre Mutter nicht aufregen, also bohrte sie nicht weiter nach. Aber sie blieb wachsam. Ihre innere Stimme ermahnte sie zur Vorsicht. Der Monsignore wirkte wie ein arroganter Snob. Er war zierlicher Statur, seine Haare waren sorgfältig gekämmt. Über seiner Kleidung trug er eine schwarze Soutane mit violetter Paspelierung. Darunter erkannte man eine schwarze Hose. Rosalie hatte noch nie zuvor einen Monsignore gesehen. ‚Hochwürdigster Herr', war die genaue Übersetzung. Sie hatte es gegoogelt. Er war zurückhaltend, mischte sich nicht ein und doch drängte er sich hinein in diese für alle belastende Situation, als wollte er das Wohlwollen ihrer Mutter gewinnen. Rosalie stand ihm im Weg, zumindest fühlte es sich für sie so an.

Das Angebot des jungen Monsignore, Linda Keller spirituell zur Seite zu stehen, bejahte diese freudig und er war von nun an immer an ihrer Seite. Anfangs schien es, als würde er Linda Trost spenden, aber bald wurde Rosalie klar, dass er eine tiefergehende Absicht hatte. Er wollte sie, die Tochter, wegdrängen.

Rosalie schlich ihm einmal nach, als er das Zimmer verließ. Er ging den Gang hinunter und blieb vor der letzten Tür stehen.

Ein „Hallo, Rosalie!“, ließ sie aufschrecken. Es war Marie von der Pflege. „Suchst du was?“

„Nein, nein“, log sie. „Ich wollte nur den Pastor noch etwas fragen.“

„Der ist nur kurz bei seiner Mutter zu Besuch, der kommt sicher bald wieder.“

„Bei seiner Mutter?“, fragte Rosalie erstaunt.

„Ja, sie ist schwer herzkrank, sie kommt heute noch auf die Intensivstation.“

„Tatsächlich“, raunte Rosalie, dann drehte sie sich um und ging zurück zu ihrer Mutter.

Während Lindas Krankheit fortschritt, begann der Pastor, eine unheimliche Bindung zu ihr aufzubauen. Zumindest fühlte es sich für Rosalie so an. Sie hatte das Gefühl, immer mehr an den Rand gedrängt zu werden. Als würde er Mauern aufbauen, die sie mehr und mehr ins Abseits drängten.

Linda, ihre Mutter, von Schmerz und Sorgen geplagt, war dem Monsignore verfallen. Es drehte sich alles nur mehr um ihn. Sie ließ sich alles widerstandslos gefallen. Selbst das gemeinsame Gebet war oft zu anstrengend für sie. Der Monsignore betete dann allein, wenn sie zu erschöpft war. Dann faltete sie lediglich die Hände und lauschte seinen Worten. Rosalie begann, die Dinge zu akzeptieren. Ihr fehlte langsam auch die Kraft, sich irgendwem entgegenzusetzen.

„Wollen wir es Rosalie nicht erzählen?“

„Nein, das würde sie im Moment nur verstören.“ Linda Keller griff nach der Hand des Monsignore.

Ein paar Wortfetzen drangen an Rosalies Ohren, als sie gerade das Zimmer betreten wollte. Was flüsterten die beiden unaufhörlich, ging ihr durch den Kopf. Was wollten sie ihr nicht erzählen?

Rosalie dachte, es sei der Tumor in ihrem Gehirn, der ihre Mutter veränderte, was Ärzte und Pflege bestätigten. Sie fühlte sich irgendwie von ihrer Mutter verlassen und war verzweifelt auf der Suche nach ihrer engen Verbindung, die sich immer mehr auflöste. Der Pastor nutzte diese Verwundbarkeit aus und manipulierte ihre Mutter, um sie von ihr zu distanzieren. Gedanken, die sich immer mehr einschlichen.

Was sie sicher wusste, sie würde um ihre Mutter kämpfen. Karim versuchte, sie zu beruhigen, dachte aber, Rosalie wäre eifersüchtig.

Es war wie ein Tanz auf dem Seil. Balance zu halten war herausfordernd, aber die Liebe zu ihrer Mutter und diese besondere Verbundenheit gaben ihr Kraft.

Sie hatte das Gefühl, sich im Wettlauf mit der Zeit zu befinden. Dieses Ticken, das sich in ihren Ohren festsetzte, hörte nicht auf. Diese Hilflosigkeit, die mehr und mehr von ihr Besitz ergriff, versetzte sie in Panik. Aber sie durfte nicht aufgeben. Sie kämpfte gegen einen unsichtbaren Feind, der sie und ihre Mutter zu manipulieren versuchte.

Es war ein Widerstand, der mit dem Monsignore zu Besuch kam. Er lächelte Rosalie an. Versuchte immer wieder, mit ihr ins Gespräch zu kommen, aber sie traute ihm nicht. „Rosalie schön, dass du da bist."

„Rosalie, kann ich dich irgendwie unterstützen."

„Rosalie, möchtest du reden?"

„Ich bin immer für dich da, wenn du etwas brauchst."

Sie verneinte seine Fragen und schüttelte den Kopf.

Sie war nicht mehr in der Lage, sich zurückzulehnen. Die Grenzen verschwammen. Schule war im Moment nicht mehr möglich. Rita verfasste eine Krankmeldung, die Linda Keller unterschrieb. Die Klassenlehrerin wusste

Bescheid. So konnte Rosalie die letzten Tage am Sterbebett ihrer Mutter verbringen.

Rosalie schlief schlecht, war von immer wiederkehrenden Albträumen geplagt. Mitten in der Nacht erwachte sie mit Herzrasen. Sie schnappte schweißgebadet nach Luft und konnte schwer einschlafen. Ihre morgendliche Erschöpfung hinderte sie daran, klare Gedanken zu fassen. Alle Fragen drehten sich um ihre Mutter und den Monsignore und klebten an ihr, als wären sie ein Teil von ihr.

Rosalie wusste nicht, warum ihre Mutter dem Monsignore einen so besonderen Platz einräumte.

Mit ihrem über den Kopf gewickelten Tuch sah diese Rosalie mit großen Augen an.

Der strahlenbedingte Haarverlust, der beinahe immer als Folge der Radiotherapie am Kopf eintritt, war drastisch. Sie war blass, aber sie wirkte zufrieden. Und doch war sie heute anders. Sie schien etwas zerstreut. Rosalie lag auf Mutters Bett, den Kopf auf ihren Schoß gelegt, wie in alten Zeiten. Linda strich ihr durch die Haare und lächelte.

„Mein Mädchen“, flüsterte sie ihr liebevoll zu.

Sie hatte wieder einen klaren Moment. *Es war noch nicht verloren*, dachte Rosalie.

Als der Monsignore das Zimmer verließ, neigte Linda Keller den Kopf zu ihrer Tochter: „Mein Schatz wir müssen reden“, flüsterte sie. Rosalie blickte sie mit großen Augen an.

„Ja, Mama.“

„Ich werde sterben.“

„Nein, nein, das will ich nicht hören!“

Linda Keller nahm Rosalies Hände und sagte: „Schhh, mein Schatz, beruhige dich. Wir haben immer ehrlich über alles gesprochen.“

„Aber ich will nicht, dass du gehst, Mama“, schluchzte sie.

„Ich weiß, mein liebes Kind, aber wir müssen der Realität ins Auge blicken. Du musst jetzt stark sein.

Ich werde die Therapie einstellen.“

„Nein, Mama, du kannst nicht aufgeben. Hat dir das der Monsignore eingeredet?“

„Nein, mein Schatz, das ist meine Entscheidung. Irgendwann wirst du es verstehen.“ Rosalie legte ihren Kopf auf die Oberschenkel der Mutter, während Linda ihr weiterhin liebevoll über die Wangen strich. Rosalie setzte sich auf und wischte ihre Tränen weg. Sie musste kurz an die frische Luft.

Da hörte sie hektische Rufe, schnelle Schritte und Unruhe auf dem Klinikgang. Sie schlich zur Tür und wagte einen kurzen Blick. Es schien wie ein Notfall. Ärzte und Pfleger schoben ein Bett Richtung Aufzug. Der Monsignore war auch dabei und schien verzweifelt. Sein Gesicht wirkte versteinert.

Die Mutter des Pastors, wie Rosalie später erfuhr, wurde auf die Intensivstation gebracht.

Es kämpften zwei Frauen um ihr Leben. Sie lief zurück ins Zimmer und erzählte ihrer Mutter aufgeregt: „Weißt du eigentlich, dass die Mutter des Monsignore ein Herz braucht? Er will, dass du aufgibst."

„Rosalie beruhige dich. Du steigerst dich da in etwas hinein", erwiderte Linda Keller und ließ sich erschöpft in das Kissen sinken. Die Umstände zerrten an Rosalies Nerven.

„Ich weiß nicht, Mama. Ich traue ihm nicht." Ihre Mutter nahm ihre Hand und Rosalie legte sich an ihre Schulter.

„Mach dir nicht so viele Gedanken, Rosalie. Ich bin müde, mein Schatz. Ich werde ein wenig schlafen."

„Ja, ruh dich aus, Mama."

Die Ärzte und das Pflegepersonal meinten, dass das Glioblastom im Kopf ihrer Mutter mit großer Geschwindigkeit wuchs und die Wahrnehmung mit jedem Tag mehr trüben würde.

Es blieben Rosalie nur wenige Momente alleine mit ihr. Der Monsignore verbrachte viel Zeit bei Linda Keller.

Es war, als würden er und ihre Mutter in einer speziellen Blase leben. Sie wirkten so vertraut, als würden sie sich schon ewig kennen. Rosalie musste an Karim denken, der sie aufforderte, sich nicht in etwas zu verstricken, was gar nicht existierte. Er hatte recht. Rosalie verschwendete zu viel Zeit mit Gedanken an den Monsignore. Sie wollte die restliche Zeit mit ihrer Mutter genießen. Dennoch konnte sie diese Situation nicht einordnen.

Ihre Mutter war zu gutmütig, sie vertraute den Menschen zu schnell. Aber sie schenkte dem Monsignore ganz besondere Blicke. Es blieb vorerst ein Rätsel. Sie musste unbedingt mit Karim darüber reden. Es war eine Art der Psychohygiene, die ihr half, die Last auf ihren Schultern und in ihrem Herzen zu bewältigen. Es gab so viele offenen Fragen, aber keine Antworten.

Karim wartete bereits bei sich zuhause auf Rosalie. Aufgeregt hörte er ihr zu, aber er schaute immer wieder zur Tür, als würde er auf etwas warten. Sie redete und redete.

„Ich weiß, du sagst immer, ich soll mich nicht aufregen und nicht so viel nachdenken über den Monsignore. Ich habe ein Gefühl, als hätten sie Geheimnisse. Was verheimlichen sie vor mir? Bilde ich mir das ein? Ich weiß gar nicht mehr, wo mir mein Kopf steht. Mir ist ganz schwindlig.“ Es war, als wollten alle Eindrücke samt Emotionen auf einmal aus ihrem Mund purzeln. Sie war so wütend und die Geschehnisse raubten ihr wertvolle Energie.

Als Rosalie endlich alles ausgesprochen hatte, lächelte Karim, meinte: „Wir reden später darüber“, und rief: „Jetzt!“ Im nächsten Moment kamen seine Eltern mit selbstgebackenen Muffins und Kerzen zur Tür herein und alle sangen Rosalie ein Lied.

„Happy Birthday to you, happy birthday to you, happy …“ Trällerten sie mit Begeisterung. Rosalie war sprachlos. Er hatte ihren Geburtstag nicht vergessen. Ihr liefen Tränen übers Gesicht. Es waren Freudentränen.

„Ich bin sprachlos. Du bist der beste Freund, den man nur haben kann. Danke!“, rief Rosalie lauthals und umarmte ihn voller Freude. Plötzlich war all der Groll wie weggeblasen. Gierig schlangen sie die Muffins hinunter. Sie bemerkte, wie sehr der Hunger an ihr nagte. Es war, als tanzte sie einen Moment lang auf einem Regenbogen, der ihr Leben in bunte Farben tauchte. Ein Glücksmoment, der sie herauskatapultierte aus dem Schmerz und eine willkommene Ablenkung mit sich brachte.

Ihr war gar nicht nach Feiern zumute, aber die Geste brachte sie zum Weinen. Tränen, die sich ihren Weg suchten und nicht aufhören wollten.

Als sie dann alleine waren, erzählte sie Karim noch einmal in Ruhe und weniger verwirrend ihre Eindrücke von ihrem Schmerz und dem Monsignore. Es tat gut, wenn man das Gefühl hatte, gehört zu werden.

„Ich frage mich, wer dieser Monsignore ist, Karim?

Wie kann sie ihn nur mir vorziehen?“

„Das ist schon seltsam. Hast du ihn schon einmal gegoogelt?“, fragte Karim.

„Natürlich, was denkst du? Habe aber nichts herausgefunden“, erwidere Rosalie.

„Ihn beschützt sie, als würde er zur Familie gehören. Ich verstehe das nicht.“ Rosalie senkte den Kopf.

‚Rosi‘, so nannte sie Karim, wenn er sie ablenken wollte.

„Soll ich dich morgen begleiten und wir geigen ihm mal gemeinsam die Meinung?“ Karim zwinkerte ihr zu.

Rosalie musste schmunzeln. „Ach, Karim, das ist eine tolle Idee“, antwortete sie, „aber ich werde versuchen, mich weniger hineinzusteigern.“

„Gute Idee, Rosi. Du machst dich nur unnötig fertig“, konterte Karim und fuchtelte aufgeregt mit seinen Händen.

„Willst du heute hier übernachten?“, fragte Karim.

„Das ist lieb, aber ich will alleine sein. – Habe ich gesagt alleine? – Da habe ich doch tatsächlich meinen Alkoholikervater vergessen“ , merkte Rosalie augenverdrehend an.

„Wie du willst. Sag Bescheid, wenn du was brauchst“, ergänzte Karim. Sie klatschten sich ab und Rosalie machte sich auf den Heimweg.

Und doch ploppte immer wieder dieser Monsignore in ihren Gedanken auf. Er war nicht mehr wegzudenken. Er war eine imaginäre Mauer zwischen ihr und ihrer Mutter.

Rosalie machte noch einen Abstecher zum Würstelstand von Rita, die bereits überschwänglich mit den Armen wedelte. Sie lief in großen Schritten auf sie zu und umarmte sie innig. „Happy Birthday, meine Süße!

Sechzehn Jahre – unglaublich!“

Rosalie bekam ein Würstchen mit Fahne und ein kleines Päckchen.

„Rita, sie hat meinen Geburtstag vergessen.“

„Liebes, deine Mama macht gerade viel durch, sie ist so krank, sei nicht traurig.“

„Der Monsignore ist schuld, sag ich dir.“

„Wer?“

„Der junge Geistliche, der sie auf Schritt und Tritt begleitet."

„Liebes, sei doch froh, dass sie jemand zum Sprechen hat."

„Nein Rita, da ist was faul."

„Ach, Schatz, jetzt hör auf, so miesepetrig zu denken, heute ist dein Geburtstag! Iss deine Wurst und genieße diesen einen besonderen Moment für dich, du bist sechszehn!"

Sechzehn, dachte Rosalie. Es hatte keine Bedeutung, obwohl sie ihre Freunde nicht vergessen hatten. Es rührte sie aber sehr, dass ihr alle eine Auszeit verschaffen wollten, um ihr eine kleine Freude zu bereiten.

Zuhause – wo war das überhaupt?, dachte Rosalie, während sie gierig die Würstel verschlang. Sie füllten den Magen, der ziemlich knurrte. Die Muffins bei Karim waren die erste Mahlzeit, die Rosalie heute zu sich genommen hatte. All die Veränderungen schlugen ihr auf den Magen. Sie hatte wenig Appetit.

Langsam schlenderte sie nach Hause, wo sie ihren Vater vor dem Fernseher vorfand.

„Rosalie, bist du es?", schrie er aus dem Wohnzimmer.

„Ja, Papa, ich bin`s." *Er hat seine Sprache wiedergefunden,* dachte sie genervt.

Mehrere Flaschen Bier türmten sich auf dem Couchtisch. Es war nichts Neues. „Komm doch zu Papa, mein Mädchen." Rosalie wusste nicht, was schlimmer war: Wenn er so widerlich nett war oder gar nicht da, weil er seinen Rausch ausschlief.

Mit diesem Verhalten triggerte er ihre Wut, die sich seit ihrer Kindheit in ihr ansammelte und immer wieder nach einem Ventil suchte. Der Alkohol hatte ihm alles genommen, was er an Liebenswürdigkeit je in sich getragen hatte. Hatte er denn jemals zu den Guten gehört, fragte sie sich. Es war dieser tiefe Wunsch des kleinen Kindes, dass unaufhörlich daran festhalten wollte. Ein Mädchen, das sich nach einer intakten Familie sehnte. Am liebsten wollte sie die Erinnerungen auslöschen, die immer wieder aus dem Nichts auftauchten und ihr das Herz schwer machten.

Er widerte sie an. „Was willst Du?" Er stank nach Schweiß und Alkohol. Rosalie musste wieder einmal die Luft anhalten, so ekelerregend zog der Alkoholgeruch in ihre Nase. Jedes einzelne Haar an ihrem Körper stellte sich auf und sie schauderte. Sein gesamtes Erscheinungsbild war erbärmlich und wurde zudem noch von einem muffigen Geruch begleitet, der die Situation noch unerträglicher machte. Er war nur mehr ein Schatten seiner selbst.

„Na, da hat ja jemand eine Laune", lallte ihr Vater. „Ich will dir einen Freund vorstellen."

Der Freund war genauso betrunken und als er aufstehen wollte, um sie zu begrüßen, kippte er tollpatschig etwas vorneüber und streifte ihre Bluse. Sie wusste nicht, ob es absichtlich oder unabsichtlich war, es war ekelerregend. Rosalie fuhr ruckartig zurück. Sie wollte einen weiteren Zusammenstoß verhindern. Er war ein großgewachsener Mann, sicher 1,90 m groß. Seine imposante Erscheinung war angsteinflößend. Ein fehlender Knopf gestattete einen flüchtigen Blick auf seinen schlaffen Bauch, der über den Gürtel quoll. Seine Hose wirkte abgetragen und zeigte Spuren von Verschleiß. Die Haare waren fettig, während ein penetranter Schweißgeruch den Raum erfüllte. Man konnte nicht sagen, welcher Gestank aufdringlicher war, der Schweiß oder der Alkohol.

Sie wich noch einen Schritt zurück, worauf er flüsterte: „Na, na, na, man wird doch wohl noch Hallo sagen dürfen, einem so ausgesprochenen hübschen Mädchen." Rosalie ignorierte die Männer. Sie hatte keine Energie, sich mit diesem brabbelnden Abschaum abzugeben.

„Könnt ihr nicht im Keller bleiben? Jetzt belagert ihr auch noch das Wohnzimmer!

Ich geh nach oben, lasst mich bloß in Ruhe!", rief sie etwas lauter in den Raum und rannte stampfend die Stufen hinauf und sperrte sich in ihrem Turm ein.

Sie wollte sich diesen Schwachsinn nicht anhören. Ihr einst schönes Zuhause war zum Albtraum mutiert. Als wäre ihr Zimmer ein Glashaus, von dem aus sie ihr Leben betrachtete, das in Stücke brach. Es war wie ein Nebelschleier, der sich um sie legte. Sie konnte nichts mehr erkennen. Ihre Gedanken waren ein einziges Karussell, das nicht stillstand. Sie versuchte, sich festzuklammern, während die restlichen Sicherheitsseile an ihr vorbeischaukelten. Rosalie wollte festhalten, aber zu welchem Preis?

Gott sei Dank hatte sie ihren Leuchtturm, Karim. Ihr strahlender Wächter inmitten der Dunkelheit. Mit ihm gemeinsam trotzte sie den Herausforderungen, die sich ihr entgegenstellten. Mit ihm nahm sie die stürmischen Wellen, in denen sie ohne ihn zu ertrinken drohte. Er war ihr Kapitän, der ihr Schiff lenkte und auf Kurs hielt. Er war ihr Rettungsboot, das sie auffangen würde, wenn das Mutterschiff zu sinken drohte.

Tag für Tag stand er an ihrer Seite. Unveränderlich, stark und optimistisch. Er war Rosalies Ort des Rückzuges, der Zuflucht in der Brandung. In seinen Augen spiegelte sich das Licht, das ihr Hoffnung gab in diesen schweren Zeiten.

Ihre Mutter war mittlerweile mehr im Krankenhaus als zuhause, wenn man diese Welt überhaupt noch so nennen konnte. Ein Käfig voller Narren, die Rosalie anwiderten und ihr gleichzeitig Angst machten. Der Alkohol machte den Vater und seine Saufkumpane zu wilden Tieren und ihre niederen Instinkte waren gefährlich. Der Vater lud immer wieder Freunde ein, die Rosalie mit gierigen Augen beobachteten. Wie ein Raubtier seine Beute. Sie spielten Karten, schauten fern. Als wäre es ihre neue Absteige.

Karim und Rita wollten nicht, dass sie hier alleine blieb. Aber es war ihr Zuhause. Sie wollte sich nicht eingestehen, welchen Gefahren sie ausgesetzt war.

Vielleicht wollte sie es auch nicht sehen. Zu sehr hing sie an dem Haus. Das einzige Zuhause, das sie im Moment hatte. Es war ihr vertraut. Dennoch lauerten hinter der Fassade des Alltäglichen die kleinen Veränderungen, die eine Kettenreaktion des Unheils auslösten.

Sie erkannte nicht, dass ihr jugendliches, vor allem weibliches Äußere zur Gefahr werden könnte wie eine Art Köder, der schon an der Angel hing und vor den Raubfischen hin und her baumelte. Rita hatte es kommen sehen. Rosalie war stur und ein Auszug aus dem Haus kam nicht in Frage. Sie war noch nicht bereit, loszulassen, noch nicht. Da niemand Rosalies Mutter in dieses Fiasko miteinbeziehen wollte, entschied Rita alleine. Sie wollte die Probleme von ihrer kranken Freundin fernhalten, weihte sie aber dann doch ein. Doch Rosalies Mutter war zu schwach, um sich selbst darum zu kümmern. Sie sollte sich in ihrem Zustand keine unnötigen Sorgen um ihre Tochter machen müssen. Rita sprach beruhigend auf sie ein.

„Rosalie, du ziehst zu mir. Ich habe nicht viel Platz, aber für eine kurze Zeit geht das schon. So kann das nicht weitergehen. In diesem Haus lass ich dich nicht allein. Deine Mutter würde das auch nicht wollen."

Rosalie versuchte mit allen Mitteln, sich durchzusetzen.

„Rita, bitte, das ist alles, was ich noch habe."

„Das ist kein Ort für ein 16-jähriges Mädchen. Ende der Diskussion! Du hältst an einer Illusion fest."

Rosalie war überrascht über Ritas energisches Verhalten, aber sie willigte schließlich ein und packte ein paar Sachen zusammen.

Die Nachbarn würden sowieso nicht mehr allzu lang dichthalten, also zog sie vorübergehend zu Rita.

Diese hatte oft versucht, mit Rosalies Vater zu reden, aber es war vergeblich. Sein ganzes Dasein drehte sich nur mehr um den Alkohol.

Sie wusste, dass es so nicht mehr lange weitergehen konnte.

Es schien, als gäbe es für Rosalie kein Zurück mehr.

Kapitel 3

Im Rhythmus des Lebens

Es war Freitag. Rosalie blickte auf eine arbeitsreiche Woche auf der Station zurück. Sie sehnte das bevorstehende Wochenende herbei. Dann könnte sie endlich ausschlafen, gemütlich spazieren gehen und wieder Yoga machen, was ihr guttat, sie in Balance hielt und ihr helfen würde, die Ereignisse der vergangenen Tage zu verarbeiten.

Pastor Becker, den sie Anfang der Woche aufgenommen hatte, war ihr wieder zugeteilt. Das Gefühl der Atemnot wechselte zwischen Atembeschwerden und akuter Kurzatmigkeit, die immer wieder stabilisiert werden mussten. Eine beklemmende Angst, die sich aus den kleinsten Zwischenräumen anschlich, belastete ihn.

Diese Furcht kannte Rosalie. Sie drückte sich aus den Ritzen der Erinnerungen, wie ein unheilvoller Schauer. Wer er auch immer war, er befand sich in einer Ausnahmesituation. Er balancierte am Abgrund und versuchte, sich von einem Sicherheitsseil zum nächsten zu schleppen.

Er wirkte heute etwas besser, aber weiterhin kühl und distanziert. Seine Augen begannen zu funkeln, wenn er Rosalie sah, das erzählten die Pflegekräfte. Sie war sich nur nicht ganz klar, was es in ihr auslöste. Es war etwas Dunkles in ihm. Ein falsches Blitzen, das nur den Anschein der Freude zeigte. Eine Tarnung, um sich nicht zu demaskieren.

Ein Gefühl der Beklemmung entwich versteckten Winkeln und Ecken und kroch unaufhörlich an ihr hoch. Schweißtropfen bildeten sich in ihrem Nacken. Der Atem beschleunigte sich. Sie wollte es nicht sehen, weil es zu absurd war, um es zu glauben. Rosalie war die Meisterin der Verdrängung. Tief in ihrem Inneren meldete sich die Angst, die sie abhielt, wirklich hinzusehen.

Pastor Becker war wie immer kurz angebunden und es war, als würde Rosalie frösteln, wenn sie in seiner Nähe war. Was er wohl erlebt hatte, dass diese Aura ihn umgab? Ihr Herz begann, sein Tempo zu erhöhen. Es klopfte schneller, als würde es Aufmerksamkeit erregen wollen. Da wäre sie wieder bei den Teufelsaustreibungen, die er angeblich begleitet hatte, was auch immer das bedeutete. Es waren völlig abwegige Gedanken, die sie nicht zu deuten wusste. Irreale Überlegungen, die von ihr Besitz ergriffen. Etwas begann, an ihrer Denkweise zu rütteln.

Rosalie wusste noch nicht, dass die Verbindung zwischen Vergangenheit und Gegenwart sich bald entschlüsseln würde.

Als sie Beckers Befunde durchging, ihre Therapie anpasste, klärte sie ihn auf, dass eine Untersuchung anstand. Ein Ultraschall des Herzens und angrenzender Gefäße, bei der eine biegsame Sonde in die Speiseröhre eingeführt wurde. Die diente zur Diagnostik und Verlaufskontrolle von Herzmuskel und -klappen. Des Weiteren konnte die Pumpfunktion des Herzens beurteilt werden.

Dazu waren eine lokale Betäubung des Rachens und eine kurze Sedierung notwendig, was hieß, den Patienten in einen schlafähnlichen Zustand zu versetzen.

Die Untersuchung war nicht aufwendig und war nach 20 Minuten abgehandelt.

Pastor Becker wirkte friedlich, während er so vor sich hindämmerte und trotzdem ging etwas Sonderbares von ihm aus. Es war, als hätten sie eine imaginäre Verbindung, die Rosalie sich nicht erklären konnte. Eine Verbindung, die ihren Herzschlag beschleunigte. Der Frieden war nicht echt.

Es war eine Dunkelheit, die er ausstrahlte und ihre verschütteten Gedanken zurückholte. Altes begann, wieder aufzutauen, langsam und unbemerkt.

Rosalie sah in das Gesicht des Pastors, was eine Enge im Hals auslöste, die sie sich nicht erklären konnte. Es war, als würden ihre Arme seinen Hals umschlingen.

Plötzlich öffnete er die Augen. Die Pupillen waren tiefschwarz und Blut begann, aus den Augäpfeln zu laufen.

Panisch griff sich Rosalie an ihren Hals. Sie bekam keine Luft.

Ein: „Na, in Gedanken versunken?“, ihres Kollegen Leon schreckte sie aus ihrer Trance. Sie hielt sich noch mit einer Hand am Hals.

„Ist alles in Ordnung, Rosalie?“, fragte der Pfleger.

Rosalie versuchte, sich zu beruhigen. „Ich habe nur einen Hustenreiz, das ist alles.“

Rosalie blickte verstört zum Pastor, der seine Augen öffnete.

Alles war in Ordnung. Keine blutigen Augen. Keine Atemnot ihrerseits. Der Schweiß rann ihren Nacken hinunter. „Was war das?“, fragte sie sich.

„Was wolltest du sagen, Leon?“, fragte Rosalie mit aufgeregter Stimme.

„Wollte nur wissen, ob du etwas brauchst", wiederholte Leon.

„Er freut sich sicher, wenn du Zeit für ihn hast."

„Wie meinst du das?", fragte Rosalie.

„Er hatte bei der Morgenvisite am Bett darum gebeten, dass du dich um ihn kümmerst."

„Ja, habe ich schon gehört!"

„Er findet dich sympathisch. Keine Angst, er ist ja Pastor", fügte er schmunzelnd hinzu.

„Ja", mischte sich Lukas ein, „er macht auch Teufelsaustreibungen, habe ich recherchiert."

„Ich weiß", antwortete Rosalie. Sie nahm die Nachricht mit einem Achselzucken entgegen. Diese Vorstellung war zu mystisch und irgendwie zu skurril für eine angehende Kardiologin und Intensivmedizinerin.

Der Tag brachte wie so oft viel Arbeit und Rosalie hatte keine Zeit mehr, sich darüber Gedanken zu machen.

Der Pastor verbreitete eine unangenehme Atmosphäre um sich herum, ähnlich wie Nebel, der langsam und undurchdringlich aufzog.

Es war, als würde er ihr Gehirn infiltrieren, während sich das Bild seines Lächelns hineinbrannte. Es war ein mulmiges Gefühl, in seiner Nähe zu sein, eine unbeschreibliche Gefühlsregung, wie eine leise Bedrohung. Und doch spürte sie dieses unsichtbare Band, das sie immer mehr an ihn fesselte. Rosalie versuchte, professionell zu sein, aber das war nicht so einfach. Diese unsichtbare Verbindung, die sie unfreiwillig mit dem Pastor einging, löste Unbehagen aus.

Sie arbeitete bis am nächsten Tag. Eine lange Nacht kündigte sich an, bevor es endlich ins Wochenende ging. Rosalie war mit dem Oberarzt der Station im Dienst, und bis Mitternacht war noch einiges zu tun.

Wenn es dunkel wurde, tauchte die Intensivstation in eine andere Welt und die Atmosphäre wirkte düster. Sie war froh, nicht alleine auf der Station zu sein. Gott sei Dank waren ja die Pflegekräfte auch noch da. Das beruhigte sie.

Alle arbeiteten fleißig und waren immer in ihrer Nähe, was Rosalie etwas entspannte.

Die Dunkelheit brachte eine deutliche Verstärkung verwirrter und aggressiver Patienten. Hier begannen ihre Dämonen ihr Unwesen zu treiben.

Das Licht der Flure wirkte schwach und unheimlich. Es war, als erstreckte sich der düstere Gang wie ein endloses Labyrinth und ein Gefühl der Isolation und Unsicherheit breitete sich bei Rosalie aus. Eine ständige Erinnerung an ihre Albträume, die eine Quelle der Unruhe in ihrem Herzen war.

In Beckers Nähe verstärkte sich ihre Unruhe, als könne er einen Blick hinter die verschlossenen Türen ihrer Vergangenheit werfen. Seine bloße Anwesenheit schien die Geheimnisse, die sie so sorgfältig verborgen hielt, zu erahnen. Es fühlte sich an, als hätte er einen Schlüssel zu ihren tiefsten Ängsten und Traumata, die ihr unaufhaltsam auf den Fersen waren.

Als Rosalie kurz vor Mitternacht den Stationsflur betrat, war ihr, als würde sich ein eiskalter Hauch durch den langen Gang ziehen, wo sich das Vertraute plötzlich in bedrohliche Schatten verwandelte.

Mit dem Erscheinen des Pastors hatte sich ihre Wahrnehmung zunehmend verändert. Als würde hinter den glänzenden Oberflächen die düstere Wahrheit lauern und die Grenze zwischen Gesundheit und Verderben verschwimmen. Der Pastor wurde zu einer Art Virus, der sich in ihr ausbreitete. Rosalie wusste nicht, wie das passierte, aber er nahm von ihr Besitz. Es gab kein geeignetes Antibiotikum, das in diesem Fall wirkte.

Erst spät kam sie zum Essen, als plötzlich ein Alarm losging.

Es war sein Monitor, der die Stille durchbrach und ein lauter Ton signalisierte, dass etwas nicht in Ordnung war. Es gab diverse Varianten von Alarmen, die sich in ihrer Dringlichkeit unterschieden. Dieser war ernst. Es war eine Herzrhythmusstörung, bei der das Herz sehr viel schneller schlug als normal.

Rosalie verschluckte sich beinahe an dem Bissen Brot, den sie gerade in den Mund geschoben hatte.

Sie lief, so rasch sie konnte, hinaus in den dunklen Gang und rannte zu Pastor Becker. Eine Pflegekraft hatte bereits den Defibrillator mitgenommen, der auf einem fahrbaren Wagen deponiert wurde.

„Ich habe den Defi, Rosalie!“, rief Lena laut. Als sie den Patienten erreichten, war er wieder stabil.

Die Krise war Gott sei Dank nur von kurzer Dauer. Eine Monitorlänge sozusagen.

„Lena, lass den Defibrillator gleich im Zimmer. Vielleicht brauchen wir ihn ja nochmal.“

„Ok, mach ich“, antwortete Lena, während sie ihn neben der Position von Pastor Becker abstellte.

Rosalies Herz pochte vor Aufregung und vom schnellen Laufen. Sie spürte dazu eine leichte Enge in ihrem Hals, der sie aber keine weitere Aufmerksamkeit schenkte, obwohl sie das Gefühl von Atemnot hatte. War das eine

Panikattacke? Diese Frage ging ihr durch den Kopf.

Es gab keine weiteren Vorkommnisse mehr. Beckers Werte wurden kontinuierlich kontrolliert und Medikamente adaptiert, die notwendig waren.

Der Patient spürte nichts, hatte keine Herzschmerzen oder Luftnot.

Vorsichtshalber wurden zur Kontrolle ein EKG gemacht und

Blutwerte abgenommen. Es war alles so weit in Ordnung.

Sein Herz war natürlich nicht gesund und er stand schon länger unter medikamentöser Therapie. Becker wurde bereits viele Jahre ambulant betreut.

Es würde auf eine Herz-Transplantation hinauslaufen, aber es fehlten noch einige Untersuchungen.

Seine Parameter waren Gott sei Dank überwacht und würden sofort Alarm geben, würde es wieder vorkommen, was natürlich jederzeit möglich war. Er war ein Hochrisiko-Patient.

Rosalie schrieb noch etwas in den Computer an Beckers Bett. Sie war allein, die Pflege war mit anderen Patienten beschäftigt.

Es war ihr plötzlich, als würde sie Stimmen vernehmen. Sie kamen aus ihrem Inneren. Stimmen aus der Vergangenheit, die ihr zuflüsterten.

Es packte sie eine Panik, während sie spürte, wie ihre Hand gestreichelt wurde. *Nein, bitte nicht jetzt*, dachte Rosalie. Es waren die Gesichter der Angst, die sich wieder einmal anschlichen. Sie kamen aus der Vergangenheit zu Besuch. Verzweifelt versuchte sie, die Hand abzuwehren, die sich unter ihre Bluse schob. Er war einfach zu stark. Warum half ihr denn niemand?

Ihr Herz hämmerte gegen ihre Brust. Schweißperlen traten auf ihre Stirn. Die Ängste der Vergangenheit tauchten aus der Tiefe auf und hielten sie fest.

Rosalie schrie aus Leibeskräften, aber es kam kein Ton aus ihrem Mund. Die Panik breitete sich aus, flüsternd und unerbittlich.

„Kennen sie diese Gedanken, die nicht ihre eigenen sind?“, hörte sie den Pastor plötzlich fragen. Rosalie drehte sich zu Becker. Er schlief und es war, als hätte er ein Lächeln auf den Lippen. Dann packte er sie an der Hand. „Mein Mädchen“, flüsterte er. Seine Stimme ging Rosalie durch Mark und Bein. Dann lachte er. Es hörte nicht auf.

Ein erneuter Schrei drang aus ihrem Mund. Niemand schien sie zu hören.

Plötzlich drang von außen Licht in das Zimmer. Rosalie versuchte, sich aus Beckers Griff zu lösen. Woher hatte er nur diese Kraft?

„Brauchst du was?“, fragte Lena von der Pflege.

Ich konnte mir das doch nicht nur eingebildet haben, dachte Rosalie irritiert.

„Nein, danke, Lena“, stotterte sie und verließ das Zimmer.

„Bist du sicher, Rosalie?“

„Ja, danke, alles gut“, antwortete Rosalie etwas außer Atem.

Es war mittlerweile 2:00 Uhr und sie war müde. Sie würde sich in ihr Zimmer zurückziehen. Ein Arzt schlief immer auf der Station in einem Arztzimmer, um für notwendige Notfälle zur Stelle zu sein. Ihr Oberarzt schlief in seinem Haus in der Nähe und war mit Pager erreichbar.

Was war nur mit ihr los? Sie kannte sich selbst nicht mehr. Diese innere Unruhe, die sie nach all den Jahren wieder aufwühlte, als würde sie mit jeder Stunde weiter hochkriechen und sie an die Vergangenheit erinnern.

Sie fragte das diensthabende Pflegeteam, ob es noch etwas gab und zog sich dann zurück. Sie legte sich mit der Stationskleidung auf ihr Bett, bei einem Notfall wäre keine Zeit, sich anzuziehen. Sie musste immer bereit sein.

Was passierte mit ihr?

Rosalie war gerade im Begriff, ihre Augen zu schließen, als sich diese Stimme von vorhin wieder in ihre Gehörgänge schlich. Es kam ihr vor, als würde jemand direkt in ihr Ohr flüstern. Sie drang unaufhaltsam ein, wie ein giftiges Elixier und brachte sie beinahe um den Verstand. Sie schlängelte sich um sie wie eine Schlange auf der Suche nach einer Beute. Ein kaltes Gefühl, dass sich entlang der Wirbelsäule fortbewegte und jede einzelne Zelle ihres Körpers mit unheilvoller Spannung erfüllte. Es zog sie mehr und mehr in den Abgrund.

Verwirrt öffnete Rosalie ihre Augen und war hellwach. *Was war das?*, dachte sie, während sie ein kalter Luftzug streifte.

Ihr wurde leicht schwindlig und es war ihr, als würde eine Schwere auf ihr lasten. Sie musste tief Luft holen. Plötzlich betrat Rita von der Pflege ihr Zimmer und rief: „Rosalie, kannst du bitte kommen?"

„Ich komme!", rief Rosalie.

Mit einem Satz sprang sie auf und lief ihr nach.

Es war Pastor Becker, der über Atemnot klagte. Die Pflegerin hatte ihm bereits den Sauerstoff, den er schon über eine Sauerstoffbrille bekam, erhöht und den Oberkörper aufgerichtet.

„Wie fühlen sie sich, Herr Becker? Wird die Atemnot besser?", fragte Rosalie, während sie selbst kaum Luft bekam.

Rosalie ordnete nach einem kurzen Gespräch mit dem Patienten ein Beruhigungsmittel über die Vene an. Sein Zustand wurde besser und er beruhigte sich wieder. Seine Sauerstoffsättigung hatte sich stabilisiert. Das war bei seiner eingeschränkten Herzfunktion ausreichend. Seine Atemnot verschwand, Rosalie hörte ihn noch einmal ab, konnte aber nichts erkennen.

Scheinbar war es emotionaler Stress.

Zusätzlich zu seiner schlechten Verfassung stresste ihn seine Umgebung. Er beschwerte sich wieder einmal, weil es hier so laut war. Es zischte und alarmierte, was ihn nervte. Rosalie beugte sich zu ihm und versuchte, besänftigend auf ihn einzureden, während Rita das Beruhigungsmittel aufzog.

Plötzlich ergriff er ihre Hand und starrte ihr ins Gesicht. Der abrupte Wandel in seinem Verhalten und seine kalten und durchdringenden Augen erzeugten eine beunruhigende Situation, die außer Rosalie niemand irritierte. Als würde nur sie alleine in ihrer Wahrnehmung der beängstigenden Situation sein und die Gefahr erkennen.

Pastor Becker flüsterte ihr etwas zu, aber Rosalie konnte ihn nicht gut verstehen.

„Ich will Dein Herz!“, vernahm sie. „Ich will dein Herz.“ Rosalie schreckte zurück. Er begann zu lachen. Rosalie bekam weiche Knie.

Ihr lief es heiß und kalt über den Rücken. Es hallte wider und wider, bis das Beruhigungsmittel, das Rita ihm spritzte, endlich wirkte und ihn entspannte.

„Alles ok?" Tom kam zur Tür herein.

„Ja, danke." Mehr konnte Rosalie nicht sagen. Pastor Becker schlief kurz darauf ein und sie ging zitternd in ihr Zimmer zurück.

Dort angekommen, atmete sie tief ein und aus. „Was ist da passiert?", fragte sie sich irritiert. Hatte sie sich das alles eingebildet? Zudem hatte sie die gleichen Symptome wie der Patient? Sie räusperte sich nervös, während sie an ihren Hals fasste. Sie fühlte eine Beklemmung.

Hatte er das wirklich gesagt? Er wollte ihr Herz?

Rosalie schüttelte verwirrt den Kopf. Es war sicherlich mehr ein: Ich brauche ein Herz. Sie legte ihre rechte Hand auf ihre Brust und versuchte wiederholt, ruhig ein- und auszuatmen, um sich zu beruhigen. Ihre Nerven waren zum Zerreißen gespannt.

„Rosalie!", ermahnte sie sich, „er ist ein schwerkranker Patient, der wahrscheinlich auch Albträume hat und sich fürchtet."

Seine Ängste spiegelten sich in ihren wider.

Sie drehte am Rad. Es war Zeit für ein Gespräch bei ihrer Therapeutin.

Diese immer wieder aufkeimenden Ängste begannen, ihr Leben zu beeinflussen. Die Albträume, die sie nicht losließen. Ein düsteres Labyrinth, dessen Wände mit verstörenden Schatten der Vergangenheit bedeckt waren.

Rosalie tastete sich im Dunkeln vorwärts. Sie fand keinen Ausweg. Die Dunkelheit machte ihr Angst, während diese unbarmherzige Furcht sie gnadenlos verfolgte. Das leise Flüstern, das sie umgarnte und sich immer enger um ihren Hals schnürte, war unerbittlich. Schweißgebadet kämpfte sie gegen ihre unsichtbaren Fesseln ihrer Erinnerung, während die Albträume sie nicht losließen. Sie waren wie Schreie in der Nacht, die sich mit ihren aufgewühlten Atemzügen mischten.

Ihre Hilferufe erstickten kläglich.

Die dumpfen Herzschläge beschleunigten sich, bis die Albträume wieder verblassten und die Wärme des Tages die ersehnte Ruhe mit sich brachten. Diese Schuld, die sie mit sich trug. Aus irgendeinem Grund gab es eine Verbindung zum Pastor. Es klang abwegig. Aber sie spürte eine gewisse Verbundenheit, die sie gefangen hielt und begann, ihre Gedanken zu dominieren. Sicherlich arbeitete sie zu hart und zu viel.

Was, wenn sie sich ihrem Verdacht hingab? Was, wenn die alte Dame, die Schwester von

Frau Lindemann, recht hatte und irgendetwas mit dem Pastor nicht stimmte?

Seit seinem Auftauchen veränderte sich Rosalies Gemütszustand, das stand fest.

Ihre Albträume und Ängste verstärkten sich. Als würden sie aus der Ecke springen und sie daran erinnern, was sie getan hatte. Es war doch alles gut. Rosalie war die letzten Jahre stabil. Sie hatte so viel geschafft. Sie hatte sogar die medikamentöse Therapie beenden können.

Sie war offensichtlich der Situation nicht gewachsen.

„Was … wenn“, schoss ihr durch den Kopf. Plötzlich musste Rosalie lachen. „Wie sollte er denn mein Herz bekommen? Ich bin einfach nur überlastet und der Patient durch seine Situation überfordert und verwirrt“, redete sie sich ein. Und doch hatte ihr Lachen eine explosive Note, als Reaktion auf die emotionalen Belastungen, die im Untergrund zu wüten begannen und die Angst, die sie wieder einmal ganz spontan einholte.

Sie wollte nur kurz die Beine hochlegen und die Augen schließen, um sich zu beruhigen.

Sie musste kurz eingenickt sein, als sich plötzlich jemand auf ihren Brustkorb warf und Wiederbelebungsmaßnahmen durchführte. Der Oberarzt presste Rosalie die Maske auf das Gesicht, die Mund und Nase bedeckte, während

Sauerstoff in ihre Lungen zischte. Rosalie hatte das Gefühl, zu ersticken. Es war, als ob ihr etwas die Luft abschnürte. Sie rang verzweifelt um Atem.

Was ist hier los?, dachte sie panisch. Sie versuchte, sich bemerkbar zu machen, aber es war unmöglich. Es war, als hätte man ihr ein Muskelrelaxans gespritzt, das all ihre Kontrolle über ihren Körper lahmlegte.

Es war doch alles in Ordnung. Sie versuchte, gegen ihre Logik, mit den Augen zu zwinkern, was ihr natürlich nicht gelang. Ihr Muskeltonus war völlig erschlafft. Als hätte man Blei über ihren Körper gegossen. Sie war nicht einmal in der Lage, die Zehen zu bewegen oder die Finger. Es war, als wäre sie eingeschlossen in ihren eigenen Körper. Als wäre ihr Körper zu einem undurchdringlichen Gefängnis geworden. Eine Panzerrüstung, die durch die schwere Struktur keine Bewegungsfreiheit erlaubte. Eine unbarmherzige Isolation, ohne die Möglichkeit der Kommunikation.

Wieso sieht niemand, dass es mir gut geht?, dachte Rosalie.

„Hallo!“, versuchte sie es noch einmal: „Hallo!“, aber niemand schien zu bemerken, dass Rosalie alles mitbekam.

Als sie den Oberarzt zu fixieren versuchte, sah sie lediglich das lachende Gesicht des Pastors. Sein Lachen war widerlich. Er war der Einzige, der sie beobachtete. Rosalie wollte schreien, aber es kam kein Ton aus ihrem Mund.

„Rosalie!" Erschrocken fuhr sie zusammen. *Endlich*, dachte sie, *endlich hat jemand bemerkt, dass doch alles gut ist.*

„Ja, hier!", schrie sie, als sie plötzlich ihre Stimme wahrnahm.

„Na, das hoffe ich doch."

Da erkannte Rosalie, dass sie geträumt haben musste. Ihr Herz klopfte noch immer heftig, aber sie war erleichtert. Ihr Kopf fühlte sich noch etwas benommen an. Sie brauchte kurz, um sich wieder zu orientieren. „Gib mir einen kurzen Moment."

Rosalie setzte sich auf und erblickte Tom.

„Was willst du, Tom?"

„Ich habe nur eine kurze Frage zum Patienten", erwiderte er. Rosalie versuchte, sich auf ihn zu konzentrieren und fand nur schwer wieder zur Realität zurück. Sie war unglaublich erleichtert, während ihr Puls noch in schwindelerregenden Höhen pumpte, zumindest fühlte es sich so an.

Es war wie der Aufprall von Hagelkörnern. Sie war verwundert über diese Kraft und Größe, doch nach dem ersten Staunen wurde ihr bewusst, dass es Realität war und keine Einbildung.

Rosalie war sich jetzt sicher: Es gab eine Verbindung zwischen Pastor Becker und ihr. Es musste irgendeinen Zusammenhang mit ihrer Vergangenheit geben.

Rückblick 3

Verlorenes Mutterherz

Die Umstände zerrten an Rosalie. Die Angst, ihre Mutter zu verlieren, zog sich um ihr Herz. Die weißen Wände ihres Zimmers starrten sie an und spiegelten die Leere wider, die sie empfand. Wieder zuhause sank sie todmüde in den Schlaf. Ihre Augen waren feucht. Der Schmerz suchte eine Möglichkeit, sich auszudrücken. Eine Welle der Erschöpfung überwältigte sie und die Realität verschwamm.

Mit der langsam schwindenden Wachsamkeit begann ein allmähliches Eintauchen in die Traumwelt. Der angenehme Duft einer Blumenwiese streifte ihre Nase wie eine Brise.

Es war das Klopfen ihres Herzens, das lauter wurde. Eine überraschende Leichtigkeit, die sie erfasste und durch ihren Körper floss.

Plötzlich sah Rosalie ihre Mutter winken. Sie wirkte glücklich. Lange hatte sie sie nicht mehr so lachen gehört. Ein prickelndes Gefühl, das sie einfing wie mit einem Lasso. Ihre Mutter Linda hatte ein weißes Nachthemd an und tanzte auf einer Blumenwiese. Ihre Wangen waren leicht gerötet, ihr Teint wirkte frisch. Der

Hügel präsentierte sich in einem lebendigen Farbenspiel der Natur. Zarte Blüten wiegten sich im leichten Wind, während Schmetterlinge durch die Luft flatterten. Goldgelbe Löwenzahnköpfe standen im Kontrast zu den kräftigen Blau- und Lilatönen der Glockenblumen. Ein Hauch von süßem Duft erfüllte die Luft und die Wiese pulsierte von dem Lachen ihrer Mutter. Summende Bienen eilten herum und flogen von Blüte zu Blüte. Ein friedliches Bild, dass sich hier inszenierte. In der Mitte erhob sich ein prächtiger Baum, der tief verwurzelt und sicher auf seinem Platz stand. Seine starken Äste reckten sich zum Himmel, während tiefe Wurzeln sich fest in die Erde verankerten.

Rosalie hatte das Gefühl, sie würde auf ihre Mutter zulaufen. Aber sie kam nicht vom Fleck. Es war, als wäre sie in einem merkwürdigen Zeitlupenmoment gefangen und die Welt um sie schien stillzustehen. Sie hörte sich immer wieder „Mami!“, rufen, „Mami!“ Gierig streckte sie ihre Arme aus. Aber sie schien sie weder zu hören noch zu sehen.

Da tauchte plötzlich der junge Monsignore auf und umarmte ihre Mutter. Es ging so schnell. Mit dem Messer, dass er in seiner rechten Hand hielt, stach er überraschend auf sie ein. Immer und immer wieder.

Die Mutter schrie und das weiße Nachthemd tränkte sich zusehends mit tiefrotem Blut. Sie wankte, während der Monsignore einen Schritt zurücktrat und seine Augen schloss. Es hatte den Anschein, als würde er es sichtlich genießen. Die Schreie der Mutter erstarben und sie stürzte zu Boden. Sie griff mit der rechten Hand flehentlich nach seinem Arm, aber er reagierte nicht. Rosalie wollte laufen, doch sie steckte noch immer fest. Ihre Rufe fanden keinen Ton, als sie erfolglos versuchte, sich mit den Händen bemerkbar zu machen. Dann sah sie das Gesicht des Monsignores, der sie mit seinem kalten Blick durchbohrte und zu lachen begann. Ein Lachen, das widerhallte und niemals vergessen würde. Eisig und durchdringend.

Er schritt langsam auf die am Boden liegende Mutter zu, die ihre Hand hilfesuchend nach ihm ausstreckte.

Er beugte sich über sie, riss ihr das Nachthemd auf und erhob das blutige Messer. Er setzte den ersten Schnitt am Brustkorb, den zweiten oberhalb des Brustbeines an.

Es war, als würde Rosalie die Klinge spüren, die einen tiefen Schmerz entfachte.

Dann entnahm er das Herz. Fein säuberlich, als wären es Chirurgenhände, die jeden Schritt professionell einstudiert hatten. Mit einer Eleganz und Perfektion hielt er es lächelnd wie eine Trophäe in der Hand. Als wäre es die selbstverständlichste Sache der Welt. Seltsamerweise pumpte es friedlich und kraftvoll vor sich hin. *Das war doch gar nicht möglich,* dachte sie.

„Mami!“, schrie sie langgezogen und mit solch einer Stärke, dass ihr Hals schmerzte.

Es schien, als würden ihre Beine unter ihr versacken. Es war, als würde sie schweben. Sie befand sich im Zustand des freien Falls und sie kam keinen Schritt weiter.

Dann erwachte sie. Schweißtropfen hatten sich auf ihrer Stirn gebildet und bahnten sich ihren Weg über die Schläfen, als Rosalie sich abrupt aufsetzte. Sie rief noch immer nach ihrer Mutter. „Mami, Mami.“ Sie schluchzte. Ihre Kehle war trocken. Ihr Herz klopfte wild, während Panik an ihr hochkroch und diese Enge in ihrem Hals auslöste. Ihr Atem ging schnell.

Rosalie zitterte am ganzen Körper. *Es war nur ein Traum,* dachte sie. Sie durfte jetzt nicht durchdrehen, versuchte sie sich zu beruhigen. Dann schreckte sie wieder hoch. „Ich wusste es, er wollte ihr Herz, um seine Mutter zu retten!“ Sie sprach diesen Gedanken laut aus, ihre Augen vor Entsetzen weit geöffnet.

Sie sprang aus dem Bett, zog sich in Windeseile an und machte sich auf den Weg ins Krankenhaus.

Sie musste befremdlich auf die Menschen wirken, dachte Rosalie einen kurzen Moment. Aber vielleicht war das auch nur ihr Eindruck. Bei einem Rundumblick bemerkte sie, wie sehr die Menschen in der U-Bahn mit ihren Handys beschäftigt waren, stumm vor sich hinstarrten oder ins Gespräch vertieft nichts von der Umgebung mitbekamen. Ihre zerzausten Haare hingen schlaff hinunter, die dunklen Ringe unter den Augen waren Spuren ihrer von Albträumen durchzogenen Nacht. In ihrem Gesicht hing ein Schleier der Angst. Ihr Ausdruck verriet die Last der Unsicherheiten, die inneren Turbulenzen, die tief in ihr tobten. Sie war selbst so sehr mit sich beschäftigt, dass sie die Außenwelt gar nicht bewusst wahrnahm. Warum also sollten andere an ihr Anstoß nehmen?

Als sie ankam, stieg sie rasch aus. Sie zog die Kapuze über den Kopf und rannte zu ihrer Mutter. Ihre müden Beine fanden mühelos den Weg. Sie war ihn schon so oft gegangen, dass ein gewisser Automatismus von ihr Besitz ergriffen hatte. Er hatte sich tief in ihr Gedächtnis gegraben, dass sie ohne Probleme zum Ziel navigierte, ohne großartig darüber nachdenken zu müssen.

Völlig außer Atem kam sie auf der Station an. Eine Pflegerin, mit der sie sich gut verstanden hatte, kam ihr entgegen. „Rosalie woher weißt du ...?“, stockte dann, weil sie unterbrochen wurde.

„Ich muss zu Mami!“, rief Rosalie. Die Pflegekraft hielt sie fest. Rosalie sah deren traurigen Blick und schrie: „Was ist mit ihr?“ Ihr Herz raste und ihr Kopf drohte, zu zerspringen. Ihre Gedanken flogen wild durcheinander. Ihre Augen füllten sich mit Tränen, während die aufkommende Panik auf ihre Brust drückte.

„Rosalie, ihr Zustand hat sich in der Früh verschlechtert und sie ist vor ein paar Minuten gestorben. Wir wollten dich gerade anrufen“, meinte die Schwester mit sanfter Stimme. Rosalie konnte es nicht glauben und fragte bestimmt: „Wo ist sie?“

„Komm mit, ich bringe dich zu ihr.“ Sie taumelte aufgelöst hinter der Pflegerin her.

Ihre Mutter lag aufgebahrt auf ihrem Bett, bekleidet mit einem weißen Nachthemd und hatte ein friedliches Lächeln in ihrem Gesicht. Es war dieses weiße Nachthemd aus dem Traum, erkannte Rosalie. Die Pflegerin hielt sie an den Schultern. „Die Freundin deiner Mutter ist schon auf dem Weg, Rosalie.“ Während ein Tränenstrom sich ergoss, nickte sie. „Ich lass dich für einen Augenblick alleine. Ich bin gleich zurück." Die Pflegerin verließ das Zimmer.

Wie gerne würde sie ihrer Mutter noch einmal in die Augen blicken, doch diese waren für immer geschlossen.

Hektisch versuchte Rosalie, an ihrer Mutter zu rütteln, aber es änderte nichts. Sie war tot. Ihr Lächeln wirkte irritierend gelassen. *Wie konnte sie zufrieden sein?,* dachte Rosalie. „Wie konntest du mich alleine lassen, Mami?!", schrie sie die Mutter an.

Rosalie kämpfte, nicht hier und jetzt auf der Stelle zusammenzubrechen. Sie hatte ihrer Mutter versprochen, stark zu bleiben. Sie hatte Angst, nachzusehen, ob der Traum zur Realität geworden war. Während sie das Nachthemd mit zitternden Händen zu öffnen versuchte, schnürte sich ihr Hals enger, wie ein Kokon. Das Atmen fiel ihr schwer. Der Schmerz war so gewaltig, dass er sie beinahe erdrückte, so schwer legte er sich auf ihr Herz.

Sie wollte einen Blick auf den Brustkorb werfen. Sie musste nachsehen, ob Mutter einen tiefen Schnitt hatte, den man anschließend provisorisch ausgestopft hatte. Wie eine Vogelscheuche. Ihre Finger zitterten, während die Tränen über ihre Wangen liefen und ihr die Sicht nahmen. Da öffnete sich die Tür und Rita trat mit dem Monsignore und der Pflegerin in

Begleitung das Zimmer. Rosalie begann zu hyperventilieren. Die beklemmende Situation eskalierte, als sie den Monsignore sah.

Er musste einen Trigger in ihr ausgelöst haben. Rosalie begann, den Monsignore wild zu beschimpfen. „Sie haben meine Mutter auf dem Gewissen! Sie sind ein Mörder. Warum haben Sie mir meine Mutter genommen?“, sprudelte es völlig aufgelöst aus ihrem Mund. Dann brach sie zusammen. Der Monsignore konnte sie gerade noch rechtzeitig auffangen, bevor sie mit dem Kopf auf dem Boden aufschlug. Die Pflegerin holte eine Liege. Der Pastor half ihr, Rosalie hochzuheben. Dann brachten sie sie auf die Station.

Rosalie brauchte Hilfe. Dieser andauernde Schlafmangel machte ihr zu schaffen. Sie befand sich in einer verwundbaren Situation. Der Tod der Mutter, die belastenden Umstände, die ihren Zusammenbruch hervorgerufen hatten, waren eskaliert.

Es brach eine Abzweigung ins Ungewisse an. Das Leben stellte sie vor neue Herausforderungen und brachte tiefgreifende Veränderungen mit.

Altes ging. Neues begann. Eine unausweichliche Realität des Lebens.

Die Vergangenheit war vorbei, trotzdem würde sie in Rosalie weiterleben. Es würde in ihr nachhallen, gleichzeitig musste sie sich der Zukunft stellen.

Die Erinnerung war Trost, aber auch Ballast, während eine neue Identität langsam in ihr heranwuchs.

Kapitel 4

Eine Leiche in der Hauptallee

Rosalie sehnte sich nach Entspannung, sie hatte sich ein paar Urlaubstage genommen. Doch ihre Albträume, durch dunkle Schatten bedrängt, holten tief Vergrabenes aus ihrer Vergangenheit ans Licht und verarbeiteten negative Gefühle. Diese unterdrückten Schreie, die Rosalie quälten, während ihre Stimme in der düsteren Leere erstarrte. Die Angstträume hielten ihr Innerstes gefangen, unfähig, in die Welt zu entkommen.

Ein erdrückendes Gefühl der Schuld lastete auf Rosalie, als würde sie versuchen, einen Sturm in ihrem Inneren zu entfesseln. Die drängende Sehnsucht, sich von dieser Last zu befreien, war spürbar, aber gleichzeitig schienen unsichtbare Ketten sie daran zu hindern.

Die unfreiwillige Selbstgeißelung hielt Rosalie fest zwischen dem Wunsch nach Erlösung und der Unfähigkeit, sich von der Schuld loszulösen und webte ein düsteres Netz um ihr Leben.

Seit Erscheinen dieses neuen Patienten häuften sich die Albträume wieder. Die Schreie wurden fordernder und der erholsame Schlaf blieb auf der Strecke. Sie war vollkommen erschöpft und die Uhr zeigte 4:00. Ihr Geist konnte dennoch nicht zur Ruhe kommen. Rosalie wagte einen erneuten Versuch, sich umzudrehen und noch ein wenig Schlaf zu finden. Aber ihre Gedanken waren hartnäckig.

So schwang sie ihren müden Körper aus dem Bett. Sie schlenderte in die Küche und startete die Espressomaschine. Dann schlurfte sie in ihren gemütlichen, dicken rosa Socken durch die Wohnung Richtung Bad. Sie lehnte sich mit einem tiefen Seufzer gegen das Waschbecken.

Als Rosalie in den Spiegel blickte, zeichnete sich Erschöpfung auf ihrem blassen Gesicht ab. In ihren Augen spiegelte sich eine alte Melancholie wider, sie wirkten müde, wie schmale Schlitze und die dunklen Ringe unter ihnen verstärkten diesen Eindruck noch. Diese Traurigkeit einer jungen Frau, deren Herz vor vielen Jahren in tausend Scherben zerbrochen war, die sie langsam und mühsam wieder aufgesammelt und zusammengesetzt hatte.

Die Vergangenheit war wieder Realität und zeigte Spuren, die sie auf ihrer Seele hinterlassen hatte. Ihre Haare waren ein wildes Geflecht, als wäre sie durchs Gestrüpp gelaufen. Sie nahm die Bürste, kämmte sie durch und band sie locker am Hinterkopf zusammen. Sie griff nach dem dünnen Bademantel, schlüpfte hinein und schlenderte zurück in die Küche. Ein Espresso war jetzt genau, was sie brauchte. Sie öffnete die Kaffeetüte, ließ das Pulver durch die Finger rieseln, bevor sie sie diese vorsichtig in den Filter streute. Ein verlockender Duft erfüllte die Küche. Eine aromatische Wohltat, die Rosalies Morgen deutlich verbesserte.

Sie nahm die Tasse und setzte sich ans Fenster. Sie liebte den Blick über Wien. Sie fühlte sich in diesen Momenten wie ein Vogel, der die Welt von oben betrachtete. Eine Perspektive, die die Stadt in ein neues Licht rückte und ihr selbst eine gewisse Leichtigkeit verlieh. Es war, als würde sich ihr Horizont erweitern und sie hatte mehr Raum zum Atmen. Eine Idee von Freiheit, die mit einem Flügelschlag schon so viel veränderte. Ein Symbol für die Kraft der eigenen Entscheidungen, die einerseits Angst mit sich brachten, aber andererseits auch neue Möglichkeiten.

Der Albtraum der letzten Nacht begann zu verblassen und rückte in den Hintergrund. Es war, als würde Rosalie das Blau des Himmels ganz neu betrachten.

Sie saß hier sicher eine Stunde, versank in ihren Tagträumen und ihr Geist entspannte sich. Langsam verschwand die morgendliche

Lethargie und neue Funken an Frische traten in ihr Antlitz. Ihre Augen waren jetzt offen. Gemächlich stand sie auf, ging ins Bad und wusch sich ihr Gesicht mit kaltem Wasser. Danach duschte sie und war wie neu geboren.

Das Läuten des Telefons holte sie in die Realität zurück. Ihre Mutter, eigentlich Adoptivmutter, die regelmäßig anrief, um sich nach ihrem Befinden zu erkundigen. Sie überschlug sich immer mit Fragen und wollte so viel wie möglich wissen. „Hallo, mein Schatz, wie geht es dir? Läuft es gut im Krankenhaus? Was machst du heute? Und bitte, vergiss nicht am Sonntag ist der Brunch."

Sie war so anders als ihre leibliche Mutter, aber sie war ja auch für sie da, solange es ging. Sie sprühte vor Energie. War immer damit beschäftigt, Veranstaltungen vorzubereiten, Einladungen auszuschicken, oder Ähnliches. Aber es lief oberflächlicher. Als Perfektionistin mochte sie nicht einmal spontane Ausflüge und war darauf bedacht, dass alles so lief, wie sie es wollte. Eine Einladung auszuschlagen war fatal, außer Rosalie hatte Dienst im Krankenhaus. Der Job ging vor. Ihre Adoptivmutter war sehr bestimmt, aber immer fair gewesen. Sie mochte ihre Empathie nicht so gerne zeigen.

Für ihre Adoptivmutter war es wichtig, einen kühlen Kopf zu bewahren. Sie hatte gerne

Kontrolle über ihre eigenen Gefühle. Natürlich präsentierte sie ihre Familie gern und im besten Licht. Sie hatte Glück mit ihren beiden Töchtern. Das Wort Pflegetochter hatte sie nie in den Mund genommen. Sie hatte Rosalie vom ersten Moment an akzeptiert.

Beide Kinder waren erfolgreich und hatten eine beeindruckende berufliche Laufbahn eingeschlagen. Ihre Schwester Sophia war Anwältin, arbeitete in der Anwaltskanzlei ihres Vaters.

Rosalie und Sophia verstanden sich gut. Sie sahen sich jeden zweiten Sonntag zum Brunch bei den Eltern, wenn sie nicht zum Dienst musste, und ab und zu trafen sie sich auch alleine.

Rosalie mochte Sophies Leichtigkeit, mit der sie das Leben anpackte und beneidete sie manchmal darum. Es kam vor, dass sie spontan anrief und Rosalie auf ein Getränk oder Essen einlud.

„Süße, wir müssen unbedingt eine neue Bar besuchen. Ich habe darüber gelesen. Heute Abend 20:00 Uhr? Es gibt keine Ausreden. Natürlich nur, wenn du keinen Dienst hast. Lass uns das Leben genießen, Schwesterherz!“, rief sie ausgelassen ins Telefon oder überschüttete sie mit herzlichen WhatsApp-Nachrichten. Wer konnte da nein sagen.

Sie hatte nach all dem Drama noch eine zweite Chance bekommen, hatte eine tolle Ausbildung genossen, eine zweite Familie, die ihr vieles ermöglichte, gefunden. Ihre eigene Mutter hatte die Familie über den Pfarrer des Bezirks kennengelernt. Der hatte dann alles eingefädelt. Was würde Rosalie dafür geben, sie noch einmal zu sehen, mit ihr zu sprechen, sie zu umarmen.

Ja, ihre Mutter fehlte Rosalie. Nicht mehr so, dass es weh tat, aber sie fehlte.

Diese gutmütige Frau, die alles für Rosalie getan hatte, aber sie letztendlich nicht schützen konnte. Sie hatte ihre Tochter alleine zurückgelassen. In Momenten der Traurigkeit griff sie zu dem Brief ihrer Mutter, den sie ihr hinterlassen hatte. Sie verwahrte ihn in einer alten Schmuckschatulle und las ihn wieder und wieder, um ihre Sehnsucht zu stillen.

Das Bild ihrer Mutter hatte sie im Wohnzimmer platziert. In den letzten Jahren hatte sie oft davor gestanden und ihr alles im Detail erzählt. Es gab ihr ein Gefühl von Trost, wenn sie ihre Mutter an ihrem Leben teilhaben ließ. Sie fühlte sich ihr in solchen Momenten sehr nahe.

Dennoch vermochten all die neuen Möglichkeiten, die ihr das Leben offenbarte, niemals die vergangenen Spuren ganz zu verwischen. Die Geschehnisse waren in ihr Herz. Eingefangen zwischen den Glasscheiben ihrer Erinnerungen und den Narben, die sich gebildet hatten.

Mit einer Therapie und dem Verständnis der neuen Familie konnte sie nach und nach wieder neuen Lebensmut tanken. Allmählich vermochte sie das alte Leben loszulassen, jedoch blieben dunkle Schatten hartnäckig, noch immer festgehalten am Rockzipfel ihrer Gedanken.

Rosalie mochte dieses Gefühl der aufkeimenden Wehmut nicht, denn die drückte ihre Freude zu Boden. Sie versuchte, sie zur Seite zu schieben und beschloss, zufrieden zu sein mit dem, was sie hatte. Sie lebte ihren Traum. Sie war Ärztin. Hatte einen liebevollen Freund. Die beginnenden Depressionen, die sich durch den Verlust der Mutter eingeschlichen hatten, hatte sie gut im Griff. Wie konnte es sein, dass das Leben manchmal statisch dahinlief und sich fast bockig gegen jede Veränderung sträubte? Von einem auf den anderen Tag plötzlich alles von Grund auf auf den Kopf stellte?

Ohne Vorwarnung wurde Rosalie von so vielem Neuen überschwemmt, das ziemliche Herausforderungen mit sich brachte. Es war, als würden Veränderungen sie förmlich überfluten.

Das alte Leben drängte sich in den Albträumen an die Oberfläche und triggerte die Angst. Es fühlte sich an, als wäre Rosalie aus einem angenehmen Tiefschlaf erwacht, den der Wandel mit sich gebracht hatte.

Es war das dreckige Lachen ihres Vaters und dessen Freundes, dass sie verfolgte und weiter quälte. Eine Erinnerung, die wie ein belastendes Echo durch ihre Gedanken hallte, während sie versuchte, dem Klang in ihren Albträumen zu entkommen, der immer wieder in ihre Gehörgänge schlich. Gleichzeitig war da die bestehende Wut, die manchmal emporkroch und sie beinahe um den Verstand brachte.

Karim hatte recht, sie musste diese furchtbaren Albträume loswerden und sich der Wahrheit stellen. Mittlerweile wurden sie immer heftiger und raubten auch ihm den Schlaf.

Der neue Tag war kein unbeschriebenes Blatt.

Rosalies Start in diesen Tag war erfüllt von Angst, die sich vor sie stellte, mit all den Erinnerungen an die vergangenen Tage und ihren negativen Erfahrungen.

Der Pastor läutete das Neue ein, forderte sie heraus, lockte sie an, wie ein Jäger seine Beute.

Es war mittlerweile 8:00 Uhr. Rosalie zog sich eine Jeans an und eine hellblaue

Jerseybluse. Anschließend schlüpfte sie in gemütliche Sneakers und zum Schluss noch in eine dünne Weste.

Karim war schon früh mit dem Rad los. So hatte sie Zeit, alles in Ruhe zu durchdenken und sich nach einer Psychiaterin umzusehen. Jemandem, dem sie vertrauen konnte. Es war an der Zeit, die Vergangenheit aufzuarbeiten.

Sie wollte noch einen langen Spaziergang machen, um frische Luft zu tanken und ihren immer wieder aufkeimenden Gedanken Auszeit zu verschaffen.

Karim hatte am Vorabend schon einen persischen Eintopf gekocht, den sie nur mehr aufwärmen musste. Also blieb ihr genug Zeit für einen ausgedehnten Ausflug in die Natur.

Sie klingelte bei ihrem Nachbarn, um den Hund für einen Spaziergang abzuholen. Es tat ihr gut, nicht alleine durch den Prater zu spazieren. Sie fühlte sich sicherer.

„Rocky", war ein graumelierter Weimeraner, der viel Auslauf und Beschäftigung brauchte. Rosalie kannte ihn schon, seit er ein Welpe war.

Sie ließ ihn an der Leine und spazierte Richtung Prater Hauptallee.

Die Allee erstreckte sich vor ihnen, umgeben von Bäumen und kleinen Waldstücken. Es war eine weitläufige Grünfläche inmitten des hektischen Treibens der Großstadt. Ein willkommener Kontrast zur urbanen Hektik. Die Bäume, deren Blätter im sanften Wind flüsterten, spendeten angenehmen Schatten. Viele Menschen strömten hierher, um zu entspannen oder mit dem Hund spazieren zu gehen. Rosalie ging flotten Schrittes neben dem Hund durch das schattige Waldstück, was von raschelndem Laub und Vogelgezwitscher begleitet wurde. Plötzlich drang mit dem nächsten Windhauch ein bestialischer Gestank an ihre Nase. Rocky bellte und zog unruhig an der Leine.

Angewidert rümpfte sie die Nase und fragte sich, woher dieser ekelerregende Geruch kam. Es roch stark nach Verdorbenem. Es war, als hätte der Vierbeiner eine Fährte aufgenommen. Rosalie stolperte hinter ihm her in der Hoffnung, der Geruch würde sich verflüchtigen. Er wurde intensiver, als sie aus der Ferne etwas zu erkennen glaubte. Mit pochendem Herzen näherte sie sich einem dichten Gestrüpp, das etwas einschloss. Der Hund steckte seine neugierige Schnüffelnase hinein.

„Zurück, Rocky, lass das!", fauchte Rosalie. Aber der aufgeregte Vierbeiner winselte aufgeregt und Rosalie schritt zögernd voran. Es war klar, dass der Rüde der Boss war. Der Gestank war erbärmlich und raubte ihr den Atem. Auch sie als Ärztin kämpfte gegen den aufkommenden Brechreiz an. Ihr Herz pochte aufgeregt. Ein Schwarm Fliegen bildete eine Traube, was Rosalie darauf schließen ließ, dass wahrscheinlich ein totes Tier hier lag.

Sie wollte sich noch vergewissern, bevor sie unnötig die Polizei benachrichtigte.

Ihr Blick fiel auf etwas Ungewöhnliches zwischen den Bäumen unter dem Laub und Zweigen versteckt. Sie fand in ihrer Hosentasche ein Taschentuch, dass sie fest auf ihre Nase drückte. Aber der Geruch stahl sich durch alle Ritzen. Bei genauerer Betrachtung erkannte Rosalie eine leblose Gestalt, die mit Laub bedeckt war.

Rosalie versuchte, den Atem anzuhalten. Ein lautes Flattern in ihrem Magen begann sich zu verstärken. Erschrocken sprang sie zurück. Rosalie versuchte, ihre Nase in die Ellenbeuge zu drücken. Ein süßlich-beißender Geruch drängte sich erbarmungslos zu ihr durch.

Beine, die den Zersetzungsprozess erkennen ließen, drängten sich in ihr Gesichtsfeld. Sie waren ziemlich aufgequollen und von Maden befallen. Die rechte Hand lugte aus dem Mantel heraus. Der Handrücken war blutverschmiert. Man sah eine starke Austrocknung und Verfärbung der Haut, wie auf den Beinen. Die Fingerkuppen waren rötlich braun verfärbt. Der

Rest war mit morschem Geäst bedeckt. Rosalie wollte nicht weiter vordringen.

Sie nahm das Handy und wählte die Nummer der Polizei.

Anschließend steckte sie das Mobiltelefon wieder in die Hosentasche, während sie rechts die Hundeleine festzuhalten versuchte.

Dann probierte sie, wider besseren Wissens, die trockenen Zweige zu entfernen. Rosalie war wie erstarrt. Was war hier nur passiert, schoss es ihr durch den Kopf. Ihr Puls beschleunigte sich und pochte so stark in ihrem Hals, dass sie kaum Luft bekam. Sie erkannte, dass sie überall Fingerabdrücke hinterlassen würde, also ließ sie ab, weiter vorzudringen.

Da hörte sie schon Stimmen, die näher kamen. Es waren sicherlich die Polizisten, die sie informiert hatte. Wie würde das aussehen, wenn sie am Tatort herumwühlte? Sie musste ihre Neugier zurückhalten und ging ein paar Schritte zurück. Dennoch war sie froh über Gesellschaft, die ihre Erregtheit etwas dämpfte.

Rosalie wollte keine Spuren verwischen und auch nicht länger in der Nähe der Leiche verweilen. Sie wusste gar nicht, wie Forensiker oder Pathologen das aushielten. Die Angst rückte ihr weiter auf die Pelle. Helfen konnte sie hier sowieso nicht mehr. Eine unheilvolle Stille, die sich in Rosalie breitmachte.

Die taffe Ärztin war kurzfristig untergetaucht. Die Atmosphäre war angespannt und von drängender Ungewissheit erfüllt, während Rosalie mit Rocky an der Leine alle Fragen beantwortete, die vielleicht Teile des düsteren Rätsels der Leiche enthüllen würden. So ein Anblick war auch für Rosalie nicht unbedingt etwas Erquickendes und der Geruch gewöhnungsbedürftig.

Es dauerte alles eine gefühlte Ewigkeit. Bald trudelte auch schon das Team der Spurensicherung ein. Mit ihnen füllte sich die düstere Kulisse mit neugierigen Spaziergängern, die durch das Erscheinen der Polizei aufgeregt miteinander tuschelten. Die Ereignisse zogen ihre Aufmerksamkeit auf sich. Eine Leiche war scheinbar immer wieder etwas Aufregendes, das Gesprächsstoff lieferte in einem statischen Alltag.

„Wer sind Sie?“, fragte der Polizist forsch.

„Doktor Hartmann, Rosalie Hartmann. Ich habe die Leiche gefunden und Sie angerufen.“

Polizist: „Gehen sie öfter diesen Weg?“

„Ja, immer wieder“, antwortete Rosalie. „Es war der Gestank, den ich wahrgenommen hatte, und der Hund hatte an der Leine gezogen.

Ich hoffe, Sie können den Fall aufklären.“

„Wir tun unser Bestes“, antwortete er kurz angebunden.

Der Polizist nahm ihre Daten auf und sie verabschiedete sich. Der Lust an einem Spaziergang war ihr vergangen. Schnellen Schrittes machte sie sich auf den Nachhauseweg. Rocky schien das nicht zu tangieren. Er liebte lange Spaziergänge und schlenderte schwanzwedelnd weiter, als wäre nichts passiert. Er bekam auch ein Leckerli, hatte er ja die Leiche aufgespürt. Rosalie kraulte ihn hinter den Ohren, während er an seinem Hundesnack kaute.

Als sie nach Hause kam und sie Rocky abgab, erstattete sie ihrem Nachbarn noch Bericht, der erstaunt beide Augenbrauen hob.

„Na, Rocky, das war ja ein erlebnisreicher Spaziergang heute“, sagte er mit tiefer Stimme, während er dem Hund über den Kopf strich und an den Ohren streichelte.

Anschließend lief sie einen Stock höher und schloss die Tür auf.

Karim stand bereits in der Küche und begrüßte sie freudestrahlend.

„Hallo, mein Schatz, wo warst du so lange?“

„Ich wollte mit Rocky in den Prater, bis wir eine Leiche entdeckt haben“, gab Rosalie mit zitternder Stimme von sich.

Karim drehte sich überrascht zu ihr um und staunte. „Eine Leiche? Wo?“

In einem kleinen Waldstück, neben der Straße.

„Frau Doktor, du bist ja ganz blass!“

„Na ja, so ein Verwesungsgeruch ist nicht wirklich berauschend und eine sich zersetzende Leiche ist gewöhnungsbedürftig.“

„Gibt es eine Vermisstenanzeige?“

„Keine Ahnung, darüber hat der Polizist nicht gesprochen.

Rocky hat sie sofort aufgespürt. Ekelerregend der Gestank.“

„Das glaub ich dir“, antwortete Karim.

„Es erinnert mich an die Zeit im Seziersaal, das war harmlos im Gegensatz zu diesem Fund.

Der tote Körper war unter Zweigen versteckt.

Nach Größe und Körperform wirkte sie zumindest weiblich“, meine Rosalie.

„Klingt wenig erfreulich. Was ihr wohl passiert ist?“

Ihre Hand war blutverschmiert. Vielleicht ist sie ganz einfach gestürzt?

„Ich denke, wir werden es nicht erfahren.“

„Mein Puls war auf 200. Ich habe gar keine Luft bekommen. Ich bin froh, dass ich keine Polizistin geworden bin. Das könnte ich nicht ertragen.“

„Wolltest du das jemals?“, fragte Karim und schaute sie überrascht an.

„Nein!“, erwiderte Rosalie bestimmt, während sie den Kopf schüttelte.

Karim aß alleine. Rosalie war der Appetit vergangen und ihr Magen spürte sich flau an. Der Anblick der aufgequollenen Beine hatte sich in ihrem Kopf verankert. Das Adrenalin schwamm noch in ihren Adern und schnürte ihr die Kehle zu. Sie verschob die Mahlzeit auf später. Dieses Unbehagen, das sie fühlte, hinterließ eine leichte Übelkeit.

Da läutete ihr Handy. Ihre Stimmung hellte sich auf. Es war ihre Schwester Sophia, eigentlich Halbschwester, aber das war nie ein Thema.

Sie war genau die Person, die sie jetzt brauchte.

Sie musste dieses Ereignis verdrängen. Es wühlte sie ziemlich auf.

Rosalie nahm das Telefonat freudig an. „Hallo Sophia!“

Ein „Hallo Schwesterchen!“, trällerte eine gutgelaunte Sophia ins Telefon. Ihre Schwester ließ ihr Herz kleine Sprünge machen, während sich ein Lächeln in ihr Gesicht schlich. Sie genoss diese positive Energie und diese Leichtigkeit, mit der sie das Leben bestritt.

Sie durchbrach Rosalies Gedankenkonstrukt und löste die Verwirrungen in ihrem Kopf. Sie war wie ein Eimer Hoffnung, den man über

Rosalie schüttete, der ihre Sorgen wegspülte, zumindest für die Zeit des Zusammenseins.

Diese Ausgelassenheit war wie ein Sog, der sie mit ins Leben zog und ihr Lebendigkeit verlieh. Eine Sophia, deren Worte ohne Punkt und Komma aus dem Mund sprudelten, war das komplette Gegenteil von ihr, aber genau das, was sie gerade brauchte. Wenn sie sich etwas in den Kopf setzte, dann musste das passieren. Sie verfügte über Durchsetzungsvermögen und Organisationstalent, was sehr hilfreich war in ihrem Job. Sie war sehr selbstbewusst und hatte eine klare Vorstellung von ihren Fähigkeiten und Stärken. Außerdem war sie in der Lage, rasche und klare Entscheidungen zu treffen.

Sie war in vielen Dingen ein verwöhnter Snob, da machte sie keinen Hehl daraus, doch gleichzeitig respektierte sie die Menschen, unabhängig von ihrer gesellschaftlichen oder beruflichen Position und akzeptierte sie, wie sie waren. Die perfekte Mischung für eine Frau in einer Männerdomäne, wie Rosalie fand.

Eine halbe Stunde später betrat Rosalie eine gemütliche Weinbar in der Innenstadt. Sie ließ ihren Blick über die Köpfe schweifen und entdeckte Sophia, die ihr freudestrahlend zuwinkte.

Rosalie bahnte sich den Weg zwischen den Tischen hindurch, während sie ihren Mantel öffnete. Sophia sprang von ihrem Sessel auf und begrüßte sie. „Schön, dass du da bist, Schwesterchen."

Rosalie schälte sich aus ihrem Mantel und nahm dann lächelnd ihren Platz ein.

Sophia erzählte witzige Geschichten aus ihrem Arbeitsleben.

„Du kannst dir nicht vorstellen, was man da alles erlebt. Wir haben ja auch viele Scheidungen. Eigentlich würde ich jedem raten, nicht zu heiraten, bei all diesen Verrückten", erzählte sie Rosalie. „Manche Klienten laden mich nach der Verhandlung zu einem Drink ein. Was die mir dann alles erzählen, wenn sie etwas Alkohol getankt haben. Vielleicht sollte ich ein Buch über all die Geschichten schreiben!" Sophia nahm einen Schluck von ihrem Glas.

„Ja, wir könnten viele Geschichten erzählen", antwortete Rosalie und lächelte. „Hast du deshalb den Heiratsantrag von Moritz nicht angenommen?" Rosalie blickte ihre Schwestern fragend an.

„Es ist ein großer Schritt, der gut durchdacht werden muss. Schließlich soll er ein Leben lang halten, Süße." Sophia fuchtelte aufgeregt mit ihren Armen herum, als würde sie ein Plädoyer halten.

„Wie geht es Moritz damit?"

„Er ist geerdet genug, es nicht persönlich zu nehmen und noch ein wenig zu warten." Sophia zwinkerte ihrer Schwester zu und lächelte.

Durch ihre direkte und spontane Art lernte Sophia auch immer neue Menschen kennen und erlebte viel. Sie sprach die Dinge gerne klar an und sie legte, was sie gerade beschäftigte auf den Tisch. Leider trafen sie sich viel zu selten, da sie beide beruflich sehr eingespannt waren. Natürlich gab es die Frühstücksfamilientreffen, aber da waren sie nicht allein.

Die gemeinsamen Momente rahmten Rosalies Tage ganz besonders und schafften Erinnerungskugeln, die sie immer wieder zurückholte, um sich an das Lachen ihrer Schwester zu erinnern, was ihr an schlechten Tagen ein Lächeln auf die Lippen zauberte.

Die Geschehnisse des Tages rückten in den Hintergrund und Rosalie kehrte mit heiterem Gemüt zurück, zu einem Horizont, der im schönsten Blau erstrahlte. Sie würde Sophia ein anderes Mal von ihren Erlebnissen erzählen.

Am Ende des Tages drängte sich jedoch das Bild in den Vordergrund, das sich in ihren Gedanken festgesetzt hatte. Das Messer im Herzen der Leiche, die sie beim Spaziergang gefunden hatte. Niemand konnte etwas ewig zurückdrängen, was Aufmerksamkeit wollte.

War es wirklich Zufall, oder hatte Pastor Becker sie bewusst dorthin gelenkt?

Er machte sie zum Sklaven ihrer Gedanken. Der Pastor führte sie immer wieder in die Dunkelheit, die das Spiegelbild ihrer tiefsten Ängste zeigte.

Er war wie ein Virus, der sich unaufhaltsam ausbreitete. Ein Meister der Täuschung, der versuchte, sie in die Irre zu führen. Ein Puzzle, das darauf wartete, dass sie es zusammensetzte, um der Wahrheit auf die Spur zu kommen, die unaufhörlich ans Licht drängte.

Rückblick 4

Blinde Wut

Nach dem Tod ihrer Mutter verbrachte Rosalie ein paar Tage im Krankenhaus. Sie erholte sich gut. Sie bekam Medikamente, mit denen sie schlafen konnte und den Albträumen nicht mehr ausgeliefert war. Mit jedem Tag kehrte wieder ein Stück Energie zurück, wie ein zarter Sonnenstrahl, der ihr Kraft spendete. Die Pflegekräfte hatten Mitleid mit ihr, das sah sie in ihren Augen. Sie hasste diese mitfühlenden Blicke. Sie fand Trost in den Besuchen von Rita und Karim, die ihr ab und zu sogar ein Lächeln entlocken konnten. Rosalie traute sich anfangs nicht, zu fragen, ob all das nur ein Traum war, oder Realität.

Aber insgeheim ahnte sie, dass sie sich das nicht eingebildet hatte.

Eine Woche später, ihre Mutter war bereits beerdigt, begleiteten die beiden Rosalie zum Grab ihrer Mutter. Sie hatte so viele Tränen geweint, dass ihre Augen nun trocken blieben. Es war noch immer irgendwie surreal für Rosalie. Sie würde noch eine Zeit brauchen, um all das zu verarbeiten.

Zuhause hatte sich nichts verändert. Sie konnte sich nicht an alle Ereignisse erinnern. Sie wusste nur, dass sie ihre Mutter nur mehr tot verabschieden konnte. Schon lange hatte sie sich nicht so ausgeschlafen und gleichzeitig doch so erschöpft gefühlt. Sie war noch unter dem Einfluss erhellender Medikamente, die sie erst in ein paar Wochen ausschleichen durfte. Wahrscheinlich trugen sie auch dazu bei, dass die Geschehnisse in Vergessenheit gerieten oder nicht so nah an sie herankamen. Sie fühlte sich wie in Watte gepackt, was sie im Moment begrüßte. Rosalie wollte eine Nacht in ihrem Zimmer schlafen, dort wo sie sich ihrer Mutter ein wenig näher fühlte. Rita, die beste Freundin ihrer Mutter blieb die Nacht bei ihr.

Sie hatte das Haus geputzt, den Keller jedoch ausgelassen. Rosalies Vater schlitterte noch tiefer in die Krise, wenn das überhaupt möglich war, um seinen Schmerz zu betäuben. Es war seine Art, mit all den Veränderungen umzugehen. Rita meinte, dass ihm das Arbeitslosengeld gestrichen worden ist. Er lebte von dem letzten Ersparten, das sich über all die Jahre mit ihrer Mutter angesammelt hatte. Aber auch das ging zur Neige. Es interessierte ihn nicht.

Das Jugendamt würde bald vor der Tür stehen und er würde auf der Straße landen.

Sie hatten einmal ein Leben. Es war zerbröckelt in völliger Hoffnungslosigkeit. Es tangierte Rosalie im Moment nicht so sehr, wie sonst.

Aber sie spürte, dass ihr das Zuhause entglitt.

Ihre Vertrauenslehrerin Clarissa hatte bisher dichtgehalten, das würde sie ihr nie vergessen. Sie bat Rosalie zu einem Gespräch nach der Stunde und unterbreitete ihr die Möglichkeit, bei einer gut situierten Familie unterzukommen. Sie wollten sich sozial engagieren und waren gleich begeistert, als Clarissa von Rosalie erzählte hatte. Rosalies Mutter war in diesen Plan eingeweiht, sollte sie nicht überleben. Sie wollte Ihre Tochter gut aufgehoben wissen, also stimmte sie zu.

Rosalie lehnte ab und flehte ihre Lehrerin an, sie nicht herauszureißen aus einer zwar furchtbaren Umgebung, die ihr aber doch so vertraut war.

„Bitte Clarissa, geben Sie mir noch Zeit. Ich kann das Haus noch nicht verlassen. Es ist noch immer mein Zuhause.“ Ein Zuhause, das sie an allen Ecken an ihre Mutter erinnerte.

„Nein, Rosalie, das wäre unverantwortlich.

Rita und ich hatten ein langes Gespräch und wir sind beide der Meinung, dass es besser ist, wenn du das Haus verlässt.“

Sie war kein Mensch, der Druck erzeugte, wo Abwarten sich lohnte. Sie hatte vollstes Verständnis für Rosalie, aber sie brauchte dennoch Halt und in diesem Haus, unter diesen unwürdigen Bedingungen, konnte sie nicht bleiben.

Der Pfarrer kam auf Clarissas Drängen vorbei, um nach Rosalie zu sehen und mit ihr zu sprechen.

„Du weißt, dass es so nicht weitergehen kann, Rosalie." Es waren lediglich Wortfetzen, die an ihre Ohren drangen. Wieder einer, der ihr einreden wollte, dass eine Veränderung von Vorteil wäre. „Ich denke, deine Mutter würde es genauso sehen. Sei vernünftig, Rosalie. Rita und Clarissa, wir alle wollen doch nur das Beste für dich." Rosalie war auf der Suche nach Schmetterlingen, Sonnenstrahlen und Windböen. Ein Zeichen von ihrer Mutter, nach dem sie Ausschau hielt.

Sie hörte dem Pfarrer nicht zu. Die Worte flogen an ihr vorbei. Es war sowieso alles gesagt. Ihre Klassenlehrerin und Rita hatten bereits entschieden und Rosalie musste sich wohl oder übel fügen. Der Pfarrer war freundlich, voller Mitgefühl, aber er erdrückte Rosalie mit seiner Anwesenheit. Ihre Mutter war in der Gemeinde und in der Kirche sehr angesehen gewesen. Sie wollte für alle da sein, aber war sie je wirklich für Rosalie da gewesen? Rosalie war gerade wütend und sie merkte, dass es unfair war, so zu denken. Ihre Mutter hatte sich Mühe gegeben, eine Familie für sie zu finden. Die Wut versuchte, sich zu kanalisieren, und suchte einen Ausgang.

Der Besuch des Priesters erinnerte sie an den jungen Monsignore, den sie seltsamerweise nicht mehr wiedersah. In Wahrheit war sie erleichtert, denn seine Anwesenheit hatte ihr ein ungutes Gefühl gegeben. Zu sehr hatte er die Aufmerksamkeit ihrer Mutter auf sich gezogen.

Karim und seine Familie waren mit Rita und ihrer Klassenlehrerin die einzigen Menschen, die sie im Moment ertragen konnte.

Als sie endlich mit Rita allein war und sie gemeinsam den Nachmittag eines traurigen Tages ausklingen ließen, fühlte sie eine unglaubliche Leere. Sie sahen zusammen alte Fotoalben an. Da fand der Schmerz wieder sein Ventil und die Tränen rannen über die Wangen. Rita erzählte von früher, als sie noch junge Mädchen waren. So erwachte Rosalies Mutter für eine kurze Zeit wieder zum Leben.

Zwischendurch lächelten sie beide. Schöne Erinnerungen spendeten Trost. Zumindest für diesen Nachmittag. Es war, als würde Mutter mitten unter ihnen verweilen. Manchmal hatte Rosalie das Gefühl, als würde Rita etwas sagen wollen, wusste aber nicht, wie sie danach fragen sollte.

„Du kannst heute gerne hier schlafen, wenn du magst, Süße.

Ich habe auch noch was für dich.“ Rita stand auf und ging zur Kommode. Als sie zurückkam, hatte sie ein Kuvert in ihrer Hand, dass sie Rosalie übergab.

„Von deiner Mutter. Sie wusste, dass sie sterben würde und hat mich gebeten, dir den Brief zu geben.“

Aufgeregt riss Rosalie das Kuvert an sich.

Erneut flossen Tränen über ihre Wangen und sie drückte den Brief an sich, auf dessen Umschlag stand:

Für meine geliebte Rosalie.

„Rita, ich muss nach Hause, alleine sein in meinem Zimmer. Ein letztes Mal. Ich rufe dich später an.“

„Ja, mein Schatz, mach das. Wenn du was brauchst, du weißt, wo du mich findest.“ Rosalie drückte Rita einen Schmatz auf die Wange und rannte los. „Ich will nicht, dass du in diesem Haus über Nacht bleibst!“, rief ihr Rita mit einem strengen Blick nach.

Rosalie wollte alleine sein mit den Worten ihrer Mutter. Sie wollte sie einsaugen und festhalten. Die Zweisamkeit der Vergangenheit aufleben lassen.

Sie rannte, so schnell sie konnte, nach Hause. Ein Ort, an dem sie ihrer Mutter noch näher sein konnte. Beinahe atemlos kam sie zwei Quergassen später daheim an.

Ohne ihre Mutter war es leer und still. Aber ihre Worte würden diese Leere füllen, zumindest für einen Moment. Rosalie eilte die Stufen hinauf, ohne ihre Umgebung wahrzunehmen. Sie roch nicht einmal den Alkohol, fand den Gestank nicht störend, während das Gegröle nicht an ihre Ohren drang.

Es gab nichts Wichtigeres, als diesen Brief zu lesen. Für einen kurzen Augenblick vergaß die das sinkende Schiff, das sie einmal ihr Zuhause nannte. Ihre Mutter war ihr plötzlich ganz nah. Es war, als würde sie ihr Zimmer mit ihrer Anwesenheit erfüllen und plötzlich fühlte sich die Umgebung nicht mehr so kalt an.

Mit dem Öffnen des Briefes strömte ihr der imaginäre Duft ihrer Mutter entgegen und streifte ihre Nase.

Die Tür ihres Zimmers fiel ins Schloss, während sie sich aus der Jacke schälte, die auf den Boden fiel. Außer Atem und aufgeregt öffnete sie den Brief. Mit dem Papier fiel auch ein Armband aus dem Umschlag. Es war ein zartes, goldenes Kettchen mit einem herzförmigen Anhänger und der Inschrift: Gott schütze dich.

Mit zitternden Fingern versuchte sie, das Band zu schließen. Es brauchte drei Versuche, um den feinen Haken einzufangen.

Meine süße Rosalie,

wenn du diesen Brief liest, bin ich nicht mehr bei dir.

Ein letzter Gruß aus der Tiefe meines Herzens möge dich erreichen.

Eine unendliche Dankbarkeit, die mich erfüllt, eine so wundervolle Tochter zu haben. Du bist so klug und stark. Das hat dir der liebe Gott in die Wiege gelegt, Liebes. Dein Weg mag im Moment herausfordernd sein, aber lasse nicht zu, dass er dir auf ewig dein Strahlen nimmt.

Ich werde der Schmetterling sein, der dich begleitet und dir Leichtigkeit bringt, wenn du es am nötigsten brauchst.

Ich lebe weiter in deinem Herzen, in deinen Gedanken und in deinen Worten.

Ich habe Vorkehrungen getroffen, sollte ich nicht überleben. Ich wollte sichergehen, dass du gut versorgt bist.

Clarissa, deine Vertrauenslehrerin, hat in meinem Auftrag nach Pflegeeltern gesucht und eine geeignete Familie aufgespürt, die dich auf-

nehmen möchte. Sie sind gut situiert und bodenständig. Sie können dir alles bieten, was du für deine Zukunft brauchst. Ich habe sie während meiner gemeinnützigen Arbeit in der Gemeinde kennengelernt. Du kannst bei ihnen bis zu deinem Abschluss wohnen und wenn du willst, auch länger.

Erfülle dir deinen Traum, Ärztin zu werden. Gib nicht auf, weil es mich nicht mehr gibt. Lass dich niemals entmutigen.

Vergiss nicht. Du bist nicht alleine. Ich bin immer in dir.

In jedem Windhauch und in jedem Sonnenstrahl, in jeder Blume, in jedem Buch, das du aufschlägst.

Verzeihe mir, dass ich dich verlassen habe.

Vertraue auf dich, liebste Rosalie.

In unendlicher Liebe,

Deine Mami

Rosalie las die Zeilen immer wieder aufs Neue. Die Tränen rannen um die Wette. Ihre Augen schwollen zu Schlitzen an, während sie, umgeben von einem Berg an gebrauchten Taschentüchern, den Brief fest an sich gedrückt hielt, bis sie vor Erschöpfung einschlief.

Als sie am nächsten Morgen erwachte, war die Leere, mit der sie das Haus umgab, nicht zu ertragen.

Sie musste eingeschlafen sein. *Rita war sicher sauer*, dachte Rosalie.

Sie zog sich schnell an und machte sich auf den Weg in die Küche, wo es überraschenderweise nach frischem Kaffee roch.

Jemand war in der Küche. Rosalie betrat auf Zehenspitzen den mit Licht durchfluteten Raum. Rita saß mit einer Tasse herrlich duftendem Kaffee am Tisch und blätterte in einer Zeitung. „Guten Morgen! Na, ausgeschlafen?“

Rosalie nahm erleichtert Platz. „Wie spät ist es?“

„Bereits 11:00 Uhr, meine Liebe. Ich wollte dich schlafen lassen.“

„Ja, Rita. Danke! Sorry, ich muss eingeschlafen sein. Wow, du hast die Küche auf Vordermann gebracht? So sauber habe ich sie schon lange nicht mehr gesehen.“

„Ich hatte den ganzen Vormittag Zeit. Ein Freund vertritt mich in meinem Stand. Ich wollte, dass du noch einmal in der Küche sitzt, dich an früher erinnerst, bevor du das Haus verlässt.“

„Keinen Tag länger lasse ich dich hier alleine, Fräulein.

Ich habe gestern noch nach dir gesehen, aber du hattest deine Tür zugesperrt. Ich habe geklopft, aber du hast mich nicht gehört. Die ganze Nacht konnte ich kein Auge zutun und war schon um 6:00 Uhr wach. So hatte ich Zeit, die Küche in Angriff zu nehmen. Zugegeben, es war so ekelig, dass ich hier nichts gegessen hätte. Ich weiß gar nicht, wie du das ausgehalten hast."

Die Fenster glänzten und die Sonnenstrahlen drangen mit voller Kraft herein und spiegelten sich in den traurigen Gesichtern. Es war, als würde Rosalies Mutter Grüße schicken. Diese Vorstellung ließ Rosalie lächeln. Sie schloss die Augen, um sich vorzustellen, ihre Mutter würde bei ihnen sitzen. Sie würde sich lachend mit ihnen unterhalten und über das Leben sprechen.

Der Duft des Schinkens drang zu Rosalie, während ein Knurren in ihrem Magen ein Hungergefühl signalisierte, dass sie schon länger nicht mehr verspürt hatte.

Rita hatte ihre Lieblingseier zubereitet. Pochiert, mit angebratenem Schinken. Dazu ein frisches Brot vom Bäcker. Rosalie verschlang gierig ihre Mahlzeit.

„Du bist die Beste, Rita!" Ihr Magen füllte sich und eine angenehme Wärme breitete sich in ihr aus. Die Leere in ihrem Herzen blieb bestehen, aber sie konnte sie für eine kurze Zeit verdrängen. Appetit war in den letzten Monaten ein Fremdwort. Während sie das Frühstück hinunterschlang, erwärmte sie ihr Gesicht an einem Sonnenstrahl, einem Schmetterling oder dem Foto ihrer Mutter, das auf dem Tisch stand.

„Wo hast du das denn her?“, fragte Rosalie, nachdem sie alles weggeputzt hatte. Es zeigte Rita, Linda und Rosalie lachend. Ein Ausschnitt aus besseren Zeiten.

„Auf dem Dachboden gefunden, bei den Fotoalben von früher. Wie fit und schlank ich da war“, meinte Rita, lenkte aber gleich mit der Frage: „Hast du gepackt, Rosi?“, ab.

„Ja, einen Teil, die anderen Teile hole ich die nächsten Tage. Ich brauche Zeit, mich von dem Zuhause, dass eigentlich keines mehr ist, zu verabschieden.“ Es war ein Prozess, der seine Zeit erforderte.

Das Leben ging weiter, auch ohne ihrer Mutter, das stand fest. Sie fehlte jeden einzelnen Tag. Wut und Trauer wechselten sich ab. Rosalie wusste nicht, was die Zukunft bringen würde und das machte ihr Angst. Vorerst konnte sie zu Rita ziehen, bis die administrativen Angelegenheiten bezüglich Pflegefamilie erledigt waren.

Rita war gesundheitlich nicht mehr so fit und konnte Rosalie nicht adoptieren, auch wenn sie das gerne wollte. Natürlich gab es auch die

Möglichkeit, bei den Mousavis unterzukommen, aber die hatten genug Münder zu stopfen. Damit war alles gesagt und Rosalie konnte kurzfristig bei Rita wohnen.

Es waren zwei Wochen vergangen.

Rosalie ging wieder zur Schule. Sie brauchte Ablenkung. Karim bemühte sich wie immer, ihr die Tage leichter zu gestalten, was ihm auch gelang. Er kochte für sie, spielte mit ihr ein paar Bälle hinter dem Haus. Er besprach mit ihr die letzten Wochen, die sie in der Schule versäumt hatte. Mit Karim konnte sie das überstehen. Aber sie wussten, dass das Leben sich bald verändern würde. Rosalie zog in einen neuen Bezirk zu einer neuen Familie. Sie würden sich in der Schule sehen, aber nicht mehr so viel gemeinsame Zeit verbringen können.

Alle Menschen, die ihr etwas bedeuteten und denen sie vertraute, würde sie verlassen. Karim sah die Geschehnisse viel positiver. Es war, als hätte er einen anderen Horizont, in dem es Raum gab für Hoffnung, Freude und Leichtigkeit.

„Ich werde ein Restaurant eröffnen und für dich kochen. Du musst dir nie wieder Sorgen machen. Vielleicht studiere ich Medizin oder Pharmazie, oder … wer weiß“, lächelte er. Es gab genug Möglichkeiten, von denen noch keiner von ihnen wusste.

Man hatte keinen Einfluss auf das Schicksal, das nun eine neue Wendung nahm. Ein Ereignis, das sie nie vergessen würde, dass sie prägen und verfolgen würde.

Es war früher Abend und die Dämmerung hielt Einzug.

Rosalie machte sich auf den Weg zum Haus, um ihre letzten Sachen zu holen. Karim wollte nachkommen und ihr helfen, die letzten Kisten zu tragen.

Sie verspürte ein seltsames Gefühl, als sie das Haus betrat. Sie wollte es noch einmal ganz bewusst wahrnehmen. Es hieß, sich zu verabschieden, um ein neues Kapitel in ihrem Leben aufzuschlagen. Die Vergangenheit war vorbei und dennoch lebte sie in ihr weiter.

Im Wohnzimmer brannte ein kleines Licht. Der Fernseher dröhnte mit voller Lautstärke. Rosalie wunderte sich, dass es hier überhaupt noch Strom gab. Das wenige Geld, das ihrem Vater blieb, steckte er in den Kauf von Alkohol. *Wie lange würde das noch so weitergehen*, fragte sie sich.

Rosalie warf einen kurzen Blick in das Wohnzimmer. Auf dem Tisch standen eine Schnapsflasche und Bierdosen, die sich ihr Vater mit einem Trinker-Freund teilte. Es schien, als würden sie volltrunken eingenickt sein. Leise tappte sie die Treppen hoch, um die

Trunkenbolde nicht zu wecken. Sie wollte sich das unangebrachte und teilweise unverständliche Lallen ersparen.

Sie öffnete die Tür zu ihrem Zimmer, das fremd wirkte. Die kahlen Wände verbargen die Geschichten von früher. Nichts erinnerte sie an die Vergangenheit.

Das Haus erzählte stumme Geschichten von vergangenen Emotionen. Ein Echo schmerzhafter Erlebnisse, das sie hart traf. Mit jedem Atemzug, den sie tat, erkannte sie den Wandel, der sich vollzog. Die Vergangenheit flüsterte leise. Es war die Vergänglichkeit, die mahnte.

Es warteten noch zwei Kisten zum Entsorgen und ein paar Kleidungsstücke zum Mitnehmen. Sie war gerade dabei, restliche Sachen in ihrem Zimmer auszumisten und einzupacken, da warf sie einen Blick aus dem Fenster. Sie wollte sich diesen Ausblick einprägen, um ihn als imaginäre Erinnerungskugel mitzunehmen.

Es war, als würde sie sich selbst im Garten spielen sehen. Ihre Mutter kochte und sah immer wieder lächelnd aus dem Fenster. Dieser besorgte Ausdruck, dieser Stolz in ihrem Gesicht, den Rosalie nie vergessen würde. Er war eingebrannt in ihre Erinnerung und gab ihr Kraft.

Den Schlüssel ließ sie stecken, die paar Kleidungstücke packte sie in ihren Rucksack und nahm die Kisten auf den Arm. Sie trottete anschließend die Stufen hinunter. Sie verabschiedete sich wiederholt und ganz bewusst von jedem Zimmer. Sie konnte nicht von heute auf morgen Abschied nehmen und allem den Rücken kehren. Aber nach und nach merkte Rosalie, dass das Haus ohne ihre Mutter nicht mehr dasselbe war. Die Wärme und die Gemütlichkeit waren entschwunden und das Haus mit einer merkwürdigen Leere erfüllt.

Es dauerte nicht lange, bis die betrunkenen Männer herumgrölten und sich gegenseitig obszöne Witze erzählten. Sie waren anscheinend aufgewacht. Rosalie hatte Unterhaltungen gehört, die nicht für die Ohren eines jungen Mädchens gedacht waren. Sie ignorierte sie. Kein Umgang für ein 16-jähriges Mädchen, sagte Rita immer. Das Haus hatte sich zu einer Kneipe verwandelt und ihr Vater in ein Monster.

Karim wollte sie doch begleiten. *Wo war er nur?*, dachte Rosalie. Sie setzte die Kisten kurz ab und wollte sich von ihrem Vater verabschieden. Es war seltsam. Dieses verletzte, innere Kind in ihr erhoffte noch immer Aufmerksamkeit und Zuneigung, obwohl sie wusste, dass es hoffnungslos war. Diese Grapschereien, die weit über die Berührungen eines Vaters hinausgingen, blitzten auf. Diese ständige Angst, die in ihr lauerte, jemand würde ins Zimmer kommen. Diese junge Frau, die in ihr heranwuchs, zumindest äußerlich, wirkte sich seltsam auf betrunkene Männer aus.

Sie erkannte, dass nicht einmal die Tochter wirklich sicher war. Das war sie nie. Sie hatte diese Tatsache verdrängt. Seine Augen sahen sie nicht mehr liebevoll an. Die Panik, die sie bei jedem Geräusch aufwachen ließ. Dennoch hatte sie so lange an dem Gewohnten festgehalten. Der Alkohol hatte alles weggeschwemmt, was der Mensch einst war und konnte das Schlimmste in einem hervorholen.

Rosalie hatte nachgelesen, welche Nebenwirkungen Alkohol auf die Dauer hatte. Ihr Vater war zu einem Fremden geworden, der seine Triebe nicht mehr unter Kontrolle hatte und seine eigene Tochter nicht mehr als die erkannte, die sie war. Seine Tochter.

Als sie den Kopf ins Wohnzimmer streckte, rief der Freund: „Zuckerschnecke, wir brauchen noch Bier!“

Rosalie konnte es nicht lassen, ging ein paar Schritte näher. „Ich bin nicht eure Kellnerin“, sprach sie verärgert, „und schon gar nicht deine Zuckerschnecke. Meinst du nicht, es ist genug?“ Das Wort `Papa` brachte sie nicht mehr über die Lippen. Er brabbelte irgendetwas Unverständliches. Ihre Worte verebbten und fanden keinen Widerhall.

Rosalie fühlte, wie der Ärger in ihr hochkroch. Sie spürte diese Enge in ihrem Hals. Ihr Atem ging schnell. Ihr Puls klopfte kräftig. So viele Worte hingen in der Luft, während die Gegenwart verstummte. Es gäbe plötzlich so viel zu sagen, aber Rosalie hatte es immer wieder hinuntergeschluckt. Der Brocken machte sich in ihrem Magen bemerkbar. Der Druck war deutlich spürbar. Die Worte drängten nach außen, um sich endlich Gehör zu verschaffen. Sie lagen auf der Zungenspitze, bereit nach außen zu treten. Sie prallten ab, als ob sie auf eine unsichtbare Wand trafen. Es nahm ihr die Leichtigkeit, die in den letzten Ritzen zerrann.

Ihr Vater war nur mehr eine Silhouette seiner selbst geworden, gefangen in den Fängen des Alkohols. Rosalie fragte sich manchmal, ob es Masken waren, die plötzlich fielen, die den eigentlichen Charakter entblößten und Triebe verstärkten, oder ob sie selbst die Veränderung war, die alles auf einmal mit anderen Augen sah.

Nach dem Zusammenbruch im Krankenhaus riet ihr die Therapeutin, sie solle all ihre Wut und den Schmerz aufschreiben. Es würde ein wunderbares Ventil sein, um diesen Ballast loszulassen und die Geschehnisse zu verarbeiten und distanzierter zu betrachten. *Sie wünschte, sie hätte es getan*, dachte Rosalie in diesem

Moment. Vielleicht hätte dieser Abend einen anderen Ausgang genommen. Nun spürte sie nur Widerstand. Und begegnete ihm mit Widerstand, anstatt ihn anzunehmen. Aber das konnte sie nicht. Sie hatte es nicht gelernt und sich keines Ventils bedient. Die Wut brodelte und es fühlte sich wie ein Vulkan an, der auszubrechen drohte.

„Ich gehe jetzt!", sagte sie laut und bestimmt. Sie wusste nicht, warum sie das tat. Ein letzter flehentlicher Versuch einer Tochter, die Aufmerksamkeit eines Vaters zu bekommen? Er lallte etwas und winkte. Da ploppten all ihre hin untergeschluckten Gedanken plötzlich auf und brauten sich zu einem Gewitter zusammen.

Es wäre besser, sie würde jetzt das Haus verlassen. Sie bemerkte nicht, dass der Freund ihres Vaters sich anpirschte.

Als sie sich umdrehen wollte, schnappte er ihre Hand und sie stolperte rücklings auf ihn. „Na, nicht so stürmisch", lallte er. Ein ekelerregender Alkoholgeruch zog in ihre Nase. Panisch versuchte Rosalie, sich zu wehren. Er sabberte aus dem Mund wie ein Hund, der sein Leckerli bekam. „Wehr dich doch nicht. Du willst es doch schon die ganze Zeit."

„Nein, das will ich nicht", gab Rosalie aufgebracht zurück.

Sie wollte Karim anrufen und nach dem Handy greifen. Es entglitt ihr und fiel zu Boden. Ihr Arm war unter dem Gewicht des Mannes in ihrer Beweglichkeit sehr eingeschränkt, also startete sie verzweifelt den Versuch, Siri zu aktivieren. „Siri, rufe Karim an.“ *Er sollte doch schon längst da sein*, dachte Rosalie verzweifelt.

Die Hände des Angreifers tasteten unbeholfen zu ihren Brüsten. Hektisch versuchte sie, sich von ihm zu befreien. Er war groß und schwer und lag mit seinem vollen Gewicht auf ihr. Das Adrenalin, das Rosalie in die Venen schoss, verlieh ihr eine enorme Kraft. Doch sein beachtlicher Bauch ließ ihr keinen Bewegungsraum. Dieser Gestank nach Schweiß entlockte ihr einen Würgereiz.

„Lass mich los! Hilfe!“, probierte sie, mit letzter Kraft zu schreien. Ihr Vater lag währenddessen teilnahmslos lächelnd auf der Couch und sah zu. Er rührte keinen Finger, um seiner Tochter zu Hilfe zu eilen. Die Wut kroch an Rosalie hoch. Ihr Herz pochte so laut, dass es in ihren Ohren dröhnte. Da läutete das Handy. Es lag noch immer am Boden. Aber sie konnte es mit den Händen nicht erreichen.

Der schwere Körper auf ihr drückte sich immer drängender auf sie.

Rosalie rang nach Luft. Ihr Herz schlug wie wild. Die Angst schnürte ihr die Kehle zu und ihre Rufe verhallten im Nichts.

Der Alkohol übernahm die Kontrolle über die Bewegungen ihres Angreifers. Er wollte seinen Gürtel öffnen, doch dazu musste er sich ein wenig auf die Seite drehen. Er war zu betrunken und tollpatschig. Das war ihre Chance. Sie nahm all ihre Kraft und stieß ihn von sich. Erschrocken fiel er rücklings auf den Boden. Dort blieb er regungslos liegen. Er stöhnte leise.

„Arschloch", zischte sie. Ihre Wut brannte wie Feuer. Sie mischte sich mit Angst. Sein Stöhnen wurde weniger, bis es verebbte. Rosalie war zu geschockt, als dass sie das bemerkte. Er lag zwischen Tisch und Couch. Die Blutlache, die sich um seinen Kopf bildete, sah sie erst später. Er musste sich an der Kante des Tisches den Kopf aufgeschlagen haben. Es interessierte sie nicht. Ihr Atem ging schnell, die Anspannung, die sich in den ganzen Körper ausbreitete, ließ ihre Gelenke steifer werden. Ihr Puls klopfte bis in den Hals.

Von ihrem Vater war nur ein gedämpftes Stöhnen zu hören. Das war kein neues Geräusch. Er musste eingeschlafen sein, während seine Tochter in Gefahr schwebte. Plötzlich begann er zu röcheln. Rosalie bekam es mit der Angst zu tun und näherte sich vorsichtig. Es war nicht das erste Mal, dass ihr Vater oder einer seiner Saufkumpanen seltsame Laute von sich gaben, aber dieses Mal klang es irgendwie anders. Sie beugte sich über ihn. Ihr Körper zitterte heftig.

Es kam Schaum aus seinem Mund und als sie sich über ihren Vater beugte, begann er zu zucken, dass sich auf den ganzen Körper ausbreitete. Seine Augen rollten unkontrolliert. Er bäumte sich ihr entgegen. Rosalie starrte ihn an.

Jegliches Mitgefühl war verloren gegangen. Ihr Kiefer war so angespannt, dass sie nicht sprechen konnte. Rosalie war erstarrt. Es gab keine Regungen in ihrem Gesicht und ihr Herz begann, sich zu verschließen. Sie war dieses Grinsen leid. Er hatte sie verlassen. Seine Augen starrten sie an. Dann nahm sie ein Kissen in ihre Hände. Sie zitterten immer heftiger. Ihre Wut suchte nach einem Ventil. Es war ein seltsam befriedigendes Gefühl, das sich breitmachte. Es war, als würde diese Wut, die sich innerlich aufgestaut hatte, ihren Frieden finden.

„Rosi", nahm sie Karims Stimme wahr. Er war gerade zur Tür herein. Völlig außer Atem stützte er sich an der Mauer ab. „Es tut mir leid, dass ich mich verspätet habe. Als ich dich angerufen habe und du nicht abgehoben hast, bin ich so schnell gelaufen, wie ich konnte. Was ist hier passiert?“

Karim sah Rosalie aufgelöst vor ihrem Vater stehen. Das Entsetzen war ihr ins Gesicht geschrieben, die Augen weit aufgerissen. Sie ließ das Kissen fallen. Karim sah sie nur von hinten. Er zog sie mit seinen kräftigen Armen zu sich und weg von ihrem Vater. „Was ist passiert?“

Rosalie war noch immer nicht in der Lage, zu sprechen. Karim tippte ins Handy und rief die Polizei, die den Notarzt verständigten. Es war vorbei. Die äußerliche Starre verwandelte sich in eine innere Entspannung. Einige Minuten später betraten der Notarzt und die Polizei das Haus. Der Freund von ihrem Vater wurde abtransportiert, verstarb aber noch in der Nacht. Ihr Vater röchelte noch und Schaum hing ihm auf den Lippen.

Der Arzt spritzte ihm ein Medikament. Man versuchte, erste Hilfe zu leisten, aber vergebens.

Karim verständigte Rita, während er Rosalie fest umschlungen hielt. Das Zittern dauerte an, die Wut sank. Ihre Tränen versagten gänzlich.

Als Rosalie sich etwas beruhigt hatte, erzählte sie den Polizisten, was vorgefallen war. Karim wich nicht von ihrer Seite.

Rosalie machte sich mit Rita auf den Weg zu deren Haus. Sie betrauerte gerade den Tod ihrer Mutter. Ihr Vater war noch das letzte Sicherheitsseil, das bedrohlich vor ihr hin und her baumelte. Es war das Ende einer Täuschung. Sie hatte jeglichen Respekt vor ihm verloren. Sie fühlte nichts. Das Gestern hatte sie begraben und trotzdem hing sie immer noch, bis zum letzten Atemzug ihres Vaters, an der Hoffnung, die Liebe zu bekommen, die sie verdiente.

All das Ungesagte flog an diesem Abend mit dem aufkommenden Wind davon. Die Schuld, von der niemand wusste, brannte sich in ihr Herz. Die Wut, die im Inneren loderte, hatte ihr Ventil gefunden. Um ihr Herz wuchs eine Mauer, der Schmerz erstarrte und ihre Tränen versiegten. Doch Vergangenheit, Angst und Schuld ließen sich nicht auf Dauer einschließen. Sie dämmerten nun vor sich hin, bis jemand die Mauern niederreißen und sie aufwecken würde.

Die Polizei hatte natürlich noch einige Fragen, aber die Ermittlungen verliefen im Sand. Ein stark alkoholisierter Mann, der ein junges Mädchen sexuell missbrauchen wollte und dabei zu Tode kam. Ein betrunkener Vater, der dabei zusah.

Das Schicksal war hart, aber manchmal gerecht, dachte Rosalie. Sie erklärte den Polizisten die vergangenen Ereignisse. Sie sahen keinen Grund, ihre Unschuld anzuzweifeln. Sie hatte ein Hämatom am Arm, das durch das kräftige Anpacken des Freundes entstanden war. Es wurde dokumentiert und war ein Beweis für den Übergriff. Der Hilferuf an Karim per Handy bestätigte den Gewaltakt ebenfalls. Der langanhaltende Missbrauch von Alkohol führte zur Schädigung des Gehirns, was einen von vielen epileptischen Anfällen zur Folge hatte. Dieser war tödlich.

Das Kissen, das Rosalie aus der Hand gefallen war, verschwand auf unerklärliche Art und Weise. Niemand sprach sie jemals darauf an.

Langsam begann sie wieder, durchzuatmen.

Der Albtraum war zu Ende, dachte sie in diesem Moment.

Nächster Tag:

Rosalie konnte kaum schlafen. Die gestrigen Geschehnisse zogen wie ein Film an ihr vorüber. Sie schreckte immer wieder hoch und fand keine Ruhe. Sie drehte sich hunderte Male von einer zur anderen Seite. Die Vergangenheit war vorbei, wie ein Schatten, der verglühte. Sie würde bis ans Lebensende in ihr verweilen. Rosalie wusste in diesem Augenblick nichts davon. Das Feuer der Ereignisse glomm vor sich hin. Bereit, jederzeit wieder aufzuflammen.

Rita hatte eine beginnende Muskelerkrankung namens Myasthenie. Sie würde in den nächsten Jahren nicht mehr für Rosalie da sein können, aber das verschwieg sie aus Rücksicht. Sie konnte Jahre ganz gut leben, aber vielleicht auch nicht. Wie viele Verluste konnte ein so junges Mädchen verkraften? Also schwieg sie. Für ein Gespräch war noch Zeit.

„Du weißt, dass du nicht bei mir bleiben kannst, Liebes."

„Ich weiß, ich habe den Brief von Mama gelesen. Ich werde zu dieser Familie ziehen." Rosalie wusste nicht, was die Zukunft bringen würde, aber es waren nur noch zwei Jahre bis zum Abschluss. Dann konnte sie auf eigenen Beinen stehen.

Rosalie sollte die neuen Familienmitglieder bald kennenlernen.

Es war so weit und sie zog in den 13. Bezirk zu ihrer neuen Familie. Es war ein stürmischer, aber frühlingshafter Tag. Der Wind strich durch ihr Haar und streichelte gedanklich über die Narbe ihres Herzens. Das Sicherheitsschiff war gekentert und die letzten Seile gekappt. Das Taxi blieb vor einem prachtvollen Herrenhaus stehen. Eine Familie mit lachenden Gesichtern kamen ihr entgegen. Ein neues Kapitel, das nun seinen Anfang nahm. Ein neuer Weg, der sich zeigte. Dennoch hatte dieser Beginn nicht diesen Zauber, von dem man in Büchern sprach, aber vielleicht konnte sie ihn nur nicht fühlen, nach all den vergangenen Ereignissen. Alles, was ihr geblieben war, waren ein Foto von ihr und ihrer Mutter, ein Armband und ein Brief.

Rosalie wechselte in eine neue Schule, was kein Problem für sie darstellte. Sie war clever und lernte gut. Bald würde sie volljährig sein, dann konnte sie selbst entscheiden, was sie mit ihrem Leben anfangen würde. Sie wäre frei wie ein Vogel und könnte tun und lassen, was sie wollte. Es war wie ein neues Sicherheitsseil, an das sie sich klammern konnte.

Tage später ...

Ihr neues Zuhause war ein Herrenhaus mit riesigem Grundstück. So etwas hatte Rosalie noch nie gesehen. Als sie aus dem Taxi ausstieg, spürte sie ein mulmiges Gefühl in ihrem Magen. Sie war sprachlos.

Es war Sophia, die Tochter der Familie, die den Bann brach und selbstbewusst, wie sie schon mit sechzehn Jahren war, Rosalie bei der Hand nahm und meinte: „Ich zeige dir mal das Haus." Rosalie ließ es geschehen und als sie dann auch noch ihr Zimmer sah, stand ihr Mund weit offen. Das ganze Haus war atemberaubend. Eine andere Welt, die Rosalie zu betreten schien. Passte sie hier überhaupt her? Rita umarmte Rosalie. Sie wischte hektisch ihre Tränen weg. Rosalie konnte nicht weinen. Nicht jetzt. Sie hatte schon so viel Tränen vergossen. Es war, als wäre die Quelle fürs Erste versiegt.

Ihrem besten Freund Adieu zu sagen, war hart, aber auch hier weinte sie nicht. Er war wie ein Bruder, ein Freund. Er war ihr Held. Karim hatte Tränen in den Augen, versuchte es aber, zu vertuschen. Sie waren seit Kindertagen jeden Tag zusammen gewesen, teilten so vieles miteinander. Er brachte so viel Freude in ihre triste Welt. Er war ihr Fels und er schwieg und ließ die Vergangenheit ruhen. Nie wieder hatten sie über diesen einen Abend gesprochen.

Jetzt riss das Leben sie auseinander. Die Brücke zur Vergangenheit zerbröckelte mit jedem Tag mehr und mehr.

Alles auf Anfang, als hätte es ein altes Leben nicht gegeben.

Ihre neue Pflegefamilie begrüßte sie mit einer Herzlichkeit, die Rosalie nicht kannte. Es war eine neue Leichtigkeit, die sie willkommen hieß.

Der Schulabschluss forderte seinen Einsatz, aber die Eingewöhnung in die neue Familie verlief ohne Probleme. Vertrauen aufzubauen dauerte, aber Therapiesitzungen halfen ihr, in Balance zu bleiben.

Das Leben war in Bewegung und im stetigen Wandel.

Ihre Mutter war fest in ihrem Herzen verankert. Es war, als wären sie miteinander verbunden.

So war es auch mit Karim. Sie tauschte sich anfangs über WhatsApp und Mails aus.

Doch die Zeit brachte Veränderung und so wurden die Nachrichten immer seltener. Die Zeit wurde rar. Karim half am Wochenende ab und zu im Restaurant seines Vaters aus. Rosalie gewöhnte sich in ihrem neuen Zuhause ein. Bis das Handy diesen einen Klingelton einstellte, wenn Karim eine Message sendete. Nicht aus Groll oder Wut. Das Leben bescherte Rosalie und Karim neue Wege, die eine neue Ausrichtung mit sich zogen. Die Distanz brachte Veränderung.

Es fühlte sich an wie ein Windhauch, der sie in eine andere Richtung blies.

Manchmal auch wie ein sanfter Sturm. Gefühlt wie ein Streich. Sie musste sich kneifen, um zu erkennen, ob es wirklich Realität war oder ein Traum.

Rosalie war im Begriff, ihr Leben neu zu ordnen.

In ihrem Pflegevater fand sie eine ganz neue Spezies Mann, die sie noch nicht kannte. Er war ein sehr herzlicher Mensch, der sie, wie auch der Rest der Familie, als Teil von ihnen akzeptierte. Er respektierte sie und war meistens gut gelaunt. Gespräche mit ihm waren immer sehr wertschätzend. Seine Frau hingegen war sehr zielstrebig, durchgeplant und streng, aber sie war fair und gab Rosalie nie das Gefühl, fremd in diesem Haus zu sein. Sie war nicht unbedingt herzlich, aber immer höflich. Sie lag Wert auf Benehmen und Pünktlichkeit. Umarmungen waren nicht ihr Ding, aber sie schenkte den Menschen auf andere Weise ihre Aufmerksamkeit. Sie zelebrierte diverse Anlässe für die Familienmitglieder mit großer Freude und Engagement. Sie gab Partys, organisierte Picknicks oder Ausflüge.

Sie wollte der Welt zeigen, wie sozial und offen sie ist, ein Pflegekind aufzunehmen, aber sie machte es gut. Sie waren alle aufgeschlossen, tolerant und großzügig. Geld spielte keine Rolle. Es war ganz neu für Rosalie, aber sie gewöhnte sich schneller an ihr neues Zuhause und die Menschen darin, als sie dachte.

Es gefiel ihr immer mehr, sich um nichts kümmern zu müssen. Sie konnte sich auf sich selbst, ihr Wohlbefinden und die Schule konzentrieren und das Alte geriet nicht in Vergessenheit, aber es verschwamm zunehmend. Es war, als würde sich ein Vorhang schließen. Manchmal quälten sie Albträume, aber mit der Therapie, die sie bekam, stabilisierte sich ihr Leben gut.

Sophie schleppte sie zum Shoppen. Rosalie war nicht die Shoppingqueen, aber sie machte es Sophia zuliebe, die es mit Begeisterung tat. Sophia machte sich keine Gedanken um die Zukunft und lebte schon gar nicht in der Vergangenheit. Sie zelebrierte den Augenblick, das konnte sie. Rosalie liebte ihre Leichtigkeit, ihr Selbstbewusstsein. Sie beneidete sie um ihre unkomplizierte, und leichte Kindheit und war gern mit ihr zusammen, egal was sie unternahmen. Sie war ihr neues Licht. Sie lachte viel, sagte, was sie gerade dachte und war sehr zielstrebig. Wie ein Glühwürmchen, das ihr den neuen Weg beleuchtete.

Die Familienmitglieder bohrten nicht unnötig in ihrer Vergangenheit. Sie respektierten ihr Schweigen, was ihr den ganzen Druck mit der Zeit nahm und sie mit jedem Tag mehr und mehr in ihrem neuen Zuhause ankommen ließ. Rosalie lernte Sophias Freunde kennen, die sie immer wieder nach Hause einlud. Sie waren alle aus reichem Haus, aber sie akzeptierten Rosalie. Sie war nun auch eine von ihnen, was ihr aber nicht wichtig war. Sie war clever und das unterstützte die ganze Sache. Ihr Fokus lag in ihrer Ausbildung und das zu verwirklichen, was sie sich vorgenommen hatte.

Rosalie war natürlich eine Vorzeigeschülerin, was vieles vereinfachte. Sie machte keine Probleme, war angepasst. Ihre Konzentration lag auf ihrem Wunsch, Medizin zu studieren, um Sinn in der Behandlung anderer Menschen zu finden.

Ja, sie war auf der Suche nach einem Sinn, um die Leere in ihrem Herzen zu füllen.

Kapitel 5

Schatten der Vergangenheit

Herr Becker, den sie die Woche zuvor aufgenommen hatte, war ihr zugeteilt.

Er wirkte heute nicht mehr so blass. Sein Zustand hatte sich stabilisiert. Er wirkte dennoch weiterhin eher distanziert. Aber etwas in seinen Augen begann zu funkeln, als er Rosalie sah. Sie war sich nur nicht ganz klar, was es in ihr auslöste. Sie hätte ihn erkennen müssen, aber sie sah es nicht. Ihre Gedanken wirbelten unkontrolliert in ihrem Kopf.

Herr Becker war wie immer kurz angebunden und es war, als würde man etwas frösteln, wenn man in seiner Nähe war.

Vielleicht hatte sie die Vergangenheit zu sehr verdrängt, als es sehen zu können.

Als sie seine Befunde durchging, ihre Therapie anpasste, klärte sie ihn auf, dass eine weitere Ultraschalluntersuchung des Herzens und angrenzender Gefäße anstand.

„Na da hast du ja einen Verehrer“, meinte Chris von der Pflege, als sie auf dem Gang waren.

„Wie meinst du das?“, fragte Rosalie.

„Er war von Anfang an ein Fan von dir."
„Wirklich, aber warum?"
„Wir können uns das auch nicht erklären, er ist Pastor und unterrichtet an der Universität."
„Er ist Pastor?", fragte ein anderer Arzt.
„Ja", mischte sich Tom ein, „er macht auch Teufelsaustreibungen, haben Chris und ich recherchiert. Das schien ja die Runde zu machen."
„Ja, weiß ich bereits", meinte Rosalie gleichgültig. Die beiden wollten die gedämpfte Stimmung ein wenig erheitern, aber es gelang nicht wirklich. Dennoch musste es weitergehen.
Rosalie war noch immer etwas verwundert, aber nahm die Tatsache mit einem Achselzucken zur Kenntnis.

Die Besuchszeit für Angehörige war in der kardiologischen Abteilung von 15:00-18:00 Uhr begrenzt.
Frau Lindemann hatte schon länger keinen Besuch mehr von ihrer Schwester bekommen. Christa Koch, die sich in Rosalies Privatangelegenheiten gemischt hatte, war im Grunde eine nette Dame. Sie war nur etwas zu aufdringlich, fand Rosalie.
Als Frau Lindemanns Tochter kam, wirkte sie verweint, ihr Teint war blass. Rosalie ging ihr im Flur entgegen.

„Ach, Frau Doktor, es ist was Furchtbares passiert. Meine Tante wurde tot in einem Waldstück gefunden. Eine Spaziergängerin mit ihrem Hund hat sie angeblich gefunden. Anfangs hatte es den Anschein, sie wäre gestürzt und auf einen spitzen Stein gefallen. Aber es hat sie jemand von hinten mit einem Stein erschlagen und anschließend mit Laub und Geäst bedeckt. Können sie sich das vorstellen?“

„Wer tut denn so etwas?“ Rosalies Wangen verloren an Farbe. Das konnte nicht sein. „Wir dürfen ihr auf keinen Fall etwas sagen, noch nicht. Wir erzählen ihr, sie wäre krank“, fügte die Tochter noch hinzu. Rosalie nickte stumm. Sie war noch nicht in er Lage, sich zu äußern. Zu schockiert war sie. „War es ein Raubüberfall?“

„Nein, es fehlte nichts.“

„Wo wurde sie gefunden?“, fragte Rosalie erschüttert.

„Im Prater“, erwiderte die Tochter von Frau Lindemann.

„Oh, mein Gott, das war Ihre Tante? Ich war die Ärztin, die sie gefunden hat. Wie furchtbar.“

„Ja, eine Tragödie“, erwiderte die Tochter. Rosalie sprach ihr Beileid aus, senkte betroffen den Kopf und verließ das Zimmer.

Sie lief auf die Toilette. Dort konnte sie ihre Bestürzung unbeobachtet verdauen. Ihre Knie wurden weich und sie rutschte an der geschlossenen Tür auf den Boden und hielt ihren Kopf mit beiden Händen. Die Panikattacke löste Übelkeit aus.

Sie saß sicher einige Minuten so da, als jemand an der Türklinke rüttelte.

„Oh, `tschuldigung“, kam von der anderen Seite, „hab nicht gesehen, dass besetzt ist.“ Rosalie konnte nicht antworten, zu tief saß der Schock. Die Schwester von Frau Lindemann wurde ermordet. Langsam begann sie, sich wieder aufzurichten und wusch sich das Gesicht eiskalt ab. Aber es änderte nichts.

Rosalie war wie erstarrt. Ihre Beine fühlten sich wie Wackelpudding an. Warum nahm sie das nur so mit, fragte sie sich. Sie verließ die Toilette und ging wieder zurück. Rosalie hatte die Schwester von Frau Lindemann erst Anfang der Woche bei einem Spaziergang getroffen. Wiederholt hatte diese ungefragt auf sie eingeredet. Ein paar Tage später hatte sie beim Gassi gehen eine Leiche gefunden. Es war tatsächlich Christa Koch, die Schwester von Frau Lindemann. *Wie tragisch*, dachte Rosalie nachdenklich. Ein einziger Mensch vermochte das zarte Gefüge der Ordnung zu zerstören.

Rosalie atmete schwer. Was war hier los? Was machte der Pastor mit ihr?

Diese Angst, die sie beschlich, diese Schmerzen wieder zu erleben, die Schuld wachzurütteln, die sie belasten würde. Die Panik, die Angst könnte ihr auflauern und sie erneut unter Scherben begraben. Es würde ihre Narben aufreißen und alles zerstören, was sie sich aufgebaut hatte. Es wäre ein Schlag ins Gesicht, der ihr Gleichgewicht erschüttern könnte. Der alte Abdruck war noch sichtbar, verdrängt in die hintersten Ecken. Der Schmerz hat Spuren hinterlassen, vor allem in ihrem Herzen. Zu lange hat sie ihn festgehalten und ihm nicht die Möglichkeit gegeben, sich zu entladen.

Rosalies Traum vom Glück, der gerade voller Hoffnung war, würde erneut zerquetscht werden. All ihre Erwartungen würden zu Boden geworfen.

Ihr neues Sicherheitsschiff würde auf Sand auflaufen. Es war Zeit, die Segel neu zu setzen, um nicht wieder zu ertrinken. Die Angst, all die unterdrückte Wut würde verrückt spielen und den Kompass neu ausrichten.

Rosalie musste der aufkeimenden Wucht des alten Schmerzes entgegenwirken.

Die Grenzen zwischen Realität und ihren zerrütteten Gedanken verschwammen.

Rosalie durchforstete aufgeregt die Krankengeschichte von Pastor Theodor Becker nach Indizien, aber sie konnte keine konkreten

Informationen finden, die in irgendeinem Zusammenhang mit ihr standen.

„Na, du bist ja gerade sehr vertieft. Suchst du etwas Spezielles?“ Paul, ein Arbeitskollege, klopfte ihr grinsend auf die Schultern. Rosalie erschrak, so tief war sie in Gedanken versunken.

„Nein, nein, nichts Bestimmtes.“ Rosalie lächelte und vergrub ihr Gesicht weiter in die Unterlagen. Obwohl dieser Name, Theodor, kam ihr vertraut vor. *Woher nur?*, ging ihr durch den Kopf.

Rosalie wusste, seitdem Pastor Becker auf der Bildfläche erschienen war, war nichts mehr, wie es war.

Sie bekam keine Luft. Sie fühlte sich erschöpft. Es war, als würde er sie in die Enge treiben.

Er verfolgte sie, ohne sie anzufassen. Er begann sich in ihre Gedanken zu bohren.

Er begann, ihr Leben zu kontrollieren. *Aber was wollte er?*, fragte sich Rosalie.

Nach mehrmaliger Aufforderung von Karim vereinbarte sie endlich einen Termin mit einer Psychiaterin, die sie vom Hören kannte.

Gleich am nächsten Tag konnte Rosalie kommen.

Nun musste sie nur noch den Dienst durchstehen.

Rosalie kam erst spät zum Essen. Plötzlich schlug Pastor Becker Alarm.

Sein Monitor zeigte eine Herzrhythmusstörung, bei der das Herz sehr viel schneller schlug, als normal.

Rosalie verschluckte sich beinahe an dem Bissen, den sie gerade in den Mund geschoben hatte.

Die Krise war Gott sei Dank nur von kurzer Dauer. Als sie beim Patienten ankamen, war es bereits vorbei. Herzrhythmusstörungen flackerten unvorhersehbar auf und verschwanden manchmal auch ebenso plötzlich ohne jegliche Intervention.

Rosalies Herz schlug höher. Es beruhigte sich kaum. Nein, nicht vom Laufen oder der Aufregung. Es war ein seltsames Gefühl. Sie fühlte sich wie in einem Karussell. Eine leichte Enge in ihrem Hals, die meistens eine Panikattacke signalisierte, machte sich bemerkbar. Sie versuchte, ruhig zu atmen und ihr keine weitere Aufmerksamkeit zu schenken.

Es gab keine weiteren Vorkommnisse mehr, daher beließen sie es dabei. Die Werte des Patienten waren unter ständiger Kontrolle.

Pastor Theodor Becker spürte nichts, hatte keine Herzschmerzen oder Luftnot.

Trotzdem wurde zur Kontrolle ein EKG gemacht.

Rosalie blieb alleine zurück, um etwas in den Computer zu schreiben. Sie war allein, die Pflege war mit anderen Patienten beschäftigt.

Es war ihr plötzlich, als würde sie Beckers Stimme vernehmen. Sie kamen tief aus ihrem Inneren. Es packte sie eine Panik, während eine Hand begann, ihre zu streicheln. *Nein, bitte nicht jetzt!*, dachte Rosalie. Es waren die Gesichter der Angst, die sich wieder einmal anschlichen. Sie kamen aus der Vergangenheit zu Besuch.

Ihr Herz begann zu klopfen. Schweißperlen traten auf ihre Stirn. Das hatte sie noch nie während eines Dienstes erlebt.

„Frau Doktor, haben Sie manchmal das Gefühl, dass ihre Träume realer sind als die Wirklichkeit?"

Er hatte die Augen geschlossen, als er sie das fragte.

Rosalie war nicht ganz klar, ob sie sich das wieder einbildete oder er tatsächlich sprach.

„Was meinen Sie?", fragte Rosalie flüsternd.

„Das wissen Sie doch", gab er schmunzelnd zurück.

„Nein, ich weiß es nicht“, meinte Rosalie etwas genervt.

„Wie fühlt sich das an, wenn jemand in Ihre Gedanken eindringt? Ihren Ängsten einen Besuch abstattet?“

„Was wollen Sie von mir?“ Rosalies Puls wurde schneller. Sie fühlte sich wie gelähmt.

Plötzlich drang von außen Licht in das Zimmer. Rosalie neigte den Kopf zur Tür. Als jemand von der Pflege das Zimmer betrat, bemerkte sie, dass der Pastor schlief und keine Anstalten machte, mit ihr zu plaudern.

„Brauchst du was?“, fragte Lena.

Ich konnte mir das doch nicht nur eingebildet haben, dachte Rosalie irritiert. „Nein, danke, Lena“, stotterte sie und verließ das Zimmer.

Es war mittlerweile 2:00 Uhr und sie war müde. Sie würde sich in ihr Zimmer zurückziehen.

Sie ging noch fragen, ob es noch etwas zu erledigen gäbe und begab sich ins Arztzimmer. Sie zog die Decke über die Beine und wollte die müden Augenlider ein wenig entspannen.

Kaum waren ihre Lider geschlossen, als sich diese Stimmen von vorhin wieder in ihre Gehörgänge schlichen. „Zuckerschnecke, zier dich doch nicht so, du willst es.“

Verwirrt öffnete Rosalie ihre Augen und war hellwach. *Was war das?*, dachte sie, während sie ein kalter Luftzug streifte.

Ihr wurde leicht schwindlig und es war ihr plötzlich, als würde eine Schwere auf ihr lasten. Sie musste tief Luft holen, als unvermutet jemand von der Pflege in ihr Zimmer trat und rief: „Rosalie kannst du bitte kommen?"

Mit einem Satz sprang sie auf und lief Lena nach. Es war Pastor Becker, der wieder einmal über Atemnot klagte. Rita hatte ihm bereits den Sauerstoff, den er schon über eine Sauerstoffbrille bekam, höher gedreht. Ihre Ansätze ließen die Luft direkt in die Nase gleiten. Rosalie ordnete nach einem kurzen Gespräch mit dem Patienten ein Beruhigungsmittel über die Vene an. Seine Sauerstoffsättigung hatte sich erneut stabilisiert. Seine Atemnot verschwand.

„Bei diesem Lärm kann ich mich nicht entspannen. Kann man dieses Zischen nicht abstellen?"

„Nein, das geht nicht", konterte Rita.

„Die Frau Doktor hat Ihnen bei Bedarf ein Beruhigungsmittel vorgeschrieben. Ich werde es Ihnen verabreichen, dann können Sie sicher etwas schlafen", entgegnete ihm Rita.

„Worauf warten sie noch?", konterte er genervt.

Rosalie und Rita tauschten Blicke. Rita verabreichte Herrn Becker die angeordnete Dosis.

Das Beruhigungsmittel breitete sich in seinem Körper aus und entspannte ihn. Theodor Becker schlief ein und Rosalie konnte gehen.

Als sie wieder in ihrem Zimmer war, war sie fassungslos. Hatte sie dieselben Symptome, wie der Patient? Sie räusperte sich nervös, während sie an ihren Hals fasste. Sie nahm ein seltsames Gefühl zwischen ihren Stimmritzen wahr. Als wäre ein Fremdkörper eingedrungen und verhinderte ein normales Schlucken. Es war Zeit, mutig den nächsten Schritt zu gehen und die Mauern einzureißen.

In den Gängen eines Krankenhauses lauerte eine unheimliche Bedrohung. Das Vertraute wurde mehr und mehr zur Falle. Düstere Geheimnisse enthüllten sich, Masken fielen, während das Unheil seinen Lauf nahm.

Das Unausgesprochene wurde lauter, als würde es energisch an die Tür klopfen. Es war Zeit für ein Gespräch bei ihrer Therapeutin. Rosalie war schon einmal aus den Trümmern wieder auferstanden. Sie würde sich ihr Leben nicht zerstören lassen.

Diese immer wieder aufkeimenden Ängste begannen ihr Leben zu beeinflussen. Aus irgendeinem Grund gab es eine Verbindung zu diesem Pastor. Es klang abwegig. Aber sie spürte eine ungewollte Vertrautheit, die sie verängstigte. Rosalie hielt sie gefangen und versuchte, ihre Gedanken zu dominieren. Sicherlich arbeitete sie zu hart und zu viel.

Was, wenn sie sich ihrem Verdacht hingab und sie recht hatte?

Was, wenn der Pastor verantwortlich war für ihren Gemütszustand?

Warum wusste er von ihren Ängsten? Er infiltrierte ihre Gedanken auf eine beunruhigende Weise, ohne dass sie es beweisen konnte.

„Wie geht es Ihnen im Moment, Herr Becker?"

„Wie soll es mir gehen? Ich habe Schmerzen. Sie wissen doch selbst, dass Schmerzen nicht von heute auf morgen verschwinden. Sie sind ein Ruf im Inneren. Das kennen sie doch, oder nicht?"

Rosalie fühlte sich völlig überrumpelt. Es war, als würde ihre Stimme versagen. Ihr Herzschlag beschleunigte sich. Ihre Halsschlagader pochte gegen den Hals.

„Ja, ich versuche, damit umzugehen", gab sie ihm heiser zur Antwort. Ihre Stimme zitterte und ihr Atem wurde schneller.

„Sie können nicht vergessen, Rosalie. Die Vergangenheit lässt einen nicht los, bis wir uns mit ihr auseinandersetzen."

Es war Rosalies Herz, dass so stark und schnell pochte, dass sie es im Hals spürte. *Warum antwortete sie ihm? Er hatte das wahrscheinlich nur so dahingesagt.*

„Herr Becker, Sie sind der Patient, nicht ich. Lassen Sie uns ihre Schmerzen stabilisieren."

„Was meinen Sie?"

„Sie wollen sich der Vergangenheit nicht stellen."

„Wie Sie meinen."

Was hatte er mit ihrer Vergangenheit zu tun? Warum stellte er diese Fragen?

Hinter den glänzenden Oberflächen lauerte eine düstere Wahrheit. Die Grenzen zwischen Gesundheit und Verderben verschwammen.

Was, wenn er wirklich übernatürliche Fähigkeiten hatte?, dachte Rosalie, schüttelte diese Frage aber im selben Augenblick wieder ab. *Warum hatte er sie ausgesucht? Warum ich?*, fragte sie sich zum wiederholten Male.

Am nächsten Morgen, nach der Übergabe der Patienten, packte Rosalie ihre Sachen zusammen und verließ die Station, so schnell sie konnte.

Erschöpft von all den befremdlichen und beängstigenden Eindrücken der letzten Tage, stieg Rosalie in den Aufzug, der seine Türen öffnete. Er wurde scheinbar renoviert. Er wirkte enger als die anderen und die Spiegel fehlten, was eine seltsam beklemmende Atmosphäre vermittelte. Sie drückte auf Ebene 5, Ausgang, und lehnte ihren Kopf an die Wand. Kühles Neonlicht beleuchtete grell die kahlen Wände und die Stille wurde durch ein eigenartiges Pochen unterbrochen. Es erfüllte die Luft und klopfte synchron mit ihrem Herzen.

Eine extreme Panik kroch an Rosalie hoch. Ihr Herz pulsierte immer intensiver gegen ihren Brustkorb. Es war wie das Schlagen eines Hammers und hinterließ ein flaues Gefühl.

Rosalie griff sich mit der rechten Hand an die Kehle, denn sie fühlte sich bedrohlich eng an. Die Atemzüge wurden schwerer. Plötzlich hatte sie das Gefühl, als legten sich fremde Hände um ihren Hals. Kalte, kräftige Finger, die ihren Hals mit Leichtigkeit umschlangen. Rosalie drückte sich erschrocken weg von der Wand. Die düstere Aura des Raumes verschlimmerte sich und tauchte alles in Nebel.

Dieses pochende Echo durchzog ihre Gehörgänge. Ein Klopfen, das bis in die Ohren drang und eine seltsame Taubheit hinterließ. Die Enge des Aufzuges überwältigte sie. Der Druck auf ihrer Brust wurde stärker. Es war das Pulsieren eines Herzens. *Er* war wieder da. In ihren Gedanken. *Er* schlich sich geräuschlos in den Rhythmus ihres Herzens und benebelte ihre Sinne.

„Was willst Du?“, schrie Rosalie in den Raum. „Mich kriegst du nicht!“ Sie spürte, wie ihre Beine nachgaben und sie auf den kalten Boden des Aufzuges sank. Sie umklammerte ihre Knie und presste ihr Gesicht gegen die Oberschenkel, als würde sie Schutz suchen.

Die Fahrt im Aufzug dauerte eine gefühlte Ewigkeit. Es hatte den Anschein, als würde die Zeit stillstehen. Jeder Atemzug fühlte sich an wie ein Kampf gegen unsichtbare Kräfte, die sie zu erdrücken drohten. Es waren die Schreie der Vergangenheit, die sie hörte.

Die Wände schienen sich zu verändern und kamen langsam auf Rosalie zu. Eine bedrohliche Stille, die wiederholt durch den Herzschlag unterbrochen wurde. Rosalie hielt sich die Ohren zu. Sie konnte das Klopfen nicht ertragen. Es beeinflusste ihren Atem und ihre Kehle fühlte sich an, als würde sie in einem Kokon stecken, der sich immer enger um ihren Hals schlang.

Rosalie schnappte nach Luft, als plötzlich die Türen aufgingen und eine Traube Menschen darauf wartete, einzusteigen. Sie sprang irritiert auf und bahnte sich einen Weg durch die Menschenansammlung vor dem Lift.

Ihre Blicke huschten ängstlich umher. Es wirkte, als würde sie nach einer Fluchtmöglichkeit suchen. Ihr Verstand war noch gefangen in den verstörenden Ereignissen, die sich gerade zugetragen hatten. Tränen stiegen in ihre Augen und sie presste ihre Handflächen fest gegen ihre Schläfen, als wollte sie die wirren Gedanken vertreiben, die in ihrem Kopf tobten. Die Menschen beachteten sie nicht. Es schien, als wären zu sehr in ihre eigenen Gedanken vertieft. Die düstere Atmosphäre um sie herum blieb völlig unbeachtet, als wäre das alles nicht passiert.

Eine seltsame Mischung aus Fiktion und Realität, die sie noch gefangen hielt und erst beim Verlassen des Krankenhauses von ihr abließ.

Langsam konnte sie wieder atmen, während ihr Herzschlag sich beruhigte.

Sie fand einen Platz in der U-Bahn. Rosalie starrte aus dem Fenster, während die Stadt an ihr vorbeizog. Sie reflektierte über die düsteren Ereignisse im Aufzug, die sie aus der Fassung gebracht hatten. Sie musste endlich zur Psychiaterin. Rosalie wollte in ihre Balance zurückfinden. Sie musste ihr helfen, den Pastor zur Strecke zu bringen.

Was passierte mit ihrem Leben und was hatte das alles mit dem Pastor zu tun?, fragte sie sich immer wieder.

Sie wollte nur noch nach Hause, obwohl sie nicht sicher sein konnte, ob dieser unheimliche

Patient nicht auch dort sein Unwesen trieb, ihre Gedanken manipulierte und sie aus der Balance bringen wollte. Er hatte einen perfiden Plan. Dessen war sie sich sicher.

Als sie den Schlüssel endlich ins Schloss steckte und die Tür öffnete, fühlte sie sich, als hätte sie ewig gebraucht, sie aufzusperren. Ihre Hände zitterten. Rosalie fühlte sich erschöpft. Sie war zuhause, aber fühlte sich nicht besser. Die dumpfen Schläge ihres Herzens zeigten eine tiefe Erschöpfung. Sie fühlte noch die eiskalte Hand, die sie im Aufzug umklammert hatte. Alleine die Erinnerung ließ sie die Anspannung bemerken, die sich in allen Gliedern ausdehnte. Sie lehnte sich erschöpft an die Tür und schloss für einen Moment die Augen. Sie hatte kaum geschlafen.

Sie war nun in ihren vertrauten vier Wänden, die ihn wahrscheinlich nicht abhalten würden sie aufzuspüren. Er war in ihrem Kopf und wo sie auch immer war. Es schien, als könnte er Wände durchdringen.

Während sie die Schuhe auszog, warf sie einen Blick in den Spiegel. Es war, als würde ihr die Wahrheit nach all den Jahren direkt ins Gesicht starren. Sie konnte in ihrem Gesicht lesen wie in einem Buch. Rosalie hatte Angst, ihrer inneren Stimme zuzuhören. Diese war so lange verstummt. Sie hielt ihren Schmerz gefangen, damit das Alte nicht aufgewühlt werden konnte und unnötige Unruhe brachte. Jetzt machte sie sich bemerkbar. Dunklen Ringe lagen unter ihren Augen.

Es war Zeit, das verschlossene Buch zu öffnen, damit *er* sie nicht noch verrückt machen konnte. Er wollte sie in die Enge treiben. Ein Hauch von Adrenalin schwamm noch in ihren Venen. Gerade so viel, dass sie endlich den Termin mit der Psychiaterin ausmachen konnte.

Zu lange hat sie ihn hinausgezögert und Ausreden gefunden.

Dann ließ sie sich erschöpft auf die Couch fallen und ihre Gedanken kreisten um die arme Frau, die umgebracht wurde.

Karim hatte Dienst im Krankenhaus und würde heute nicht nach Hause kommen. Rosalie nahm eine ausgedehnte Dusche. Das heiße Wasser prasselte angenehm auf sie ein. Es war, als schwammen die Belastungen mit dem Duschstrahl von ihren Schultern und lösten die Spannungen in ihrem Nacken. Die Ereignisse brachten einen unglaublichen Stress mit sich, der sie immer mehr belastete.

Dieser kranke Pastor spielte mit ihrer Angst und mit ihrer Schuld.

Woher wusste er, womit er sie triggern konnte? Rosalie zog sich ihren Bademantel über und legte sich auf das Bett. Ihr Kopf dröhnte.

Sie nahm vorsichtshalber eine Tablette und machte das Licht aus. Dann zog sie die kuschelige Decke bis zu den Schultern hoch. Ein leichtes Frösteln legte sich über ihren Körper. Ihr Kopf sank schwer in das Kissen, während die Müdigkeit über sie hereinbrach. Rosalie schlief in der Sekunde ein.

Sie musste bereits einige Zeit geschlafen haben, als ein jemand sie am Kopf berührte.

Sie erwachte und schaute verschlafen auf die Uhr. Es war 15:00 Uhr. Sie spürte dieses Streicheln noch immer, griff sich auf den Kopf und hielt büschelweise Haare zwischen den Fingern. Wie eine stumme Erinnerung an das, was einst war. Sie wollte schreien, aber wieder einmal kam kein Ton. Ihre Augen waren im Traum weit aufgerissen, als würden sie vor Entsetzen erstarren.

Es war das Klopfen ihres Herzens, das lauter wurde und Panik in ihr auslöste. Schweiß trat auf ihre Stirn und bahnte sich langsam seinen Weg über die Schläfen.

Das Stöhnen im Traum wurde eindringlicher. Ein entsetzter Seufzer verließ ihre Lippen, bis dieses widerwärtige Lachen begann und immer tiefer in ihre Gehörgänge drang.

Dann drückte jemand ein Kissen auf ihr Gesicht. Rosalie rang nach Luft. Sie wollte erneut schreien, aber kein Ton verließ ihren

Mund. Rosalie versuchte, sich zu wehren und riss ihre Arme hoch und stemmte sich gegen den Angreifer.

Panisch öffnete sie, nach Luft ringend, ihre Augen. Es war wieder ein Albtraum. Mitten am Tag. Kein prickelndes Gefühl. Es war wie ein Peitschen meterhoher Wellen, in denen Rosalie zu ertrinken drohte. Es war, als würde sie sich auf einem Langstreckenflug in ihre Vergangenheit befinden. Sie brauchte Kraft und vor allem Schlaf, um klar denken zu können. Erholt war sie nicht, also stand sie auf.

Sie schlüpfte in bequeme Kleidung und setzte sich vor den Laptop, um sich ein wenig mit Forschungsarbeiten abzulenken.

Aber sie konnte sich nicht konzentrieren.

Die Vergangenheit fesselte ihre Lebendigkeit und versperrte ihre Sicht auf einen Ausweg. Sie zwang Rosalie in die Knie. Der Pastor gewann Kontrolle über ihre Gedanken. Er war wie ein Schwarm Vögel, der über ihrem Kopf kreiste und ihr die Sicht auf den blauen Himmel nahm.

Realität und Traum verschwammen immer mehr.

Rosalie fühlte sich gefangen in einer Endlosschleife. Aussteigen aus der emotionalen Achterbahn. Die Tür aufstoßen, die sie weiterbringt und diesen Irrsinn beendete. All die Albträume und Flashbacks, die Wut und der verschlossene Schmerz, die quälenden Erinnerungen an die vergangenen Erlebnisse und Schlafstörungen endlich zu beenden. Erinnerungslücken zu schließen.

Jeder neue Tag, jedes Augenschließen streckte seine Fühler aus und mit ihnen kam die Angst.

Rosalie machte sich einen Kaffee und aß eine Kleinigkeit, während sie die Welt von oben betrachtete. Wie ein Adler kreisten ihre Gedanken über den Ereignissen. Von hier oben wirkte die Welt weniger bedrohlich.

Sie versuchte, zu arbeiten. Zwischendurch telefonierte sie mit Karim. Er wollte noch mit Freunden weggehen.

„Arbeite nicht mehr zu viel, Rosie."

„Nein, nein, ich werde bald schlafen gehen. Die letzten Dienste waren ziemlich anstrengend. Vielleicht schaue ich mir noch einen Film an.

Hab einen lustigen Abend. Sehen uns morgen früh, Schatz!" Dann legte Rosalie auf.

Zu späterer Stunde machte sie sich eine Tasse Tee, holte ein paar Kekse aus dem Schrank und suchte auf Netflix nach einem kitschigen Liebesfilm. Karim kam sowieso erst spät und sie brauchte etwas für die Seele.

Gegen 22:30 Uhr nahm sie eine Schlaftablette und ging zu Bett.

Sie bekam den dringend benötigten Schlaf, ohne einen Albtraum, der ihre Energie raubte. Die Wirkung der Tablette entfaltete sich langsam und für ein paar Stunden schien die düstere Realität in den Hintergrund zu treten.

Das Läuten des Handys nahm sie kaum noch wahr, während sie in einen tiefen Schlaf fiel, gemeinsam mit all den Enttäuschungen und Verstrickungen, die das Leben auf sie einprasseln ließ. Es war Karim, der ihr mitteilen wollte, dass er auf dem Heimweg war. Das tat er immer, wenn er ein wenig getrunken hatte.

Am nächsten Morgen wachte sie nicht so erholt auf, wie sie erwartet hatte.

Karim musste bereits munter sein. Es drangen vertraute Geräusche aus der Küche.

Die Leichtigkeit war nicht eingetreten. Im Gegenteil. Eine extreme Müdigkeit drückte sich auf ihre Augenlider.

Sie fühlte sie paranoid verfolgt von diesem Schmerz, der an ihr nagte. Ihr Herz hatte nie gelernt, mit dieser Last fürsorglich umzugehen. Es fehlte ihr die Weisheit, nicht daran zu zerbrechen.

Ihre Mutter würde sagen: „Ach, Herzchen, lass das nicht alles so nah an dich heran und sprich mit niemanden darüber. Es könnte auf dich zurückfallen.“

Wenn das so einfach wäre. Tränen liefen auf ihre Lippen, die durstig danach verlangten, das Salz der Erinnerung abzulecken. Die Splitter der alten Narben piksten.

Wie gerne würde sie aufatmen, nach einem gefühlt endlos wirkenden Sturz.

Einen tiefen Atemzug der Ausgelassenheit einatmen, der sich in alle Ecken ihres Körpers ausbreitete.

Die Sehnsucht hatte keinen festen Boden gefunden. Ihr Schiff war in einen Hafen eingefahren. Sicherheit spürte sie nicht. Mehr eine verschluckte Traurigkeit, die ihr aus dem Spiegel entgegenwinkte.

Ihr neues Boot begann zu schwanken, ein Sturm zog auf. Manches war in der Amnesie zerflossen. Das Trauma der Vergangenheit brachte Albträume mit sich. Die Erinnerung schmeckte bitter.

Ihre Hände stützten ihren Kopf. Der Pastor zog an ihren Selbstzweifeln. Diese Gedanken wurden schwer. Sie hatten enormes Gewicht, das sie belastete. Das Klopfen in ihrem Kopf wurde lauter.

Sie hatte die Symptome zu sehr ignoriert. Sie war weitergelaufen in der Hetze der Zeit.

Rosalie war an ihren wahren Bedürfnissen vorbeigelaufen.

Sie hatten geschrien vor Hunger. Sie wollte sie nicht hören.

In all den vergangenen Jahren hatte sie nicht versucht, sie zu füttern. Sie wurden still. Aber sie lagen auf der Lauer.

Der Pastor wollte sie sabotieren. Das Rennen gewinnen. Rosalie in die Abwärtsspirale drängen. Sie fühlte sich festgefahren.

Rosalie trottete ins Bad. Sie spritzte kaltes Wasser in ihr Gesicht, was eine Wohltat auf der Haut war und ihre Lebensgeister aufweckte. Die Augenlider schwollen ab, während sie sich im Spiegel betrachtete.

Die Zeit heilte keine Wunden. Irgendwann forderten sie wieder ihre Aufmerksamkeit, das wurde ihr klar.

Die Jahre waren in ihren Fingern zerronnen.

Jetzt begannen sich plötzlich die Wogen zu erheben. Bedrohlich und wild.

Das Blatt hatte sich gedreht, von heute auf morgen. Die Wunden zeigten beginnende Risse. Sie versuchte, dagegenzuwirken. Die Stimmen der Vergangenheit fingen wieder an, in ihre Gehörgänge einzudringen.

Rosalie behütete den blinden Fleck, der die Realität nicht sehen wollte.

Es war Zeit, in den Zug einzusteigen und ein paar Stationen zu fahren. Sie musste es probieren. Sie konnte jederzeit entscheiden, wie weit sie fahren würde.

Sie war nie mutig genug gewesen, über den Tellerrand zu blicken. Es war unbequem und tat weh.

Vielleicht brauchte sie nur einen neuen Pullover. Der alte kratzte, aber er war ihr doch so vertraut. So dümpelte sie in dem alten, abgestandenen Wasser.

Die Veränderung, die das Leben brachte, war wie eine Eisplatte, auf der sie versuchte, Balance zu halten.

Sie brauchte die richtigen Schlittschuhe auf dem dünnen Eis.

Isabella Schwarz, die Psychiaterin, war ihre große Hoffnung, die Ängste zu besiegen und den Pastor in die Enge zu treiben.

Rosalie zog sich gemütliche Sachen an und ging dann in die Küche, wo Karim sie schon freudestrahlend erwartete.

„Guten Morgen, Liebes. Wie hast du geschlafen?“

„Frag mich nicht“, erwiderte Rosalie. „Diese Albträume verfolgen mich.“

Karim wollte gerade seinen Mund öffnen.

„Sag nichts, ich habe mir morgen einen Termin bei Frau Doktor Schwarz ausgemacht."

„Wirklich? Das sind wunderbare Neuigkeiten, Rosi." Karim umarmte sie energisch.

„So, jetzt erzähle von gestern Abend! Wie war`s?"

„Wir waren in einem neuen Lokal in der Innenstadt. Sehr gemütlich."

„Es ist schon lange her, dass wir zwei einen gemütlichen Abend in der Stadt hatten."

Rosalie nippte an ihrem Kaffee. „Ja, du hast recht."

Sie blickte gedankenverloren aus dem Fenster. „Wir holen das bald nach."

„Diese Rosi gefällt mir." Karim lächelte.

Er war schon in seinem Radoutfit. „Wie gerne hätte ich deine Disziplin." Rosalie lächelte Karim an.

„Du weiß, ich brauch das, um abzuschalten."

„Na, dann los!" Rosalie streichelte seinen Oberarm. Er küsste ihre Hand und machte sich auf den Weg.

Rosalie holte Rocky für einen ausgedehnten Spaziergang ab. Sie brauchte frische Luft.

Sie nahmen diesmal eine andere Runde im Prater. Der letzte Ausflug hatte eine Leiche mit sich gebracht, worauf sie heute verzichten konnte. Rocky wedelte aufgeregt mit dem Schwanz, als er Rosalie erblickte. Es gab ein Leckerli, das er sichtlich genoss.

„Ja, du bist ein braver Hund.“ Rosalie kraulte ihm hinter den Ohren. Sein Fell glänzte silberfarben. Sie streichelte ihm einige Male über den Rücken.

„So, jetzt gehen wir aber los, mein Schöner.“

Eine kühle Brise streifte sie und Rosalie zog ihre Jacke vorne zu. Dann wickelte sie das mitgebrachte Tuch um den Hals. Rocky zog schon aufgeregt an der Leine.

Es kamen ihnen viele Menschen entgegen. Ihre Gesichter spiegelten unterschiedliche Emotionen wider. In das Menschen- und Stimmengewirr drängte sich das Gesicht des Pastors. Rosalies Herz begann, schneller zu schlagen. Es fand keine Ruhe. Er war ein ständiger Begleiter.

Nach zwei Stunden freute sie sich, wieder in die warme Wohnung zu kommen. Der Spaziergang hatte ihr gutgetan, auch wenn die Ereignisse sie immer wieder daran erinnerten, dass die Vergangenheit darauf harrte, angesehen zu werden.

Es wartete noch viel Arbeit auf sie, sie sie ablenkte. Rosalie machte sich einen Tee und packte das Baguette aus, das sie eingekauft hatte, während sie mit Rocky unterwegs war. Sie packte ein paar Scheiben Salami aus,

Snackoliven und Parmesan und dekorierte den Teller damit. Sie legte alles am Couchtisch ab und klappte den Laptop auf.

Karim war zu seiner Familie gefahren und verbrachte den Nachmittag dort. Wahrscheinlich dehnte sich der Besuch bis am späten Abend aus. Er sah sie viel zu selten.

Er war Psychiater und auch seine Arbeit nahm viel Zeit in Anspruch.

Für sie beide gab es nicht viel Freizeit.

Kapitel 6

Antworten

Es war 7:30 Uhr.

Rosalie hatte keinen Albtraum gehabt. Trotzdem war der Schlaf nicht unbedingt erholsam gewesen. Fragen über Fragen prasselten auf sie ein wie Regentropfen ans Fenster. Ihre Gedanken rasten schnell und unkontrolliert, ähnlich einem Karussell. Sie klopften immer lauter und hinterließen eine Unruhe, die eine deutlich spürbare Nervosität mit sich brachten.

Erschöpft quälte sie sich aus dem Bett. Nach einer Dusche und einem Espresso fühlte sie sich etwas besser, dennoch hatte sie in letzter Zeit das Gefühl, neben sich zu stehen. Sie hatte keine Kontrolle mehr über ihre Sinne.

Ihre Augen wollten sich heute gar nicht öffnen. Es waren und blieben Schlitze, die die Umgebung mit eingeschränktem Blickwinkel betrachteten, worüber Rosalie nicht traurig war.

Ihren Termin bei Frau Doktor Schwarz hatte sie um 10:00 Uhr vereinbart. Es galt, das Sorgenknäuel zu entwirren und die Fäden zu lösen, die an ihr zogen.

Rosalie hatte Angst, die Wohnung zu verlassen. Sie sah Pastor Becker in jedem Zeitungsverkäufer, Schaffner, in jedem Menschen, der an ihr vorbeikam. Sie hatte das Gefühl, *Theodor Becker* wusste immer, wo sie war. Rosalie fühlte sich verfolgt. Sein Lachen wartete an jeder Ecke und ließ nicht von ihr ab. Rosalie versuchte, ihre Umgebung angsterfüllt zu kontrollieren, als würde er im nächsten Moment auftauchen.

Er begann, ihren Geist zu fesseln. Sie wurde mehr und mehr zu einer Gefangenen. Es war, als würde sie im Schaum der zerplatzten Seifenblasen baden und ertrinken.

Als würden sie ihre Gedanken anschreien, sie aufmerksam machen wollen auf den Ursprung ihrer Ängste. *Er* war wie eine Gedankenfliege, die ihr keine Ruhe mehr ließ. Ein ungebetener Gast, der sich in ihrem Gedankenkonstrukt festgesetzt hatte und ihr nicht erlaubte, klar zu sehen.

Dieser Blick ins Innere würde sie hoffentlich aus der Hetze im Außen befreien, damit sie überleben konnte, dachte Rosalie. Es war ihre einzige Chance.

Die letzten Jahre waren so hoffnungsvoll gewesen und Rosalie war überzeugt, dass das Schicksal es gut mit ihr meinen würde.

Karim würde jetzt sagen: „Nimm die Herausforderungen an, die sich dir stellen. Du wirst daran wachsen und kannst die Vergangenheit endgültig hinter dir lassen.“

Wie gerne sie diesem Wunsch nachgehen würde. Ob Karim es gesehen hatte damals? Sie hatte es nie gewagt, ihm diese Frage zu stellen. Sie hatte Angst, es würde sie entzweien. Aber dieses Versteckspiel machte es nicht einfacher.

Sie wollte nicht mehr all das glauben, was sich in ihren Gedanken festgesetzt hatte. Am liebsten würde sie die Maske herunterreißen, damit sie klar erkennen konnte, wo die Wahrheit lag.

Es war wie ein verbotener Blick in den Rückspiegel, der ihr Angst einjagte.

Ein kurzer Augenschein zeigte, was sie alles geschafft hatte. Wäre doch gelacht, wenn sie sich nun unterkriegen lassen würde.

Sie schlich auf Zehenspitzen durchs Leben, aus purer Angst, er würde etwas merken.

Zu viele Schlaglöcher, durch die sie katapultiert wurde. Tiefe Wunden, die sich hineingebrannt hatten und vor sich hinbrodelten.

Vorsichtig hob sie den Kopf und blickte über ihre selbsterrichteten Grenzen. Es war, als würde sie sich auf die Zehenspitzen stellen und über einen Zaun schauen. Die Beklemmung hielt sie im Zustand des Verharrens. Sie hörte ihr Herz stolpern. Sie strich gedanklich über ihre Narben, die ihren Herzschlag immer wieder ein wenig aus dem Rhythmus brachten.

Sie fürchtete den Verlust dieses vertrauten Lebens, das der Pastor aus den Angeln hob.

Sitzung Erstgespräch: Ordination Dr. Isabella Schwarz

Das Netz der Angst entwirren

Rosalie drückte zaghaft den Daumen auf die Klingel. Sie war aufgeregt. Ihr Herz schlug etwas schneller als sonst. Da ertönte eine angenehme Stimme aus dem Lautsprecher, die sie begrüßte. Im nächsten Augenblick summte der Türöffner und Rosalie trat zögernd ein. Ihr Puls pochte bis in den Hals.

Isabella Schwarz kam ihr bereits entgegen und begrüßte sie mit einem Händeschütteln. Ein freundliches Lächeln erhellte ihr Gesicht. Sie war schlank, ihre dunkelbraunen Haare fielen, perfekt geföhnt, glatt auf ihre Schulter. Ihr exakt geschnittener Pony betonte die dunklen Augen und verlieh ihnen eine gewisse Strenge, aber auch Eleganz.

Sie hatte ein sympathisches Lächeln und wirkte beruhigend auf Rosalie.

Heute war sie keine Ärztin, sondern Patientin. Eine neue Perspektive, die sich zeigte.

Rosalie folgte Isabella Schwarz in den angrenzenden Raum, wo sie höflich aufgefordert wurde, Platz zu nehmen. Die in klaren, freundlichen Farben gestaltete Ordination war hell und clean, ohne übermäßiges Dekor. Die

Möbel waren organisiert und vermittelten einen sauberen und aufgeräumten Eindruck.

Isabella Schwarz trug ein schickes, enges Kleid, das ihre Hüften wunderbar umschmeichelte. Es wirkte gleichermaßen zeitlos und modern. Die Psychiaterin ließ sich mit einer eleganten Geste auf dem Stuhl gegenüber Rosalie nieder. Ausgestattet mit einem Notizblock und Stift, den sie in den Händen hielt. Die Art, wie sie die Utensilien anfasste, verriet Selbstsicherheit und Entschlossenheit. Sie wirkte professionell und strahlte ein Selbstbewusstsein aus, das Rosalie eine gewisse Sicherheit vermittelte. Sie pflegte eine klare Kommunikation und sprach mit ruhiger Stimme.

Frau Dr. Schwarz hörte aktiv und geduldig zu. Sie stellte immer wieder Fragen, um Missverständnisse zu vermeiden und respektvoll zu antworten. Zudem sendete sie nonverbale Signale der Zustimmung und des Verständnisses, indem sie zustimmend nickte. Damit zeigte die Ärztin ihr Interesse und Wertschätzung.

Rosalie schluckte währenddessen und bemerkte einen Kloß in ihrem Hals. Die Aufregung blieb bestehen.

Die Psychiaterin begann das Gespräch und mit der Zeit entspannte sich Rosalie ein wenig.

„Rosalie, versuchen Sie, sich zu entspannen. Sie sind hier sicher.“ Für Isabella Schwarz war keine Bitte seltsam. Sie war erfahren darin, sich mit ungewöhnlichen Gemütszuständen und Anliegen auseinanderzusetzen. „Sie dürfen jederzeit unterbrechen oder die Sitzung beenden. Wollen sie beginnen, zu erzählen?“

„Ja, gerne“, antwortete Rosalie. „Wo soll ich beginnen?“

„Wo Sie möchten, Rosalie“, entgegnete ihr die Psychiaterin.

Sie begann mit ihrer Kindheit. Dem Tod ihrer Mutter und die damit einhergehenden Veränderungen. Sie ließ einige Details aus, für die sie noch nicht bereit war, sie mit der Ärztin zu teilen. Das Vertrauen stand noch auf wackeligen Beinen.

Isabella Schwarz schrieb währenddessen in ihr Notizbuch, das sie auf ihrem Oberschenkel platziert hatte.

Die Psychiaterin ermutigte Rosalie und half mit Zwischenfragen weiter.

„Rosalie, waren Sie schon einmal in Behandlung?“

„Ja, nach dem Tod meiner Mutter.“

„Möchten Sie vielleicht genau an diesem Punkt beginnen?“

„Erzählen Sie mir von Ihrer Vergangenheit, an all das, woran Sie sich erinnern können.

Ich möchte Sie kennenlernen und erkennen, wie ich Ihnen helfen kann.“

Isabella Schwarz erkannte, dass Hypnose vielleicht auch eine Möglichkeit sein könnte, Rosalie von den traumatischen Ängsten zu befreien. Sie würde mit einer Gesprächstherapie beginnen und die Hypnose noch ein wenig nach hinten verschieben. Es war ihre professionelle Einschätzung, dass Rosalie noch nicht bereit war, die Kontrolle abzugeben.

So begann Rosalie die Therapie, um in einer Tiefenentspannung ihre Ängste zu konfrontieren und zu überwinden. Heute war erst der Beginn, ein Gespräch zur Annäherung. Es war ein Anfang.

„Ich zeige Ihnen auch Atemübungen, die Sie mitnehmen können und anwenden, wenn Sie Angst bekommen oder nicht schlafen können. Anfangs würde ich Ihnen raten, zum Schlafen die Medikationsempfehlung zu nehmen. Schlaf ist wesentlich, um wieder an Kraft zu gelangen. Die Atemübungen können Sie ergänzend machen, wann Sie wollen. Regelmäßig wäre ratsam, weil Sie dann immer schneller in die Entspannung kommen und raschere Resultate erzielen, um eine progressive Muskelentspannung zu erreichen.

Möchten Sie vorher Übungen machen oder wollen Sie gleich einsteigen in die Vergangenheit?“

„Lassen Sie uns doch mit den Entspannungsübungen beginnen und anschließend den Rückblick starten“, meinte Rosalie.

„Gut, Rosalie. Setzen Sie sich gemütlich hin.

Rosalie, ich möchte, dass Sie sich jetzt vollkommen entspannen. Atmen Sie ruhig ein und aus. Fühlen Sie, wie die Anspannung von Ihnen abweicht.“

Die Stimme der Psychiaterin war sehr angenehm. Sie war wie ein Schmetterling, der an ihr vorbeiflog und dem sie nachlaufen wollte. Es erinnerte sie an ihre Mutter. Vielleicht kam sie zu Besuch, um sie zu unterstützen. Sie blieb in ihrem Herzen, hatte sie damals gesagt.

So flog sie mit dem Schmetterling und den eindringenden Sonnenstrahlen in die Vergangenheit. Zumindest startete Rosalie den Versuch.

Der erste Schritt, eine kritische Denkweise zu verringern und das Unterbewusstsein zugänglicher zu machen.

Rosalie versuchte, sich nach und nach zu entspannen.

„Sie sind hier sicher. Ihre Gedanken sind frei“, sprach Dr. Schwarz monoton.

Hmmm, bin ich das?, dachte Rosalie, während sie die Augen geschlossen hielt.

Es war einfacher, die Augen zu schließen, als sie geöffnet zu halten. So konnte sie sich leichter der Entspannung hingeben, wenn man die Situation hier Entspannung nennen konnte. Sie war auf dem Weg in die Vergangenheit. Sie wusste nicht, was sie erwartete.

Da war wieder dieser Widerstand, der sich gegen die Tür stemmte, auf die sie zuging und öffnen wollte. Es war wie das Betreten von Kellerstufen, die ins Dunkle führten. Ihre Beine wippen unruhig hin und her. Die Anspannung zog sich in den Nacken und verlieh Rosalie eine gewisse Steifigkeit. Sie dehnte den Nacken nach rechts und links und hoffte, ihn damit etwas zu lockern.

Die Auflehnung, die sich bemerkbar machte, war wie ein ungebetener Gast, der Unmut stiftete. Rosalie wurde abgelenkt und lauschte dem Flügelschlag des Schmetterlings, der an ihr vorbeiflog und ein wenig Ruhe schaffte. Ihre Schultern zuckten schreckhaft und ihr Geist schien eine Tiefenentspannung zu blockieren. Das war nicht neu für Rosalie.

Der Widerstand forderte sie heraus. Er rüttelte an ihrem Körper, an ihrer Seele. Sie stieß an ihre Grenzen. Sie konnte ihren Zustand noch nicht annehmen, sie begegnete ihm mit Gegendruck. Es funktionierte nicht, sich gelassen zurückzulehnen und zur Ruhe zu kommen.

„Rosalie, es muss nicht heute funktionieren. Der Widerstand hat sich über Jahre konditioniert. Es ist ein Prozess, der dauert. Versuchen Sie, Vertrauen zu mir aufzubauen und zu sich selbst. Setzen Sie sich nicht so unter Druck und geben Sie sich Zeit. Ich möchte sie kennenlernen. Das funktioniert nicht von heute auf morgen. Haben Sie Geduld."

Ich habe aber keine Zeit, der Pastor ist mir auf den Fersen, ging Rosalie durch den Kopf, sagte es aber nicht laut.

Sie wollte dem Pastor auf die Schliche kommen, ihn entlarven und seine dunklen Machenschaften stoppen. Sie war noch zu jung zum Sterben.

Seine wahren Absichten aufzudecken und gleichzeitig ihre angeknackste psychische Gesundheit wieder herzustellen, die er aus der Balance brachte.

Die Leichtigkeit zurückholen und die Vergangenheit endgültig begraben.

„Mit Druck werden Sie nicht weiterkommen, Rosalie. Was auch immer Sie drängt, Altes zu durchforschen, um Klarheit zu bekommen oder Frieden, es braucht Zeit", meinte Dr. Schwarz bestimmt.

Was, wenn ich aber keine Zeit habe?, dachte Rosalie.

Sie nickte zustimmend, um die Frage von Isabella Schwarz zu beantworten.

Rosalie wollte noch nicht von dem Pastor erzählen. Es sollte noch ihr Geheimnis bleiben. Es galt fürs Erste mit der Vergangenheit aufzuräumen, dann würden sie weitersehen.

Die professionelle Analyse, die Frau Dr. Schwarz mit den folgenden Sitzungen stellen würde, könnte entscheidend sein, um all die Rätsel zu lösen.

Rosalie wollte Frau Dr. Schwarz eine Chance geben. Sie brauchte Unterstützung, um es mit dem Pastor aufzunehmen. Sie war froh darüber, kompetente Hilfe zu bekommen. Die empathische Art der Psychiaterin fing sie auf eine fürsorgliche Art und Weise auf. Rosalie war überzeugt, dass sie irgendwann die Kontrolle abgeben würde, um sich nach und nach auf ein weiteres Stück dieser abenteuerlichen Reise einzulassen. Sie wollte schließlich überleben.

Sie wollte diesen Trip in der Geisterbahn beenden. Schlaf finden, ohne Medikamente. Friedlich einschlafen, wenn sie ihre Augen schloss. Sie wollte die Albträume hinter sich lassen, die sie belasteten.

Aber da war wieder die Stimme von Isabella Schwarz, die sie an einen Schmetterling erinnerte und gleichzeitig die Erinnerung an ihre Mutter weckte. Es begann sich etwas zu regen.

Tief in ihrem Herzen. Er flatterte durch die Finsternis und war wie ein kleines, flackerndes Licht, das ihr Hoffnung gab.

Enttäuscht, aber auch irgendwie erleichtert verließ sie die Praxis.

Isabella Schwarz wollte den Vorhang zurückziehen, aber Rosalie war noch nicht bereit. Sie wollte eine Abbiegung nehmen. Wie immer. Sie hatte Angst, an die Kellertür zu klopfen. Zu dunkel und bedrohlich schien es dahinter zu sein.

Sie konnte nicht glauben, dass sie es endlich gewagt hatte, die Reise in die Vergangenheit anzutreten. Die Entscheidung, die Telefonnummer der Psychiaterin zu wählen, einen Termin auszumachen und den ersten Schritt in die Ordination zu tun, waren eine große Herausforderung. Der Versuch, die Abscheulichkeiten ihrer Jugendzeit reinzuwaschen und Frieden zu finden, hatte seinen Anfang genommen. Sie überhaupt im Erstgespräch anzusprechen war ein reiner Kraftakt gewesen.

Ein Berg, den es noch zu erklimmen galt. Sie stand am Fuß und schaute zum Gipfel. Der Aufstieg würde nicht einfach werden, aber es war ihre letzte Chance. Ihre Bergführerin und Sicherheitsseil hieß von nun an Frau Dr. Isabella Schwarz. Sie war ein Profi in der Welt der

Angst und wusste, wie man die Klienten sicher manövrierte.

Rosalies Herz hatte den Glanz verloren. Zuviel Staub bedeckte die Oberfläche. Sie war bereit, den Schmutz der Vergangenheit abzuwischen, der die Wahrheit verhüllte. Sie wollte Frieden finden und sich eine Portion Freiheit zurückholen.

Rosalie war eine Kämpferin. Schon seit Kindheitstagen. Vieles hat sie geprägt und geformt. Nun war es Zeit für Veränderung. Es war notwendig, einen neuen Blick auf das Gestern zu werfen, den Schmerz anzuschauen und zu begraben. Sie war so weit gekommen. Der Pastor würde ihr das nicht zerstören. Zu hart hatte sie dafür gerungen.

Es war ein Blatt, das Rosalies Wange streifte. Angetrieben von einem leichten Windstoß. Es war, als würden sie wieder einmal alte Gedanken besuchen.

Die Stimmen der Vergangenheit drangen immer fordernder in ihre Ohren.

Sie waren keine Fremde, aber auch keine Freunde.

Und doch erkannte sie, nach der ersten Sitzung bei Frau Dr. Schwarz, dass es notwendig war, sich ihnen zu stellen. Die Türen zu öffnen, die schon so lange versperrt waren. Für den

Anfang galt es, diese kommenden Tage und Nächte voller Albträume zu überstehen.

Er wollte sie brechen. Rosalie wollte leben.

All die Fesseln zu sprengen, die sie blockierten, diese Leichtigkeit zu leben, nach der sich Rosalie so sehnte, war notwendig. So stand sie mit einem mulmigen Gefühl vor der Kellertür. Sie war noch nicht in der Lage, zu klopfen, geschweige denn, den Türgriff zu betätigen.

Im Moment stresste sie die Reise in die Vergangenheit. Die Albträume, die ihr den Schlaf raubten und ihr Herz in schwindelerregende Höhen trieben, wiesen sie auf ungelöste Probleme hin, die so lange unbemerkt in ihrem Inneren schlummerten. Es war herausfordernd, sich ihr zu stellen. Sich hinzugeben und zu öffnen. Den Abscheulichkeiten zu begegnen und der Angst ins Auge zu sehen. Der Druck in ihrer Brust erinnerte sie jeden Tag, der Wahrheit ins Gesicht zu sehen. Die Vergangenheit zu bereinigen, die für diese Enge in ihrem Hals verantwortlich war. Die aufkeimende Panik, die sie in die Enge trieb, während die Angst sie lähmte. Es galt, das Trauma aufzulösen, das ihr die Lebendigkeit nahm. Sie wollte alles versuchen. Karim würde stolz sein auf sie und das war das, was sie wollte, und dazu musste sie überleben.

Rosalie war geblendet von den bunten Farben der Blätter und den Sonnenstrahlen, die durch die Äste drangen.

Sie streichelten ihre Seele, die so bedürftig nach Wärme lechzte.

Die Blätter schwebten wie Erinnerungen auf den Boden, während der Aufprall der Kastanien sie wieder zurückholte in die Realität.

Sie wechselte zwischen gestern und heute. Ein Balanceakt, der sie immer tiefer in ihr Inneres führte.

Manchmal starrte einem die Wahrheit direkt ins Gesicht.
Sie las in ihr wie in einem Buch, aber sie erkannte sie nicht.
Rosalie schaute in den Spiegel, um die Wahrheit zu erkennen.
Lauschte ihren Befürchtungen, was sie ihr erzählten. Er sah ihren Schmerz, als hätte er Röntgenaugen, die tief in sie hineinblickten.

Aber sie konnte ihm nichts nachweisen. Er war ein schwerkranker Mann namens Theodor Becker, der ein Spenderherz brauchte.

Zuhause angekommen, empfing sie beim Öffnen der Türe ein würziger Duft. Ihre Vorfreude stieg, wenn Karim bei ihr war. Er hatte gekocht. Sie liebte es, heimzukommen und seine Anwesenheit zu bemerken.

Theodor, Theodor, der Name wanderte immer wieder durch ihre Gedanken, *woher kam ihr dieser Name so bekannt vor?*

Sie rief: „Hallo, ich bin da!“, und schlüpfte aus ihrer Jacke und aus den Schuhen. Sie ging geradewegs ins Wohnzimmer, nahm einen Schlüssel aus der Vitrine und sperrte eine Lade in ihrem Schreibtisch auf. Dort bewahrte sie Sachen ihrer Mutter auf. Es war, als würde die Schublade etwas klemmen und Rosalie musste kräftig daran rütteln. Sie wollte den Brief lesen.

Rita, Mutters beste Freundin und Rosalies Beistand in ihrer schlimmsten Lebensphase war vor einem Jahr gestorben und hatte ihr nach ihrem Tod einen Brief zukommen lassen. Bis jetzt hatte er ungeöffnet in diesem Fach gelegen. Sie war damals nicht in der Lage gewesen, den Brief zu lesen. Dann geriet er in Vergessenheit. Vielleicht fand sie darin noch Informationen, die ihr weiterhelfen würden.

Rita hatte eine degenerative Muskelerkrankung und war vor einem Jahr aus dem Leben geschieden.

Rosalie kniete am Boden nieder und riss den Brief energisch auf. Sie musste achtgeben, dass sie ihn vor Aufregung nicht zerstörte, so sehr zitterten ihre Hände.

Meine liebe Rosalie.

Diesen Brief habe ich lange vor mir hergeschoben. Aber in Anbetracht meiner gesundheitlichen Umstände ist es nun Zeit, ihn zu verfassen. Ich weiß nicht, wie lange ich noch leben werde und ich finde, du solltest die Wahrheit erfahren.

Rosalie, du warst wie eine Tochter für mich und ich bin sehr stolz auf all das, was du geschafft hast.

Ich habe deiner Mutter am Sterbebett versprochen, dir die Wahrheit zu erzählen, wenn du alt genug bist, alles zu verstehen.

Deine Mutter war noch sehr jung. Sie war bereits mit deinem Vater verheiratet, als sie einen jungen Mann traf, der ihr bisheriges Leben aus den Angeln warf. Sie wurde von ihm schwanger und bekam einen Jungen. Der Vater des Jungen starb kurz darauf bei einem Autounfall. Sie täuschte deinem Vater eine Fehlgeburt vor und gab das Kind schweren Herzens zur Adoption frei.

Er heißt Theodor und wurde Priester.

Rosalie machte eine Pause. Ihr Herz pochte wie wild. Dieses heftige Pulsieren schnürte ihr den Hals zu.

Sie atmete tief durch und las weiter.

Er war der junge Mann am Sterbebett deiner Mutter. Verzeih ihr, dass sie dir die Wahrheit nicht sagen konnte und verzeih mir, dass du es durch diese Zeilen erfahren musst.

Bleib hoffnungsvoll und pass auf dich auf.

Aus ganzem Herzen, Rita

Rosalie senkte den Brief. Ihr Mund stand weit offen. Sie runzelte nachdenklich die Stirn. Dann las sie weiter. Aufgestaute Tränen begannen, über ihr Gesicht zu laufen. Ein kleines Ventil, das sich zu öffnete und den aufkeimenden Schmerz und die Wut ein Stück mit sich riss. Die Enge in ihrem Herzen war dennoch unerträglich. Sie konnte nicht glauben, was sie da las. Schlimm genug, dass sie erst jetzt von einem Halbbruder erfuhr, wollte gerade der sie jetzt töten? Was hatte sie ihm getan, sie kannte ihn nicht einmal.

Sie hatte ihn im Krankenhaus wiedergetroffen. Er war der junge Monsignore.

Sie hatte also einen Halbbruder. Hektisch versuchte sie, die Tränen wegzuwischen.

Die alten Narben brachen auf, Verzweiflung machte sich breit und ihr Atem ging schneller. Diese alte Enge in ihrem Herzen machte sich bemerkbar. Es fühlte sich an, als würde sich jemand auf ihren Brustkorb lehnen.

„Theodor, Priester, das kann nicht sein", flüsterte Rosalie.

Theodor Becker war ihr Bruder, genauer gesagt ihr Halbbruder, wiederholte sie immer wieder. Sie konnte es nicht glauben.

Nein, nein, nein, das muss ein Irrtum sein, wiederholte sie im Geiste. Diese Tatsache wollte sie nicht akzeptieren.

Karim kniete sich zu ihr und fuhr ihr liebevoll durchs Haar. Sie drücke ihm wortlos den Brief in die Hand. Karim war ein Fels in der Brandung. Ihr Leuchtturm, wenn die Einsamkeit anklopfte, ihr Herz schwer war und sie auf der Suche nach Wärme war. Wenn ihre Gedankenwolken sich aufdrängten und nicht verschwinden wollten und sie nach Ruhe suchte, dann schenkte Karim ihr Zuversicht und rückte ihr Herz wieder zurecht. Mit ihm hatte dieses Wort plötzlich seine Traurigkeit verloren und sie fand eine Verbundenheit. Er war ihr Licht im Dunkeln. Er entwirrte ihre Fäden, wenn es notwendig war, die sie wie eine Marionette festhielten und hatte Antworten auf ihre Fragen. Er war ihr Sorgenfresser, den sie füttern konnte. Er war ihr Kompass, wenn sie die Orientierung verlor. Mit ihm konnte sie alles schaffen. Ihre zerbrochenen Träume wieder zusammenkleben.

Sie war so glücklich, dass sich ihre Wege wieder gekreuzt hatten.

Natürlich hatten sie auch Meinungsverschiedenheiten und es war nicht immer nur harmonisch. Konflikte und Missverständnisse gehörten zum Leben. Gelegenheiten für Wachstum und Verständnis. Sie hatten individuelle Perspektiven und Gefühlswelten, die respektiert und verstanden werden wollten.

Er war der starke, unerschütterliche Optimist, der gerne unter Menschen verweilte. Karim war impulsiv, einfühlsam und risikobereit. Ein Mann, der seine Ideen und Überzeugungen, ohne zu zögern, zum Ausdruck brachte. Rosalie hingegen war die sanfte, zurückhaltende Version, die die Öffentlichkeit eher vermied. Sie war wenig entscheidungsfreudig und eher unsicher, auch wenn man ihr das in ihrem Job nicht anmerkte.

Wie sagte Karim, erinnert sich Rosalie: „In den Trümmern kann Neues wachsen. In den Scherben kann ein neuer Samen blühen." Dieser Zauber jeden Anfangs, der einen berauschte. Ja, den wollte sie spüren. Ihre Ketten sprengen. Die Marionette loslassen, die sie immer mehr von sich selbst entfernt. Rosalie wollte neue Gedanken entfalten. Das Verlangen, alte Gedanken zurückzulassen, war groß.

„Ich möchte diese alten, überholten Glaubenssätze und negative Denkmuster hinterfragen und neue Überzeugungen kultivieren“, sprang Rosalie von den Lippen, „es war doch so lange alles gut, Schatz?“

Ihr Kopf lehnte an Karim. Dort fühlte sie sich zuhause.

„Es war nie gut, Rosalie, das weißt du. Es war immer in deinem Innern und hat dahingebrodelt. Jetzt ist es an der Zeit, hinzuschauen und die Reste aufzuarbeiten.“

Karim las den Brief und konnte selbst kaum fassen, was er las.

„Du musst dich beruhigen, sonst kannst du keinen klaren Gedanken fassen.

Du musst etwas essen, Rosalie, dann sehen wir weiter.“

Sie schmiegte sich mit geschlossenen Augen an Karims Schulter. „Wie gerne würde ich so für immer verharren.“

„So wird sich aber nichts verändern, Liebes.“

„Ich weiß“, antwortete sie und seufzte schwer. Ihr Bauch machte sich mit einem Brummen bemerkbar. „Ja, ich sollte etwas essen.“

Die Neuigkeit war ein Schock, den Rosalie erst einmal verdauen musste.

Nach dem Essen, bei dem sie kaum einen Bissen zu sich nehmen konnte, legte sie sich auf die Couch und schlief augenblicklich ein.

Als sie erwachte, saß Karim neben ihr. Er schaute einen Netflixfilm, während er an einer Tasse nippte. Rosalie musste mit ihren Füßen an ihn gestoßen sein. Er neigte den Kopf in ihre Richtung. „Na hat das Nickerchen gutgetan?"

„Ja, das hat es," entgegnete sie, während sie sich langsam aufsetzte.

„Sag, was ist eigentlich in der alten Schatulle über dem Fernseher? Neben dem Bild deiner Mutter. Wollte ich dich schon lange fragen."

„Ach, nur ein paar alte Fotos", antwortete sie. „Die Schatulle gehörte meiner Mutter. Ich habe es damals in ihrem Zimmer gefunden und als Erinnerung mitgenommen. Sie enthielt einen Ring, das Armband, das sie mir nach ihrem Tod hinterließ, ein paar Fotos und den Brief an mich zum Abschied."

Rosalie stand auf und holte das Kästchen. „Du kannst es dir gerne anschauen, wenn du magst."

„Hast du jetzt Hunger, Schatz?", fragte Karim.

„Oh ja, das habe ich." Der herrliche Duft hatte sich bereits durch die ganze Wohnung gezogen und verstärkte das Grummeln in ihrem Magen.

Während Rosalie in die Küche schlich, wühlte Karim in dem Kästchen und versank in Erinnerungen.

„Da ist auch ein Foto von uns beiden. Wir waren 10 oder so“, schilderte er und lachte. „Das war, als wir das erste Mal gemeinsam gekocht haben“, schmunzelte er. „Du hast gekocht“, intonierte Rosalie.

Es war eine Erinnerungskugel aus vergangenen Zeiten, die sie in ihrem Gedächtnis verankert hatte. Kleine Ausschnitte, die glückliche Momente zeigten. Er hatte ihr beigebracht, wie man Nudeln kochte. Ihre Lippen formten sich zu einem Lächeln. Ein glücklicher Augenblick, der sie herausriss aus der düsteren Realität. Ein Augenblick, der ihr Freiheit versprach und ihr ein Gefühl von Leichtigkeit schenkte.

Den Rest ihrer Schnappschüsse hatte sie in einem Fotoalbum verewigt.

Mit ihrer Adoptivfamilie waren ganz besonders lustige Schnappschüsse in ihr Gedächtnis gebrannt. Gemeinsame Momente mit Sophia, die sie erheiterten und lustige Momente mit Karim.

Rosalie holte den aufgewärmten indischen Eintopf, den Karim gezaubert hatte und zwei kleine Schüsseln. Heute wurde ausnahmsweise auf der Couch gegessen.

Karim legte das Album auf den Tisch und schlang das Essen gierig hinunter. Während sie beide aßen, stöhnten sie zustimmend und schmunzelten. Karim kochte herrlich. Es war ein Gericht, das sie wohlig wärmte.

Karim brachte die Schüsseln zurück in die Küche und stellte sie in den Geschirrspüler.

Dann holte er zwei Espressotassen aus dem Schrank. Der köstliche aromatische Duft strömte ihr entgegen. Wie sehr sie diesen Geruch mochte.

Als Nachspeise hatte Karim ein paar Muffins in den Ofen geschoben. Sie nahm zwei kleine Teller und belegte sie jeweils mit einem Muffin. Sie roch kurz daran und schloss dabei die Augen, während ihre Lippen ein Lächeln formten. Der gute Karim.

Ihr Magen hieß den verlockenden Duft willkommen. Sie hatte wieder einmal Appetit. Die Aufregung schnürte ihr heute kurzfristig nicht den Magen zu.

Als Rosalie den Muffin bis zur Hälfte gegessen hatte, stieß sie auf einen flüssigen Schokokern, der aufplatze, wenn man hineinbiss. Der Zucker schoss in den Körper und das Glückshormon Serotonin entfaltete seine Wirkung. Für diesen einen Moment stand die Zeit still. Ein Glücksgefühl, das nur so auf sie einprasselte. Sie hätte es am liebsten eingefangen und behalten.

So schnell, wie es gekommen war, verschwand es jedoch wieder.

Sie packte alles auf ein Tablett, brachte es in die Küche und ging zurück ins Wohnzimmer, wo Karim bereits aufgeregt wartete.

Er hantierte mit einem Skalpell und als Rosalie nähertrat, hob er gerade den Boden aus dem Kästchen. „Was machst du da, Schatz?"

„Ich habe gerade ein Geheimfach entdeckt," erzählte er aufgewühlt, wie ein kleiner Junge auf Schatzsuche. Seine Augen strahlten und sein Lachen hörte nicht auf.

Rosalie schaute neugierig in das kleine Kästchen.

„Was ist das?" Sie stützte sich an Karims Schultern ab und schaute neugierig auf das Kästchen.

Karim hob vorsichtig den Boden heraus und es kam ein altes Foto und ein Brief zum Vorschein. Rosalies Augenbrauen zogen sich zusammen.

„Wer ist das?" Karim schaute sie fragend an. Rosalie streckte ihre Hand aus und griff nach dem Foto.

„Ich bin es nicht", raunte sie. Auf der Rückseite stand `Theodor`.

Karim und Rosalie blickten sich fragend an. Rosalie setzte sich abrupt auf und öffnete den Umschlag: Darin steckte lediglich ein Foto mit einem Baby. `In Liebe, Mami`

Die Schatulle hatte ihrer Mutter gehört. Als wäre es nicht schon genug, zu wissen, dass Theodor Becker ihr Halbbruder war.

Ihre Hände zitterten, als sie das Foto anschaute. Ihre Augen wurden immer größer. Sie saß mit offenem Mund da. Sie war fassungslos.

„Theodor Becker", stotterte sie. Die Worte blieben ihr im Hals stecken. Dieses unschuldig dreinschauende Wesen wollte nun als Erwachsener ihr Herz? Rosalie musste sich hinsetzen.

„Kennst du ihn?", fragte Karim und drehte sich zu Rosalie.

„Ja, er ist ein Patient. Seit seinem Erscheinen haben meine Albträume wieder begonnen."

„Schatz, das klingt verwirrend."

„Ja, das ist es", gab Rosalie zurück.

„Er ist mein Halbbruder."

„Dein was?"

„Du hast schon richtig gehört. Meine Mutter hatte mir nie von ihm erzählt. Er war auch damals der junge Monsignore am Krankenbett."

„Unglaublich! Wie konnte sie dir das verheimlichen?"

„Das fragst du mich?" , antworte Rosalie.

„Wie geht's dir damit?"

„Es wühlt mich sehr auf. Mit ihm ist so viel Vergangenes aufgebrochen."

Karim umarmte sie, was ihr Halt gab in diesen herausfordernden Zeiten. „Du musst unbedingt mit deiner Ärztin darüber reden."

„Ja, das werde ich", gab sie zurück und seufzte.

Dieses Baby war unschuldig und rein. Wie traurig, dass dieses Kind eine solche Entwicklung genommen hatte und ihr zur Bedrohung wurde, ging Rosalie durch den Kopf. Zumindest glaubte sie das.

Sie nahm ein ausgedehntes Bad. Es war eines der wenigen Dinge, die ihr kurzfristig Entspannung verschafften. Karim drehte einstweilen eine Runde mit dem Rad.

Der ungebetene Gast in ihrem Kopf tauchte im Wasser unter. Diese Momente inhalierte Rosalie gierig. Es waren stille, friedvolle Minuten, die sie von der Freiheit kosten ließen. So saß sie noch eine Weile in der Badewanne und ließ das warme Wasser auf sich einwirken. Danach stieg sie aus der Wanne und wollte schlafen gehen.

Heute probierte sie wieder eine Schlaftablette, die ihr die Psychiaterin empfohlen hatte. Sie brauchte erholsamen Schlaf, um wieder in ihre Kraft zu kommen. Wie sehr sie sich nach dem statischen, kontrollierten und unaufgeregten Leben, das mit der neuen Familie begonnen hatte, sehnte. Es schien damals alles so unkompliziert.

Plötzlich wurde sie ohne Vorwarnung von so viel Neuem überschwemmt. Es stellte alles auf den Kopf und öffnete der Angst, einem eiskalten Jäger, der unerbittlich und hartnäckig durch ihre Gedanken streifte, die Türen.

Wenn die Normalität wieder in ihr Leben trat, dann konnte sie die Schlafunterstützung ausschleichen, meinte Dr. Schwarz. Was noch Zeit brauchte. Sie wollte der Psychiaterin ihr Vertrauen schenken und ihre Taktik ausprobieren. *Wenn es nur helfen würde*, dachte Rosalie, bis sie erschöpft in ihren Polster sank und in der nächsten Sekunde einschlief.

Kapitel 7

Angst im Spiegel

Rosalie war ganz von selbst um 6.00 Uhr wach. Sie hatte nach langer Zeit wieder durchgeschlafen. Kein Albtraum, der ihr den Schlaf raubte. Sie fühlte sich ungewohnt entspannt. Ein ziemlich berauschendes Gefühl, wie sie fand.

Dennoch machte sie sich mit gemischten Wahrnehmungen auf den Weg zum Dienst im Krankenhaus.

In ihr hatte sich alles verändert. Das Gefühl von Sicherheit war im Begriff zu verschwimmen. Es zeigte sich immer mehr die eisige Aura der Bedrohung. Die kalten Wände in der Klinik schienen sie zu erdrücken. Die sonst so vertraute Umgebung fühlte sich plötzlich wie ein Labyrinth an, dessen Ausgang sie nicht mehr fand.

Jeder Schritt durch die endlosen Flure schien sie tiefer in die Dunkelheit zu ziehen, wo das Unbekannte lauerte.

Sie brauchte etwas, woran sie sich festhalten konnte. Ein notwendiges Werkzeug, um sich in den undurchsichtigen Geschehnissen zurechtzufinden und die düsteren Geheimnisse zu entwirren.

Er war wie ein Schatten, der sich an ihre Schritte heftete und sie nicht mehr losließ.

Rosalie hatte nun tatkräftige Unterstützung, die Isabella Schwarz hieß. Die Medikamente zum Schlafen waren notwendige Begleiter, bis sich alles wieder stabilisieren würde.

Jetzt musste sie herausfinden, ob die neuen Erkenntnisse über Theodor Becker auch stimmten. Es durfte niemand die Wahrheit erfahren. Sie musste es geschickt angehen.

Aber jetzt musste sie sich auf den Dienst konzentrieren. Keiner durfte herausfinden, was gerade vor sich ging.

Als sie die Station betrat, herrschte bereits geschäftiges Treiben. Eine Aufnahme von der Nacht wurde noch versorgt, ihre Kollegen vom Nachtdienst konzentrierten sich auf die drängenden medizinischen Angelegenheiten.

Das Personal lief zwischen den Betten umher, die Monitore piepsten in regelmäßigen Abständen, während sich das Team den kritischen Patienten widmete. Aber sie spürte eine andere Aufregung, die ihr signalisierte, dass etwas passiert sein musste.

Als sie um die Ecke bog, kam ihr schon Christian, ein Arztkollege entgegen.

„Rosalie, stell dir vor, was passiert ist. Wir sind alle schockiert.“

„Was ist los?“ , fragte sie aufgeregt.

„Paul wurde tot aufgefunden im Stiegenhaus.“

„Meine Güte“, brach Rosalie entsetzt hervor.

„Er wurde mit einem Skalpell im Herzen vorgefunden.“

Rosalie konnte nicht fassen, was sie da hörte.

„Wer hätte denn einen Grund, Paul zu töten?“ Rosalie war völlig aufgelöst.

„Ein Hausarbeiter hat ihn gefunden“, mischte sich Chris von der Pflege ein.

„Eine Herzbeuteltamponade war die Todesursache. Eine furchtbare Geschichte. Er war gerade Vater geworden.“

Rosalie musste sich setzen. Was ging hier vor sich. Letzte Woche fand sie eine Leiche im Prater. Jetzt ist auch noch Paul tot. Ein Schaudern lief ihr den Rücken hinunter und ein Kloß im Hals machte ihr das Schlucken schwer. Ihr Puls klopfte kräftig in ihrem Hals.

Was für ein furchtbarer Start in den Tag. Rosalie hatte sich gut mit Paul verstanden. Nun war er tot.

Alle redeten aufgeregt miteinander. Die Bestürzung war groß. Die Ermittlungen der Polizei liefen auf Hochtouren.

Die Patienten warteten jedoch und der Tag musste weitergehen.

Rosalie hatte Pastor Becker als Patient abgegeben. Sie würde nur im Notfall intervenieren. Sie hatte sich eine Ausrede einfallen lassen. Niemand wusste, dass sie seine Halbschwester war und das blieb auch ihr Geheimnis. Sie wollte ihn trotzdem weiter beobachten. Sie war nicht bereit, ihn darauf anzusprechen.

Nach der Dienstübergabe war Pastor Becker für eine Computertomografie eingeteilt, ein medizinisches Bildgebungsverfahren, dass verwendet wurde, um detaillierte Bilder des Körpers zu erhalten. Ein Kollege fuhr mit ihm zur Untersuchung, die für die geplante Herztransplantation notwendig war.

Rosalie war froh über ihre Entscheidung, ihn nicht mehr als Patient zu betreuen. Es fehlte hier die nötige Objektivität und Distanz. Sie glaubte, er hätte dadurch auch weniger Einfluss auf ihre Gedanken.

Er hatte sie zu sehr abgelenkt und das nagte an ihrer Professionalität.

Als sie jedoch ins Ärztezimmer gehen wollte, musste sie an Pastor Beckers Krankenzimmer vorbei. Ihr Blick fiel durch die geöffnete Tür und ihre Aufmerksamkeit wurde von einer unerklärlichen Anspannung gefesselt. Irgendetwas zog sie zu ihm. Sie ging zum Computer und erweckte den Anschein, Befunde durchzusehen. An jeder Patientenposition war ein Computer angebracht, wo all die Daten, wie Laborwerte, Blutdruck etc. gespeichert wurden. Ein Schauder lief ihr über den Rücken. Rosalie hatte das Gefühl, er würde sie beobachten. Da fiel ihr Blick auf ein kleines, rotes Buch.

Rosalies Puls schnellte in schwindelerregende Höhen und ihre Hände zitterten.

Sie öffnete das Buch langsam, als ein kleiner Zettel herausfiel. Ihr Herz klopfte noch schneller, als sie den Zettel öffnete und zu lesen begann.

Mein geliebter Sohn.

Ich weiß gar nicht recht, wie ich beginnen soll.

Du weißt nicht, wie schmerzhaft es war, dich wegzugeben. Dich im Arm zu halten gehörte zu den schönsten und ergreifendsten Ereignissen in meinem Leben. Dein Gesicht hat sich in mein Gedächtnis gebrannt und wird mich nie wieder loslassen. Mein Herz war erfüllt von Liebe, wie ich sie noch nie in dieser Form gefühlt hatte.

Ich war in keiner einfachen Situation und war gezwungen, dich zur Adoption freizugeben.

Nicht, weil ich dich nicht geliebt habe, vergiss das nie.

Mit jedem Tag werde ich dich in meinem Herzen tragen, bis seine Funktion erlischt.

Bitte verzeih mir.

Deine Mami.

Rosalies Herz pulsierte weiter, während es sich zwischendurch etwas holprig anfühlte und einen leichten Schwindel auslöste. Eine unangenehme Hitze stieg ihr ins Gesicht, während sich ihr Brustkorb zusammenzog. Ihre Ohren dröhnten. Es war also wahr. Als hätte er ihre Absichten geahnt, zeigte er ihr, wer die Kontrolle hatte. Er wollte sie treffen, ihr Schmerzen zufügen.

Er wollte ihre Wut herauslocken aus dem Versteck, das sie so viele Jahre hütete. Theodor Becker war ihr Halbbruder, den sie weggegeben hatte. Er war der junge Monsignore, der damals nicht von Mutters Krankenbett wich. Es zeigte sich plötzlich so klar.

Aber die Überraschung mischte sich mit einem Gefühl von Betrug und Verrat. Der Schmerz in ihrem Herzen intensivierte sich. Ihre Mutter hatte ihr nie die Wahrheit gesagt. Sie hatte immer angenommen, das einzige Kind zu sein. Der Pastor war also ihr Bruder. Diese Tatsache begann ihren inneren Vulkan zu beleben. Ihre Mutter hatte sie beide nicht vor der Welt beschützen können.

Plötzlich hatte sie ein Bild vor ihren Augen. Es war ein Gedankenblitz aus der Vergangenheit. Sie war gerade neun Jahre, als sie sich auf dem Schoß vom Vater vorfand. Seine Bartstoppeln bohrten sich in ihren Hals. Es traf sie immer noch überraschend wie ein Ball im

Gesicht. Es war ihr Vater, betrunken, der sich nicht unter Kontrolle hatte. Sie schreckte auf.

Wie machte er das? Becker drang wieder in ihre Gedanken ein. Er war nicht einmal im Zimmer und doch war er in ihr. Er war im Begriff, das verschlossene Tor ihrer Kindheit zu sprengen.

Der Pastor wirkte so besonnen, kühl und unaufgeregt. Ihm entglitt kein Lächeln. In ihren Albträumen setzte er dieses Lächeln auf, dass bereits ihr Vater damals benutzte, um sie anzulocken. In Wirklichkeit jedoch war er kalt und gierig. Das war Rosalies persönliche Einschätzung.

Diese kurze Erinnerung löste eine Gemütsschwankung aus und die Dynamik zwischen ihr und Pastor Becker nahm eine neue Wendung. Es wurde intensiver. Er kam immer mehr in Bedrängnis. Sein Zustand wurde schlechter. Er würde nicht aufhören, bis er ihr Herz bekam, damit er an ihrer Stelle weiterleben konnte.

Er wollte sie weiter in die Enge treiben und er würde nicht aufhören. Er wollte sie provozieren. Er wusste, sie würde den Brief finden.

Plötzlich rissen Hektik und laute Rufe Rosalie aus ihren Gedanken. Sie erschrak, als ihr Kollege Franz mit dem Bettenträger und Pastor Becker um die Ecke fuhren. Sie bogen gerade ins Zimmer. Rosalie fühlte sich ertappt. Ihr Puls raste.

„Es war alles stabil", meinte Franz. „Der Befund dürfte gar nicht so schlecht sein."

Pastor Beckers Blicke klebten an ihr. Sie waren wie scharfe Messer, deren glitzernde Klinge auf sie gerichtet waren. Seine Augen waren wie düstere Schluchten, in denen sie zu versinken drohte. Als würde er ihr direkt in die Seele blicken. „Wollten sie nach mir sehen, Frau Doktor?"

Rosalie fühlte sich ertappt. „Ich wollte nur ein paar Befunde einsehen, Herr Becker."

„Tatsächlich", erwiderte der Pastor schmunzelnd.

Innerlich zitterte sie, während sie nach außen unbeeindruckt wirken wollte.

Sie verließ rasch das Zimmer, während seine kalten Blicke auf ihr lagen und sich wieder dieses seltsame Lächeln auf seine Lippen legte. Seine Blicke waren durchdringend. Er war kein Mann vieler Worte. Diese unheimliche Aura, die ihn umgab und Rosalie die Luft zum Atmen nahm … in seiner Gegenwart schien die Luft so dünn, dass man sich fürchten musste.

Rosalie hätte am liebsten die Flucht ergriffen, doch die vertrauten Flure verwandelten sich in bedrohliche Schatten und hielten sie fest. Als gäbe es kein Entrinnen.

Sie wurde manipuliert. Er trieb seine Machtspiele mit ihr. Rosalie hatte die Befürchtung, dass er sie zu Handlungen zwingen könnte, die weder der Wahrheit entsprachen noch ihrem Naturell.

Drängende Emotionen, die im Begriff waren zu demaskieren und ihr wahres Gesicht zeigen wollten.

Was war Realität und was nicht?, verzweifelte Rosalie. Langsam zerrann ihr Leben wie Sand zwischen den Fingern. Klare Gedanken trieben ab, wie ein einsames Floß. Der Pastor verstärkte ihre Hilflosigkeit und versuchte, sie in den Abgrund zu ziehen.

Mitten zwischen all den Menschen, die sie kannte. Die Kollegen, die ihr vertraut waren. Es war, als würde sie sich mehr und mehr von der Realität entfernen und aus der Angst heraus agieren. Diese Albträume, die sie hinter sich lassen wollte.

Die bunten Farben der letzten Jahre begannen unaufhörlich zu verblassen.

Er begann, an ihrer Energie zu kratzen. *Er war hartnäckig. Das spürte Rosalie. Sie sollte sich zur Gänze aufgeben, im Nichts auflösen und ihm ihr Herz auf dem Silbertablett servieren.*

Seine Stimme wurde zu ihrer eigenen. Sie hatte immer das Gefühl, seine Blicke würden auf ihr ruhen und er sie nicht aus den Augen lassen. Er versuchte, ihre Gedanken zu durchdringen und nahm Besitz von ihnen.

Seine Anwesenheit schien sich in jeder Ecke ihres Geistes festzusetzen, wie eine dunkle Wolke, die ihre Vernunft und ihre Professionalität als Ärztin zu erdrücken drohte.

Ein Labyrinth aus Angst, dass sich aufbaute und aus dem sie entkommen musste.

Rosalie bekam noch keine Antworten auf ihre Fragen. Die innerliche Anspannung hielt an. Sie fühlte sich wie eine Spielfigur, die der Pastor ohne ihren Willen bewegen konnte. Er war ihrem Vater sehr ähnlich. Er wühlte sie auf, raubte ihr den Schlaf und ließ ihr keine Ruhe.

Er verfolgte sie, ohne sie anzufassen. Er bohrte sich in ihre Gedanken, ohne zu fragen. Er kontrollierte das Spiel und wartete, bis sie am Boden war.

Die Dunkelheit schien sein Raum zu sein, durch den er lautlos huschte, seine Gegenwart wie ein unsichtbares Netz. Sie war gefangen in einem perfiden Theaterstück. Es fühlte sich so unrealistisch an. Wie sehr Rosalie wünschte, sie wäre lediglich eine Statistin. Sie sah keinen Ausweg. Sie war im Begriff, sich in einem Albtraum aus Paranoia und Verzweiflung zu verlieren, unfähig, zu entkommen. Er würde nicht aufgeben und unerbittlich sein Spiel weiterspielen, bis sie am Ende war.

Ihre Schwester konnte eine einstweilige Verfügung beantragen, aber er brauchte ihr nicht nahezukommen. Er war bereits in ihr. Er hatte sich eingenistet und kontrollierte ihre Handlungen.

Sie könnte Überwachungskameras in der Wohnung anbringen. Ihr Privatleben wäre nicht mehr privat. Sie würde mit jedem Schritt beobachtet werden. Jede Mimik würde aufgezeichnet werden.

Rosalie könnte an einen anderen Ort ziehen, alles aufgeben. Er würde sie verfolgen.

Beckers Antrieb war unbarmherzig.

Sie musste sich mental stärken. Ihre Familie würde sie mit allen Kräften unterstützen. Den Weg in die Vergangenheit wagen.

Ihre psychische Widerstandsfähigkeit erhöhen, um sich besser gegen seine Einflüsse zu wehren.

Sie musste den Widerstand auflösen und eine Strategie entwickeln, mit der Bedrohung umzugehen. Frau Dr. Schwarz war ihre einzige Option.

Eine neue Sitzung stand an und sie würde alle Kraft mobilisieren, den nächsten Schritt zu gehen.

Kapitel 8

Visualisieren

8:00 Uhr. Am nächsten Tag fühlte sich Rosalie beim Erwachen gut erholt. Endlich Ruhe. Wie sehr sie sich nach Erholung sehnte. Kein Albtraum, der sie plagte, keine Stimme, die nach ihr rief, keine Schreie, die lautlos erstickt wurden und kein Gehör fanden, weil sie niemand hörte.

Die Schlaftablette durchbrach endlich die Macht des Pastors, in ihren Kopf vorzudringen, sich in ihre Gedanken zu schleichen und diese tiefe Angst zum Leben zu erwecken.

Rosalie rutschte an den Bettrand und schwang ihre Beine aus dem Bett.

Die nächste Sitzung stand an.

Ein Blick aus dem Fenster zeigte, dass sich der Herbst langsam verabschiedete und die Temperaturen deutlich kühler wurden. Nach einer ausgiebigen Dusche streifte sie Jeans, Pulli und eine wärmere Jacke über. Ihr Haar glitt mühelos durch ihre Finger und wurde zu einem Zopf gebunden. Es war ein Ausdruck der Entschlossenheit, der sich in ihren Augen widerspiegelte.

Dennoch spürte sie eine innere Erschöpfung, die sich in den letzten Wochen ausgebreitet hatte. An Sport war nicht zu denken. Es war, als würde ihre Power mit jedem Tag schwinden. Sie versuchte krampfhaft, ihre Gedanken in Schach zu halten. Das kostete sie enorme Kraft.

Einen Espresso später nahm sie ihre Tasche und verließ die Wohnung.

Die Einsamkeit klopfte leise an. Ihr Herz war schwer. Rosalie suchte nach Wärme. Sie wollte die Kälte nicht mehr, die ihr Herz umschloss. In diesem Fall konnte auch Karim keine Wunder vollbringen. Er war für sie da, aber er konnte nicht für sie ihre Vergangenheit aufarbeiten. Sie musste allein dorthin zurück. Dort würde sie finden, was sie zum Überleben brauchte.

2. Sitzung: Ordination Dr. Isabella Schwarz

Der Raum war Rosalie mittlerweile vertraut. Die morgendliche Entschlossenheit stand nicht mehr so fest auf ihren Beinen, sie wackelte. Die Aufregung kehrte zurück und verursachte ihr ein flaues Gefühl.

Der kleine bunte Schmetterling wartete bereits auf Rosalie, um mit ihr in die Vergangenheit zu fliegen. Es war, als würde es für ihn nichts Leichteres geben. Sie beneidete ihn.

Er vermittelte eine Art Mühelosigkeit, die sie vermisste.

Die Geister, die sich seit Eintreffen des Pastors in ihrem Kopf eingenistet hatten, wurden nicht minder bedrohlich und traten nur in der Nacht einen Schritt in den Hintergrund. Die Schlafmedikamente durchschnitten die Verbindung zum Pastor. Zumindest während des Schlafens. Das gab ihr eine Portion Kraft, die sie tagsüber brauchte.

Heute galt es, positive Suggestionen zu üben, um Veränderungen im Verhalten und in den Denkmustern zu fördern. Die Stimme von Frau Dr. Schwarz, die sie anleitete, war wie ein kleines Sicherheitsseil, an dem sie sich festhalten konnte. Es war nach all den Jahren ein Balanceakt.

„Wir probieren heute Visualisierungsübungen, Rosalie. Stellen sie sich positive Szenarien vor. Sie müssen sie regelmäßig wiederholen. Damit können sie ihr Selbstvertrauen aufbauen und sich mental auf schwierige Situationen vorbereiten.“

Rosalie dachte spontan an ihre Schwester Sophia. Sie war die beste Unterstützung, die man sich wünschen konnte. Sophia und Karim waren ihre tragenden Säulen. Die beiden konnte scheinbar nichts erschüttern.

Rosalie war dennoch überrascht, dass sie die Kontrolle über ihr Verhalten behielt. Sie hatte eine falsche Meinung über Hypnose. Sie war wach. Die Hypnose zielte darauf ab, das Bewusstsein zu fokussieren und den Zugang zum Unterbewusstsein zu erleichtern.

Rosalie behielt die Kontrolle über ihre Handlungen und Entscheidungen. Irgendetwas in ihr reagierte immer empfindlich darauf, ihren Willen kontrollieren zu lassen, also entschied sie sich anfänglich für ein normales Gespräch.

Sie hatte von Hypnose gehört, aber noch keine Erfahrung damit gemacht. Frau Dr. Schwarz meinte, sie würde nicht schlafen, sie würde vor ihr sitzen, als würden sie ein

Gespräch führen und zurückgehen in die Vergangenheit. Den Zeitpunkt durfte Rosalie alleine entscheiden. So war es auch gekommen. Das angeknackste Vertrauen aus der Kindheit spiegelte sich in ihren Entscheidungen wider. Schrittweise begann sie, Frau Doktor Schwarz zu vertrauen. Was sie sagte, hatte Hand und Fuß.

Es galt kognitiv umzustrukturieren. Damit würde Rosalie lernen, negative Denkmuster zu identifizieren und zu verändern. All das brauchte Zeit, um seine Wirkung zu zeigen, vielleicht Wochen oder sogar Monate.

Diese Zeit hatte Rosalie nicht. Sie musste sich entspannen und darauf vertrauen, dass Isabella Schwarz sie in die richtige Richtung führte. Mit jedem kleinsten Schritt würde sie an Stärke gewinnen. Besser als nichts.

Druck war im Moment nicht hilfreich, also begann die Psychiaterin mit den Fragen: „Wie fühlen Sie sich, wenn Sie an den Pastor denken? Gibt es eine spezielle Emotion oder Reaktion, die Sie mit ihm verbinden?“

„Angst.“

Dieses Wort auszusprechen, kostete sie enorme Überwindung und sie fühlte sich sofort ausgeliefert. Dieses Wort hatte enorme Macht über sie. Ihr Puls beschleunigte sich, der Atem war erschwert. Doch sie riss sich zusammen.

„Er ist eine Bedrohung. Er will mich töten. Es ist, als würde er gerne mein Schiff manövrieren, die Richtung vorgeben und mich kontrollieren“, purzelte es nur so aus ihrem Mund.

„Er will, dass ich an meinen Ängsten zerbreche, obwohl er mein Halbbruder ist“, sagte sie, mehr zu sich selbst.

„Davon haben Sie nie erzählt, Rosalie. Was macht das mit Ihnen?“

„Ich fühle mich verraten!“ Mit diesen Worten traten Tränen in ihre Augen, die sich ihren Weg über die Wangen suchten.

Ihre Finger ballten sich zu Fäusten und die Anspannung strahlte bis in ihren Nacken aus. Der Sessel fühlte sich plötzlich nicht mehr so komfortabel an. Trotzdem trug er sie wie ein Schiff durch die stürmische See.

„Rosalie, stellen Sie sich vor, Sie sehen in den Spiegel und sehen Ihr eigenes Spiegelbild. Wie fühlt es sich an, diese Person im Spiegel zu betrachten?

Fühlen Sie eine Verbindung zu dieser Person oder gibt es einen Bruch zwischen dem, was Sie sehen und dem, was Sie über sich selbst wissen?“

Rosalie lehnte den Kopf leicht zurück, während der Blick ruhig und überraschend entspannt in die Ferne schweifte. Ein Hauch von Nachdenklichkeit spiegelte sich in ihren Augen wider, als sie sich langsam in den entspannten Moment hineingleiten ließ. Ihre Hände platzierte sie auf den ausladenden Armlehnen. Dann atmete sie ein paar Mal tief ein und aus, bevor sie antwortete.

„Wenn ich mein Spiegelbild betrachte, dann fühle ich eine gewisse Distanz, als ob die Person im Spiegel eine Fremde ist, deren Gedanken und Gefühle mir nicht immer vertraut sind.

Manchmal sehe ich die jugendliche Version, dann wieder die erwachsene Rosalie.

Aber die Angst verzerrt meine Wahrnehmung.

Sie setzt mich unter Druck, mich mit meiner Vergangenheit auseinanderzusetzen, um zu überleben."

Es war, als würde sie über ihre selbsterrichtete Mauer sehen, die sie so lange schon aufrechterhalten hatte. Aber sie blickte in die Dunkelheit.

„Manchmal spüre ich eine kleine Unsicherheit. Eine Diskrepanz zwischen dem, was ich sehe und dem, was ich über mich zu wissen glaube. Es scheint, dass ich mich immer wieder selber in Frage stelle."

Der Geist war zu lange gefangen in seinen eigenen Bahnen und Freiwild für den Pastor. Es war notwendig, die Fesseln zu sprengen, um sich gegen Becker zu wehren.

Veränderung beginnt bei einem selbst, wusste Rosalie mittlerweile.

„Die verlorene Leichtigkeit ist es, die Sie in eine Art Starre versetzt und die Sicht auf neue Möglichkeiten und Wege versperrt.

Zu lange haben sie den Blick abgewendet und ihr Inneres weggesperrt.

Wie lange waren sie damals in Psychotherapie?“, fragte Isabella Schwarz.

„Nicht lange, ich habe nach 3-4 Sitzungen abgebrochen. Es ging wieder aufwärts und ich wollte mich auf die Schule konzentrieren.“

„Wo hört ihre bewusste Erinnerung auf, Rosalie?“

„Sie meinen, ab wann ich die Ereignisse verdrängt habe?

Die Zeit vor dem 12. Lebensjahr. Ich kann mich nur an Ausschnitte erinnern.“

„Was belastet sie im Moment am meisten? Warum haben ihre Albträume wieder begonnen und wovon handeln sie?“

Pastor Becker zwinkerte ihr tagtäglich aus so vielen Gesichtern zu, aber er würde sie nicht in die Knie zwingen.

Sogar hier in der Ordination ließ er ihr keine Ruhe.

„Rosalie woran denken sie gerade?“

Rosalie musste mit ihren Gedanken abgeschweift sein.

„Entschuldigung." Rosalie räusperte sich nervös.

„Sie müssen sich nicht entschuldigen. Möchten sie darüber sprechen?"

Sie wollte sich freisprengen aus dem Labyrinth der Angst. Sich aus dem Netz der Spinne, die in diesem Fall Pastor Becker war, befreien, die sie als Ziel anvisiert hatte, um sie in ihren Fäden zu konservieren.

Der Schmetterling flog an ihr vorbei. Sein Flügelschlag erzählte von Freiheit und Transformation. Ein Gefühl, das sie so gerne wieder erleben wollte. Sie wollte frei sein, von all den Altlasten. Aber konnte sie sich freimachen von Schuld?

„Ich fühle eine Enge in meinem Hals. In meinen Albträumen taucht das Lachen eines Patienten auf. Es erinnert mich an meinen Vater." Rosalies Kopf neigte sich zu Boden.

„Möchten sie davon erzählen Rosalie? Was macht dieses Lachen mit Ihnen?"

„Es will mich holen. Fordert mich auf, willig zu sein."

Rosalie greift sich an den Hals.

„Spüren sie die Enge, Rosalie?"

„Ja", antwortete sie leise.

„Sie sind hier sicher, Rosalie. Niemand kann ihnen hier etwas tun. Ihr Vater nicht, niemand."

Rosalie versuchte, tief Luft zu holen.

„Sie sind heute erwachsen und können sich wehren. Was fühlen sie?"

„Wut, Hilflosigkeit", antworte Rosalie, während sich ihre Augen mit Tränen füllten. Es war die aufkeimende Wut, die die Traurigkeit in ihren Augen weckte.

„Sind sie wütend auf ihn, sich selbst?"

„Ja, auf ihn und tatsächlich auf mich selbst.

Ich habe mir bis heute nicht vergeben, dass ich mich nicht gewehrt habe."

„Rosalie, sie waren ein Kind. Ihre Mutter zu schützen, war nicht ihre Aufgabe.

Was war mit ihrer Mutter, wie hat sie reagiert?"

Es war der imaginäre Schmetterling, der sich plötzlich auf den Rand des Couchsessels setzte, als die Tränen unaufhaltsam aus ihr herausbrachen.

Frau Doktor Schwarz beugte sich nach vorne, griff nach der Kleenexbox und reichte sie Rosalie.

Anschließend lehnte sie sich zurück, nahm ihre Brille ab und sagte ganz ruhig: „Weinen sie Rosalie, weinen sie. Es ist ein wunderbares Ventil, um schrittweise dem Schmerz und der Wut ein Ventil zu bieten."

Rosalies Augen schwollen unter der Last der Tränen an. Es dauerte in paar Minuten, bis sie sich wieder beruhigt hatte.

„Wollen sie weitermachen, Rosalie?“

Sie schüttelte den Kopf. „Nein, ich fühl mich gleichzeitig erleichtert, aber auch ziemlich erschöpft.“

„Wie Sie möchten.“ Frau Doktor Schwarz nickte ihr freundlich zu und meinte: „Dann sehen wir uns nächste Woche wieder, Rosalie. Sie waren sehr tapfer heute. Versuchen Sie, gut mit Ihnen selbst zu sprechen. Ermutigen Sie sich.“

Rosalie nickte.

„Bis nächste Woche.“

Gemächlich erhob sie sich vom Sessel, nahm ihre Jacke und machte sich auf den Nachhauseweg.

Während der Sitzungen, die sie wöchentlich aufsuchte, starrte Rosalie der Wahrheit ins Gesicht. Eine Realität, die sie eigentlich nicht hören wollte, aber musste, um ihr Leben zu retten. Die Angst, diesen Schmerz erneut zu spüren, hielt sie gefangen und erlaubte ihr nicht, leicht zu sein.

Mit jeder Minute drängte ihr Herz mehr in die Freiheit. Ein kräftiges Klopfen, das nach Hilfe rief.

Rosalies Entschluss, ihre Mauern mutig einzureißen, wurde von nun an zum Lebenselixier.

Sie strich sich nervös mit der rechten Hand durch ihre Haare.

„Rosalie, wir sind für heute fertig." Diese Worte hallten in ihren Ohren und eine Welle der Entspannung rauschte durch ihren Körper.

Plötzlich vernahm sie erneut den Flügelschlag des Schmetterlings, der sie einlud, den Druck in ihrem Herzen abfallen zu lassen. Die Worte von Isabella Schwarz drangen immer tiefer in ihre Gehörgänge.

Rosalie lächelte unsicher. Der erste Blick über die Mauer war geschafft. Es war, als würde sie endlich keine Schritte mehr ins Leere tun.

Sie fühlte sich ein wenig erschöpft. Diese Furcht, die sich an sie schmiegte, war wie eine schwere Last. Die Schwere in ihren Beinen hemmten ihr Weiterkommen, während ihre Gedanken sich wie eine undurchdringliche Barriere vor ihr aufbauten. Manchmal empfand sie ihren Körper wie einen zu engen Kokon. Sie bekam keine Luft, während der Brustkorb sich anfühlte wie ein enganliegendes Korsett.

Mit den Atemtechniken fand sie Unterstützung, sich mit tiefen Atemzügen aus der Enge zu befreien, die sich belastend auf sie legte. Ihr

Herzschlag beruhigte sich und fand wieder Balance.

Die Mauern, die sie über die Jahre errichtet hatte, zeigten die ersten Risse.

Rosalie machte sich auf zum Ursprung ihres belastenden Zustandes, um den ihre Schmerzen, ihre Träume und Gedanken kreisten.

Ein Blick, der die Wahrheit enttarnen würde und sie mit dem Gefühl der Freiheit belohnen würde. Davon war sie überzeugt.

Mit jedem mutigen Schritt zurück füllten sich ihre Lungenflügel mit einem neuen Lebensgefühl.

Mein Herz wird die Richtung weisen, ohne zu brechen.

In der Hoffnung liegt die Kraft, die mich umhüllt, während ich in der Dunkelheit meine Freiheit entdecke.

Kapitel 9

Emotionale Achterbahn

3. Sitzung. Ordination Dr. Isabella Schwarz

9:00 Uhr. Es war eine beginnende Routine. Jeden Mittwoch fuhr sie wieder in die Harmoniegasse 22, drückte auf die Klingel und wartete, bis sich die Tür mit dem Summerton öffnete. Ihre Schritte gewannen an Sicherheit.

Er saß ihr im Nacken.

Mit der Hoffnung, endlich Ruhe zu finden, trat sie ein. Sie wollte überleben.

Rosalie wirkte heute wacher. Sie war fest entschlossen, zu überleben. Die Schlaftablette hatte ihr den nötigen Schlaf gebracht. Die Aggression war kaum spürbar. Rosalie verspürte kein Druckgefühl in der Brust, kein flaues Gefühl, kein Erstickungsgefühl oder Schwindel.

Kein Albtraum, in dem der Pastor nach ihrem Herzen griff. Es versetzte sie in Panik, wenn der Pastor im Traum näherkam und sie sich nicht fortbewegen konnte.

So wie in dem Traum mit ihrer Mutter, bevor sie gestorben war. Der damals junge Monsignore hatte das Herz ihrer Mutter herausgeschnitten und Rosalie war nicht in der Lage gewesen, zu helfen. Es wiederholte sich immer wieder.

Heute konnte sie erstmals durchatmen.

Als würde man das Herz einfach so entfernen können, dachte sie. Als Ärztin wusste sie, dass es keine Realität war, aber im Traum fühlte es sich so an. Es war auch nicht Realität, sich in den Kopf eines anderen zu infiltrieren. *Dennoch passierte es*, dachte Rosalie.

Sie suchte nach einer Anleitung, um zwischen realen Wahrnehmungen und denen, die lediglich das Produkt seiner Manipulation waren, zu unterscheiden. Rosalie wollte Ergebnisse sehen. Dr. Isabella Schwarz mahnte sie immer wieder zur Geduld. Die Dinge brauchten ihre Zeit, um sich zu entwickeln. Sie konnte keine Stufen überspringen. Die Kraft würde mit jedem Mal mehr in ihr wachsen.

Wenn sie sich zu sehr Druck auflegte, bestand die Gefahr, zu sehr Kontrolle auszuüben. Dadurch würde sich der Blickwinkel nicht erweitern, sondern reduzieren.

„Rosalie, Sie müssen lernen, Ihr Bedürfnis nach Sicherheit neu betrachten. Sie hatten seit dem Tod Ihrer Mutter versucht, Ihre Emotionen zu unterdrücken. Jetzt suchen Sie panisch nach einem Ventil. Sie durften nie wütend sein. Es wurde Ihnen das Gefühl vermittelt, dass Ihre Bedürfnisse nicht wichtig sind. Diese Kontrolle dürfen wir uns ansehen, Rosalie. Möglicherweise ist es eine Art Bewältigungsmechanismus, um Sie vor neuem Schmerz und Verlust zu schützen.

Sie fühlen sich bedroht. Jetzt heißt es, kühlen Kopf zu bewahren. Machen Sie ihre Atemübungen, damit Sie entspannen. Damit können Sie Ihre Angstsymptome reduzieren. Ich würde aber parallel gerne mit Medikamenten tagsüber beginnen, damit sie wieder in eine Stabilität kommen. Wir sind in Kontakt und besprechen mit jeder weiteren Sitzung, wie es weitergeht.

Dennoch ist wichtig, Ihre Gedanken und Gefühle zu verstehen."

Gefühle der Hilflosigkeit, Traurigkeit, Kränkung oder Verletztheit, die ihren Weg nach draußen suchten, weil sie keine Aufmerksamkeit erfahren haben. Wenn Gefühle nicht unterdrückt werden und nicht in ihrer Intensität gelebt werden dürfen, richteten sie sich irgendwann gegen einen und fügten auf Dauer großen Schaden zu.

Rosalie blickte sehnsuchtsvoll auf diesen neuen Weg, der sich zu offenbaren schien. Gleichzeitig war es furchteinflößend. Ihre Füße streiften gedanklich an das alte Gewand. Nichts mehr war, wie es war. Ein Aufbruch ins Ungewisse.

Ein unbeschriebenes Blatt, das darauf wartete, gefüllt zu werden.

Rosalie ließ sich seufzend auf den gemütlichen Sessel fallen und machte es sich bequem.

„Darf ich ein kleines Kissen für den Nacken haben?", fragte Rosalie die Ärztin.

„Natürlich", antwortete Isabella Schwarz und reichte ihr eine kleine Nackenrolle.

„Rosalie, ich möchte, dass Sie sich langsam in diese Erinnerung hineinbegeben. Denken Sie daran, dass Sie sicher sind und dass ich hier bin, um Sie zu begleiten."

Rosalie lehnte sich zurück, das Kissen im Genick schmiegte sich weich an die verspannte Muskulatur.

„Rosalie, Sie sind jetzt in der Vergangenheit, aber Sie sind auch in der Gegenwart. Sie sind geschützt. Alles, was passiert ist, gehört der Vergangenheit an.

Denken Sie an eine bedeutende Kindheitserinnerung. Welche Emotionen und Gedanken tauchen auf, wenn Sie in die Vergangenheit sehen?"

„Es ist der Tod meiner Mutter. Ich spüre Trauer und Wut gleichzeitig."

„Warum Wut, Rosalie?"

„Weil sie mich zurückgelassen hat. Allein-gelassen.“

„Sie wissen, dass Ihre Mutter Sie nicht absichtlich verlassen hat. Diese Wut, die Sie spüren, könnten Sie als einen Schutzmechanismus betrachten, der sich entwickelte, um die tiefe Verletzung zu verbergen.

Die Wut könnte eine Enttäuschung darüber sein, dass Ihre Bedürfnisse in der Vergangenheit nicht erfüllt wurden. Es geht darum, die Wünsche heute besser zu kommunizieren, um ähnliche Gefühle zu verhindern.

Es wäre wichtig für Sie, zu lernen, ihre Emotionen zu erkennen und sie in gesündere Kanäle zu lenken, um konstruktiver mit Ihren Gefühlen umzugehen.

Die Wut kann natürlich auch ein Signal für ungelöste Konflikte sein.

Wo verstärkte sich früher diese Wut?“

„Bei meinem Vater?

Er hat mit der beginnenden Erkrankung wieder zum Alkohol gegriffen. Er war keine Unterstützung für meine Mutter. Er hat uns im Stich gelassen.“

Rosalie begann, die bedrohliche Situation vor ihrem inneren Auge zu sehen. Die Umgebung nahm Formen an und sie spürte die aufkeimende Wut, die in ihr hochkroch.

Es war diese Wut, die sich nicht im Außen manifestierte, die in einer Mimik verharrte. Eine Wut, die sich wie ein Tyrann an ihre Fersen heftetet und sie blockierte.

Eine Wut, die zum Leben erweckte, wenn sie den Pastor sah. Heute stolperte sie über diese Wurzeln ihrer verletzten Seele. Sie suchten ihren Weg in Form von Aggression als Ventil nach draußen, weil sie keine Aufmerksamkeit erfahren hatten.

„Rosalie, sie dürfen beginnen, dieser Wut zuzuhören und ein Ventil zu finden, sie rauszulassen."

Allein es auszusprechen, dass sie wütend war, schaffte Erleichterung. Es war ein Schritt.

„Rosalie, Sie sind stark, Sie sind in der Lage sich dieser Situation zu stellen. Lassen Sie die Emotionen kommen, lassen Sie es fließen. Sie entscheiden, wie weit Sie zurückgehen und wie tief Sie sich einlassen möchten."

„Dann möchte ich hier aufhören", seufzte Rosalie.

Dr. Schwarz blickt überrascht von ihrem Notizbuch auf.

„Natürlich, wie Sie wollen."

Sie klappte ihre Mitschrift zu.

Isabella Schwarz drängte sie nicht. Sie gab ihr auch nicht das Gefühl, zu versagen. Sie akzeptierte Rosalies Grenzen. Sie gab ihr die Zeit, die sie brauchte.

Wie gerne würde Rosalie hineinspringen ins kalte Wasser und die Situation ganz durchleben.

Ihr Mut war am Anfang seiner Entwicklung, der noch Zeit benötigte und vor allem Geduld. Sie wusste, dass es ihre einzige Rettung war.

Aber sie hatte keine Zeit. In diesem Moment kollidierten ihre Mutlosigkeit und ihre Ungeduld. Was hatte Frau Doktor Schwarz gesagt? Druck war nicht hilfreich.

Rosalie war im Bilde, dass es nur ein Ausflug war in die Vergangenheit, den sie zeitlich steuern konnte. Sie konnte so lange bleiben, wie sie wollte, aber sie konnte jederzeit abbrechen. Sie war der Kapitän ihres Schiffes und das verlieh ihr eine ungewohnte Macht.

Sie hatte das Gefühl, ein Fuß steckte im Gestern fest. Eine zähe Masse, die sich wie Wachs an das Bein klebte. Der andere war bereit, weiterzugehen.

Als würde sich das Leben gegen sie stellen. Dabei war sie doch auf dem richtigen Weg. Sie hatte so viel geschafft.

Gerade rollte das Leben ihr noch den roten Teppich aus. Frühere Zeiten schienen zu verblassen.

Rosalie begann zu stolpern. Die Pflastersteine nahmen ihr die Balance.

Sie schien die Orientierung zu verlieren.

Sie fühlte sich wie ein Schiff, dass auf Sand aufgelaufen war. Sie hätte so viel früher ihr Segel neu setzen müssen.

Vor vielen Jahren. War es zu nun zu spät?

Ihre Stimmungsschwankungen machten ihr zu schaffen. Gerade hatte sie ihren Tatendrang entdeckt, wollte sie wieder aufgeben.

In der Tiefe liegt verborgen, was in meinem Herzen verglüht.

Der einzige Beweis, den ich brauche.

Barrieren aufbrechen, alles, was mich belastet aussprechen.

Rosalie nahm ihr Handy in die Hand und rief Sophia an. Sie brauchte ihren Optimismus, ihre Direktheit, ihre Fröhlichkeit. Bei ihr konnte sie alles aussprechen, ohne diesen besorgten Blick zu erhaschen.

„Ich brauche dich, können wir reden?"

„Ja klar, ich könnte mir mittags mehr Zeit einteilen, dann können wir ausgiebig plaudern.

Wir treffen uns im Settimo Cielo um 12:00 Uhr!"

„Ja, fein, bis später", erwiderte Rosalie erleichtert.

Rosalie hatte noch 1,5 Stunden Zeit, also setzte sie sich in ein kleines Kaffee und trank einen Espresso. Anschließend machte sie einen Spaziergang durch die Innenstadt.

Kurz vor 12 Uhr traf sie beim Italiener ein, der auf der einen Seite eine wunderbare Aussicht auf den Stephansdom bot und auf der anderen Seite einen Blick über die Dächer Wiens bescherte.

Gerade, als sie Platz nahm, hörte sie schon die Stimme von Sophia, die ihre Auftritte genoss und wie eine Grande Dame um die Ecke wehte und strahlend auf der Bildfläche erschien.

Sie sah bezaubernd aus, wie immer. Sie trug eine taillierte hellblaue Bluse, dazu einen engen Rock.

Wenn sie ihren Kopf zur Seite neigte, kräuselte sich eine Locke verspielt an ihrer Wange. Sie verlieh ihrem Gesicht einen Hauch von Unbeschwertheit und Natürlichkeit. Eine zarte und anmutige Ausstrahlung, die ihre Weichheit betonte.

Es war ein faszinierender Kontrast zwischen ihrer robusten Persönlichkeit und ihrer feinfühligen Seite, die sie selten in der Öffentlichkeit oder bei Fremden offenbarte.

In ihrer Entschlossenheit und Stärke war eine gewisse Anmut und Sinnlichkeit gegenwärtig.

Sie konnte schon immer hinter die Masken der Menschen sehen.

Es war ihr Job, den Gegner zu demaskieren.

Sie versuchte nicht, Rosalie in eine Schublade zu stecken. Das hatte sie nie getan. Sie hörte zu, wog ab. Dann sagte sie auch, was sie glaubte, auf eine sachliche Weise, ohne große Emotionen.

„Weißt du Schwesterchen, du musst mit deinen Ängsten umgehen lernen, sie akzeptieren, dich mit ihnen anfreunden.“ Sie jonglierte ihre Worte gekonnt, während Rosalie an ihren Lippen hing. Es gab keine Herausforderungen, die Sophia nicht meisterte. Es klang alles so leicht. Das liebte Rosalie und um diese Gabe beneidete sie ihre Schwester.

„Ich glaube, ich könnte dir alles anvertrauen, selbst einen Mord“, äußerte sich Rosalie.

Sie glaubte nicht, was sie da gerade sagte. Mord? Sie war Ärztin, hatte einen Eid geschworen. Nun dachte sie an Mord? Sie warf den Gedanken wieder zur Seite. Was wollte sie machen. Den Pastor erwürgen? Ihm etwas spritzen? Sie würde auffliegen. Ihre Karriere wäre zu Ende.

„Denkst du an Mord?“, Sophia schaute sie mit großen Augen an.

„Nein, natürlich nicht“, entgegnete Rosalie und lächelte.

Tatsächlich kam die Überlegung auf, ihn zu töten. Heimlich, still und leise schlich er sich an. Sie wollte ihren Frieden zurückzugewinnen.

Sophia schmunzelte und meinte: „Natürlich würde ich sachlich nach Fakten suchen, alles abwägen und dann einen Kompromiss anvisieren, damit du glimpflich davonkommst.“

Es schien alles seinen präzisen Ablauf zu haben.

„Du bist die beste Schwester, die man sich nur wünschen kann“, erwiderte Rosalie und griff nach ihrer Hand.

Sophia reagierte belustigt und schmunzelte.

„So, jetzt habe ich Hunger, lass uns bestellen!“

„Ja, gute Idee!“

„Morden macht hungrig“, fügte sie noch hinzu.

Sie aßen eine Kleinigkeit und tranken prickelndes Wasser.

Sophia musste einen klaren Geist bewahren und konnte sich nicht leisten, unkonzentriert zu sein.

Rosalie schüttete Sophia aus, was sie auf dem Herzen hatte. Sie erzählte ihr von Isabella Schwarz, denn sie wusste nicht, ob sie der Ärztin wirklich vertrauen konnte.

„Ich kenne einen Privatdetektiv, der immer wieder für mich arbeitet. Ich werde ihn ansetzen und sehen, was er herausfindet.“

„Ich wäre dir sehr dankbar“, sagte Rosalie erleichtert. „Auf dich ist wirklich Verlass. Ich muss sicher sein, dass ich Isabella Schwarz vertrauen kann.“

Da ging die Tür auf und ihr Vater kam herein. Er begrüßte seine Mädchen mit einem Kuss auf die Wangen. „Hallo, meine Schönen, darf ich mit euch einen Kaffee trinken oder gibt es gerade Geheimnisse zu besprechen?“, meinte er grinsend.

„Nein, setzt dich zu uns, wir sind fertig, Papa“, sagte Sophia schmunzelnd.

Stefan Hartmann war ein sehr liebevoller Vater. Seine Kinder waren alles für ihn. Er machte nie einen Unterschied. Er hatte Rosalie von Anfang an ins Herz geschlossen.

„Lasst euch drücken“, während er beiden Frauen einen Kuss auf die Wangen drückte.

„Schön, dass du dich zu uns gesellst, Stefan.“ Rosalie nannte ihren Adoptivvater immer beim Vornamen.

„Wenn ich meine Mädchen bei mir habe, geht es mir gut“, meinte ihr Vater und platzte dabei vor Stolz.

Dennoch wurde Rosalie von der Vergangenheit geprägt. Sie konnten die ganze Leere nicht löschen. Diese letzten Jahre fühlten sich irgendwie surreal an, als wäre sie in einem Traum gefangen, der sie in eine Welt voller Wärme und Akzeptanz entführte. Ihre Fürsorge war tiefgreifend.

Stefan Hartmann gab ein paar lustige Anekdoten zum Besten.

„Könnt ihr euch noch erinnern, als ich euch zum Schulabschluss unbedingt mit einem Kuchen überraschen wollte? Es endete damit, dass er überall klebte, nur nicht in der Backform. Als eure Mutter die Küche gesehen hatte, war sie außer sich.“ Er lachte.

„Ich muss gerade daran denken, wie du Sophia das Autofahren beigebracht hast.“ Rosalie klopfte auf seinen Arm. „Du hast neben ihr gesessen, ich platzierte mich auf der Rückbank. Wir hatten echt Angst, um unser Leben."

„Danke, dass ihr mich daran erinnert", konterte Sophia, während sie lachend die Augen verdrehte.

„Du hast am Schluss gesagt: `Schatz, du hast das wirklich toll gemacht`, und bist schweißgebadet ausgestiegen."

Stefan Hartmann lachte herzhaft.

Danach verabschiedete er sich wieder. „Meine Lieben, die Arbeit wartet. Es war sehr amüsant mit euch. Ich muss leider zurück in die Kanzlei, obwohl ich viel lieber mit euch weiterplaudern würde." Er drückte seine beiden Töchter an sich und verließ das Lokal.

Als Rosalie sich auch auf den Weg nach Hause machte, hatte sich nach langer Zeit wieder ein Lächeln auf ihre Lippen gesetzt.

Die gute Laune ihrer Schwester hatte sich an ihre Fersen geheftet und ließ sie für einen Augenblick aufblühen. Als würde sich ein Stück Hoffnung in ihr Herz setzen.

Sie musste es festhalten. Für später, wenn die Ängste wieder ihre Macht übernahmen. Screenshot.

Rosalie schlenderte gemütlich und suhlte sich in dieser seltenen positiven Stimmung.

Als sie bei einem Café vorbeikam, sah sie Karim. Sie wollte gerade winken, als sie sein

Gegenüber wahrnahm. Er war nicht allein. Eine junge Frau, die Rosalie nicht kannte. Sie unterhielten sich angeregt und lachten.

So hatten sie schon lange nicht mehr miteinander gelacht.

Bilder aus der Vergangenheit tauchten vor ihren Augen auf. Sie waren noch Jugendliche. Es wurde Rosalie klar, dass es so eine Ausgelassenheit in ihrem Leben nie gegeben hatte. Ein Lachen aus dem Herzen, so richtig, dass einem das Zwerchfell schmerzte. So beschrieb es Sophia immer.

Ob Karim das vermisste?

Sie wollte nicht stören und ließ ihn in seiner vergnügten Stimmung zurück.

Eine halbe Stunde später war sie daheim.

Es war später Nachmittag, als Karim nach Hause kam.

Er hatte ausnahmsweise Essen mitgebracht.

„Was hast du gekauft?“

„Wir hatten schon lange nichts vom Inder! Dachte, das wäre mal eine Abwechslung!“

„Gute Idee“, meinte Rosalie.

„Ich habe heute eine Studienkollegin von früher getroffen“, erzählte Karim. „Wir waren auf einen Kaffee. Sie ist auch Psychiaterin und es war sehr spannend, sich mit ihr auszutauschen.“

„Ich habe euch zufällig gesehen, als ich auf dem Heimweg war“, erwiderte Rosalie.

„Warum bist du nicht hereingekommen?“

„Ihr habt euch so angeregt unterhalten, da wollte ich euch nicht stören.“

„Sie hätte sich gefreut, dich kennenzulernen. Schade, Rosalie.“

So, jetzt lass uns essen. Ich habe großen Hunger.“

Sie deckten den Tisch gemeinsam und aßen gemütlich, während Rosalie seinen Erzählungen lauschte.

Kapitel 10

Eine Frage der Schuld

Rosalie hatte heute frei, aber sie brauchte noch ein paar Unterlagen für Forschungsarbeiten, die sie im Krankenhaus vergessen hatte. Diese Ablenkung war so wichtig für sie, um nicht in ihrer Angst zu verschwinden. Sie wollte die Oberhand behalten. Da sie Gott sei Dank wieder schlafen konnte und sich die Albträume beruhigt hatten, war sie etwas hoffnungsvoller. Trotzdem schien der innerliche Stress an ihr zu nagen. Sie litt unter einem deutlich stärker werdenden Haarausfall. Sie fielen wie Blätter von den Bäumen. Die Psychiaterin meinte, dass würde sich wieder geben. Durch die Therapie würde ihr Unterbewusstsein arbeiten und das strapazierte ihre Nerven. Der Pastor schwächte ihre Essenz, das war klar.

Sie schlief bis acht Uhr. Karim war schon seine Runde gelaufen und hatte ein Frühstück gezaubert.

Rosalie aß nicht viel, da die Herausforderungen an ihr zerrten.

„Hast du heute besser geschlafen?“

„Ja, die Tabletten von Frau Doktor Schwarz geben mir wieder ein wenig Lebensqualität zurück."

„Das freut mich für dich. Sag, wenn ich dich noch irgendwie unterstützen kann." Karim drückte ihr einen liebevollen Kuss auf die Stirn. „Danke dir", gab Rosalie lächelnd zurück.

Dann machte sich Karim über seine Eieromelette her und verschlang sie gierig.

„Na, da hat ja jemand Appetit" bemerkte Rosalie, während sie ihr Butterbrot mit Honig aß, eine Tasse Cappuccino trank und in einer Fachzeitschrift blätterte.

„Ich habe einen Brief gefunden, den meine Mutter an Theodor Becker geschrieben hatte. Er war gerade zur Untersuchung, da sah ich ein rotes Buch an seinem Platz liegen."

Rosalie blickte Karim an.

„Rosie, sag nicht, du hast das Buch geöffnet?" Verblüfft legte er eine Pause ein. Seine Omelette musste warten.

„Ja, habe ich. Ich musste, Karim. Ich habe gespürt, dass er mir etwas verheimlicht."

„Hat er es bemerkt?" , fragte Karim.

„Ich denke, er wollte, dass ich es lese.

Warum hat er mich nie angesprochen?"

„Vielleicht hatte er Angst, dich zu verstören."

„Der Pastor und Angst? Er macht mir Angst, Karim.

Er reißt meine Ordnung in Stücke."

„Du musst mit Doktor Schwarz darüber sprechen."

„Ja, mache ich." Wortlos blätterte sie in ihrer Zeitschrift weiter und nahm das letzte Stück Brot.

Als Rosalie im Begriff war, die Wohnung zu verlassen, erreichte Karim ein Anruf. Sie stand gerade zwischen Tür und Angel, als sie innehielt. Sie hatte den Schirm vergessen, als sie Wortfetzen erreichten. Es war, als hörte sie den Namen Isabella Schwarz.

Rosalie ging ins Wohnzimmer.

„Schatz, hast du meinen Schirm gesehen?", platzte sie in das Telefonat. Karim war sichtlich überrascht.

„Ich rufe Sie gleich zurück", legte er schnell auf.

„War das Isabella Schwarz?"

Karim wirkte etwas nervös. „Ja, wir haben über einen Klienten gesprochen. Ich brauche ihre Expertise."

„Aha", antworte Rosalie.

„Hast du meinen Schirm gesehen?"

„Ja, der müsste in der Lade im Vorraum liegen."

„Danke!", Rosalie verabschiedete sich.

Dann fiel die Tür ins Schloss.

Karim wählte die Nummer von Isabella Schwarz.

„Entschuldigen Sie, Rosalie ist überraschend zurückgekommen. Ich hoffe, sie hat nichts gemerkt."

Karim: „Hallo, Frau Dr. Schwarz. Wie laufen die Therapiesitzungen? Ich mache mir wirklich Sorgen um Rosalie. Sie wirkt so angespannt in letzter Zeit. Ihre Albträume sind wieder da. Ich habe das Gefühl, sie steigert sich da in etwas hinein."

Dr. Schwarz: „Ganz gut. Wir müssen sie unterstützen, ohne sie zu überfordern. Ich versuche, therapeutische Ansätze zu kombinieren."

Karim: „Gibt es für mich wichtige Informationen?"

Dr. Schwarz: „Stellen Sie sicher, dass sie sich unterstützt fühlt. Ich habe ihr Schlafmedikamente verschrieben und auch tagsüber Empfehlungen ausgesprochen, für den Notfall."

Karim: „Danke für Ihre Unterstützung, Frau Dr. Schwarz und wir bleiben in Verbindung."

Dr. Schwarz: „Ja, natürlich. Sehr gerne."

Karim legte auf und blickte nachdenklich aus dem Fenster.

Rosalie stand vor der Tür.

Warum telefonierten Karim und Isabella Schwarz miteinander, fragte sie sich. *Hatte er die Wahrheit gesagt?*

Wahrscheinlich machte er sich einfach nur Sorgen, dachte Rosalie.

Doch es blieb ein Funken Unbehagen hängen, als sie in den Aufzug stieg.

Sie schickte Sophia eine Nachricht. Sie wollte ihre Meinung hören. Nie hätte sie gedacht, dass sie jemals Zweifel hegen würde, Karim betreffend. Ihrem Fels in der Brandung. Es war, als würde ihr alles entgleiten.

Ihr Leben stand Kopf.

Sie musste sich beeilen. Die Sitzung bei Isabella Schwarz begann gleich. Das Handy klingelte.

„Liebes, was machst du dir da schon wieder für Gedanken? Ich glaube nicht, dass es böse Absicht war. Er ist selbst Psychiater und möchte dich unterstützen. Dafür braucht er Fakten. Du erzählst ihm sicher nicht alles, stimmt`s?"

Ihre Schwester hatte recht.

„Ja, du hast recht."

Es goss in Strömen und Rosalie lief durch den Regen zur U-Bahn. Den Schirm hielt sie in der rechten Hand, das Handy in der linken.

„Konzentriere dich auf deine Sitzung. Versprich mir, dass du mit deinen Zweifeln endlich

Freundschaft schließt. Karim wird immer auf deiner Seite sein."

„Ich danke dir, Sophia. Bin jetzt in der U-Bahn, muss Schluss machen."

„Tschüss, Liebes", rief ihre Schwester ins Telefon.

Sitzung 4: Ordination Dr. Isabella Schwarz

Rosalie kam etwas abgehetzt bei Dr. Schwarz an. Die Sekretärin begrüßte sie freundlich und bat sie, noch kurz Platz zu nehmen.

„Guten Morgen, Frau Doktor Hartmann, Frau Doktor Schwarz ist gleich für sie da!“

Rosalie: „Danke.“ Sie nickte und zog rasch ihren Trenchcoat aus und warf ihn auf den Platz neben sich. Die Tasche platzierte sie auf ihren Oberschenkel.

Dann ließ sie sich mit einem Seufzer auf den Sessel im Wartezimmer fallen.

Ein paar Minuten später öffnete sich die Tür und Frau Doktor Schwarz erschien mit einem jungen Mann. Sie trug eine elegante Hose, die ihre Silhouette betonte. Sie war in einem schönen Grau. Dazu kombinierte sie eine weiße Bluse, die sie vorne mit einer eleganten Schleife zusammengebunden hatte. Eine schlichte Halskette zierte ihr Dekolleté, während die schicke Rahmenform ihrer Brille ihre Gesichtszüge betonte und ihre Persönlichkeit unterstrich. Sie verabschiedete ihren Klienten und begrüßte Rosalie: „Guten Morgen Frau Doktor Hartmann.“

Sie reichte Rosalie die Hand, während sie ihr ein Lächeln schenkte.

„Wir können starten“, meinte die Ärztin und betrat hinter Rosalie den Therapieraum.

„Wie geht es Ihnen, Rosalie?“

Rosalie nahm Platz, schloss die Augen und atmete ganz selbstverständlich tief ein und aus. Ein und aus. Ein und aus.

Langsam fiel etwas Anspannung ab. Neue Gedanken flogen durch den Kopf. Sie drehten sich alle um Karim.

Dann wechselte überraschend die Kulisse.

In der düsteren Stille ihres Atems drang unvermittelt der beißende Geruch von Alkohol.

Ein unerwarteter Gast, eine finstere Silhouette im Schatten.

Rosalies Herz schlug wild in ihrer Brust.

Rosalie war plötzlich, ohne es zu wollen und ohne Hypnose im Alter von sechzehn Jahren.

Die Angst durchströmte ihren Körper und die Panik schnürte ihre Kehle zu. Es fühlte sich an, als hätte sich ein Knoten im Hals gebildet, an dem sie zu verschlucken drohte. Sie hörte ihren Vater röcheln, während sein betrunkener Freund, der sich gerade an Rosalie ranmachen wollte, aufhörte, sie zu belästigen. Der Kopf des anderen Mannes lag in einer Blutlache. Die Wunde am Kopf musste stark geblutet haben, die er sich wahrscheinlich zugezogen hatte, als er von der Couch gestürzt war.

Ihre Anspannung steigerte sich. Ein Kribbeln lief über ihren ganzen Körper. Er musste sich den Kopf angeschlagen haben. Sie wusste es nicht mehr. Regungslos blickte sie auf das Bild, das sich ihr zeigte. Rosalie hatte vieles aus der Vergangenheit vergessen, oder hatte sie es verdrängt? Es waren lose Enden, die sich ihr zeigten, die darauf warteten, aufgegriffen zu werden.

„Rosalie, ich bin bei Ihnen. Sie sind nicht alleine."

„Es ist eine Erinnerung."

„Sie können jederzeit aussteigen."

„Rosalie nickte."

Die Gestalten zeigten sich nur schemenhaft, sie grölten etwas Unverständliches und verschwanden so plötzlich, wie sie in ihren Gedanken aufgetaucht waren.

Isabella Schwarz beobachtete Rosalie.

„Wie geht es Ihnen, Rosalie?"

„Ich hatte eine spontane Erinnerung. Wie einen Geistesblitz, ein Flashback."

„Wollen sie darüber sprechen?"

Wieder einmal spürte sie Hände, am Kopf beginnend, über ihren Körper streichen.

„Du bist meine Zuckerschnecke", keuchte der Mann lächelnd. Rosalie hatte diese Stimme schon lange nicht mehr gehört. Der Alkoholgeruch rieb sich unter ihre Nase.

„Ist es möglich, Gerüche nach all` den Jahren wiederzubeleben?“, fragte sie.

„Ja, Rosalie, natürlich“, antwortete Isabella Schwarz.

Er war so schwer und sie drohte beinahe zu ersticken. Der Knoten in ihrer Kehle wollte sich nicht auflösen. Das Adrenalin, das die Aufregung in ihren Körper verteilte verlieh ihr ungeahnte Kräfte.

„Ich denke, ich habe sie getötet“, sagte Rosalie, „aber ich weiß es nicht.“ Rosalies Hände zitterten, während ihr Puls sich beschleunigte.

„Wen, Rosalie?“

„Meinen Vater und seinen Freund.“

„Erzählen sie mir davon, Rosalie.“

Ihre Beine zitterten. Sie hatte Mühe, ihre Füße still zu halten.

„Ich wollte noch die restlichen Sachen aus meinem Zimmer holen, bevor ich auszog.“

Rosalie erzählte von dem letzten Abend. Eine Situation in ihrem Elternhaus.

Den Übergriff des Freundes ihres Vaters und dann sein Röcheln, den Krampfanfall und das Kissen, mit dem sie ihn erstickte. Sie hatte ihm lediglich den letzten Stoß gegeben. Aber hatte sie es auch wirklich getan? Sie sah sich nur mit dem Kissen. Es war die Wut, die nach außen drängte und sich kanalisierte.

„Was fühlen sie dabei, Rosalie?“

Erleichterung. Eine so unglaubliche Erleichterung.

„Ich habe mich frei gefühlt und schuldig zugleich."

„Wir sind noch nicht am Ende angekommen. Wir wissen noch nicht, was wirklich passiert ist. Sehen Sie die Situation klar, Rosalie?"

„Mal klar, mal verschwommen."

„Wollen Sie nochmal hinsehen?"

„Nein", erwiderte Rosalie.

„Dann reicht es für heute, Rosalie", antwortete Isabella Schwarz mit ruhiger Stimme.

„Nein, was, wenn ich ihn getötet habe?", rief sie.

„Wen, Rosalie?"

„Meinen Vater?"

„Er hatte doch einen Krampfanfall, wenn ich mich erinnere."

„Ja, aber ich sehe mich mit einem Polster stehen. Was, wenn ich nachgeholfen habe?" *Es war eine Art Flashback, dachte Rosalie.*

Es war, als wäre sie in die Vergangenheit zurückgeworfen worden und stand mitten im Zimmer. Ihr Vater röchelte. Rosalie sah sich das Polster nehmen und es auf das Gesicht des Vaters drücken. Er wehrte sich nicht. Dann war es still. Eine so angenehme Stille. Endlich war es zu Ende. Es war wie Balsam auf der Seele.

„Vielleicht war es ein Wunsch, der Ihnen in diesem Moment durch den Kopf gegangen ist, Rosalie. Sie waren panisch und voller Angst.

Das heißt aber nicht, dass Sie ihm wirklich das Polster ins Gesicht gedrückt haben.

Können Sie die Situation genau sehen?"

Nein, kann ich nicht, dachte Rosalie.

Sie hatte es getan, ging es Rosalie durch den Kopf. *Na und, er hatte es verdient,* kam ihr in den Sinn. *„Ich kann mich nicht mehr erinnern",* log sie.

Sie wollte sich dieser Situation nicht mehr aussetzen.

Wer weiß, was Isabella Schwarz mit dieser Information machen würde. Die Zweifel wurden größer. Wer weiß, wie der Pastor die Menschen in ihrem Leben manipulierte. Sicher nicht zu ihren Gunsten.

Bevor sie nicht wusste, ob sie ihr trauen konnte, würde sie nichts mehr verraten.

„Lassen Sie uns die heutige Sitzung beenden, Sie haben einige Türen aufgestoßen die letzten Wochen." Die Psychiaterin berührte Rosalie kurz am Arm.

Bin ich doch ein braves Mädchen, dachte Rosalie. *Wohin haben sie mich gebracht? Nein, nein, mit mir nicht. Ich schlage zurück. Ihr werdet nicht damit rechnen.*

Niemand betrügt mich, belügt mich oder verlässt mich noch einmal, ohne bestraft zu werden. Niemand.

Rosalie nickte zustimmend.

Die Geschichte war noch nicht zu Ende.

Es war wieder einmal Zeit für ein Treffen bei Renate und Stefan Hartmann, ihren Eltern.

Sie wollte den Tag mit ihrer Mutter verbringen. Natürlich hatte sich Rosalie angekündigt. Ihre Mutter hasste nichts mehr, als spontane Besuche.

Sie fuhr mit der U-Bahn bis Schönbrunn. Dann ging sie zu Fuß bis nach Hietzing. Dort stieg sie in die Straßenbahn. Sie liebte es, nach den Sitzungen in das Haus der Eltern zu fahren und den Tag mit ihnen zu verbringen.

Gedankenversunken saß sie in der Straßenbahn, während ihre Blicke nach draußen wanderten. Sie würde mit ihrer Mutter mittagessen, dann würden sie bei Kaffee und herrlichem Kuchen plaudern und die Welt um sich herum vergessen. Sie wollte sich Auszeit schaffen.

Das große Haus thronte beinahe majestätisch über der weitlaufenden Parkanlage. Es war ihr neues Zuhause geworden. Sie liebte es, im Park spazieren zu gehen. Das üppige Grün war von alten Bäumen und duftenden Blumenbeeten durchzogen. Es war seit Generationen im Besitz der Familie Hartmann.

Die breiten Treppen, die zum Eingang führten, zierten kunstvolle Säulen auf beiden Seiten. Die Fassade strahlte Eleganz aus, die den Reichtum der Bewohner widerspiegelte. Das Rauschen der Blätter verlieh eine friedliche Atmosphäre. Eine Aura der Ruhe und Gelassenheit.

Ihre Bewohner waren reiche, herzliche, gute Menschen.

Das Haus war so groß, dass man sich beinahe darin verlor. Mit der Zeit gewöhnte sie sich daran und Rosalie fragte sich, wie man mit weniger Platz hatte auskommen können.

Im Inneren eröffnete sich eine Welt voller historischen Glanzes. Kunstvolle Stuckverzierungen und edle Kronleuchter schafften eine besondere Atmosphäre. Die Wände waren mit Gemälden berühmter Künstler geschmückt. Gemeinsam mit den schweren, eleganten Vorhängen erinnerte es an vergangene Epochen.

Das Mobiliar war eine Sammlung aus antiken Möbelstücken, die den exquisiten Geschmack der Bewohner zeigten. Imposante Kamine schufen in den Räumen eine behagliche Wärme und sorgten für eine gemütliche Note. Es fand sich genügend Platz für gesellschaftliche Zusammenkünfte und festliche Anlässe, während verschlungene Korridore Geheimnisse vergangener Zeiten zu bergen schienen.

Rosalie mochte schön gedeckte Tische. Ihre Mutter war eine Meisterin darin, dekorative Arrangements zu zaubern. Blumen bildeten oft das Zentrum der Tafel. Jedes Detail wurde sorgfältig durchdacht, um eine Atmosphäre von Eleganz und Raffinesse zu schaffen, die die Familie und Gäste jedes Mal aufs Neue beeindruckten.

Ihr Vater liebte Gesellschaftsspiele. Er rieb sich bereits die Hände. Bereit, gegen seine clevere Tochter anzutreten.

Das Feuer verströmte eine gemütliche Atmosphäre, während die Dämonen für diesen Abend verschwanden.

Wahrscheinlich würden sie eine Runde Schach spielen und sie würde ihn wie so oft schlagen. Sie waren beide wirklich gut darin, aber niemand konnte verlieren. „Wo hast du nur so gut spielen gelernt, Rosie?“

„Stefan, das hast du mir beigebracht“, sagte sie lachend.

Es waren Momente, die ihr eine Art Fröhlichkeit entlockten. Es waren nur kurze Augenblicke. Wie ein kleiner Aufschrei, der danach wieder verebbte. Kleine Lichtstrahlen, die Rosalie belebten.

Sie sprach ihre Adoptiveltern nicht mit Mama oder Papa an, das wollte sie nicht. Es waren Renate und Stefan Hartmann.

Stefan Hartmann hatte sich den Nachmittag frei genommen, um Zeit mit seiner Tochter zu verbringen. Biologisch oder nicht, das war für ihn nicht wichtig. Rosalie war ein Teil der Familie.

Sophia war beruflich in London. Sie fehlte Rosalie. Nächste Woche beim Familienbrunch würde sie dabei sein. Dann waren sie alle wieder vereint.

Während die Nacht hereinbrach, schien es, als würden die Dämonen fernbleiben, unfähig die festen Mauern des Herrenhauses zu durchbrechen. Die Stürme ihres Lebens blieben für den heutigen Abend draußen. Wahrscheinlich waren die Geister dieses alten Hauses zu stark, um anderen Unruhestiftern Eintritt zu gewähren. Sie erlebte eine Harmonie und Verbundenheit, die sie für heute alles vergessen ließ.

Erst gegen 22:00 Uhr übermannte sie die Müdigkeit und sie zog sich zurück. Als sie langsam die Treppen hochstieg, hörte sie plötzlich die Stimme ihrer Mutter, die mit jemandem telefonierte. Ein aufkeimendes Misstrauen spannte Rosalie an. Sie ging erneut zurück und fand sich wieder einmal zwischen Tür und

Angel wieder. „Ja, Isabella, danke für die Information. Sie ist gerade bei uns. Wir sind dir sehr dankbar. Lass uns doch wieder einmal auf einen Kaffee treffen. Auf Wiedersehen."

Rosalie wusste, dass am anderen Ende der Leitung Isabella Schwarz war. Die Dämonen begannen in ihre Sicherheitszone einzudringen. *Warum telefonierten auf einmal alle mit Isabella Schwarz, der Psychiaterin?*, dachte Rosalie. Sie konnte spüren, wie sich die Schatten der Vergangenheit über die gemütlichen Räume legten. Sie drangen durch die Mauern und brachten eine vertraute Unsicherheit mit.

Rosalie ging langsam hoch zu ihrem Zimmer und schloss leise ihre Tür. Ihr Schloss aus Glas begann zu zerbrechen.

Das Gefühl, nicht einmal in ihrem Zuhause sicher zu sein, nagte an ihr. Die Unsicherheit fraß sich tief in ihr Inneres und hinterließ einen bitteren Geschmack von Verrat und Enttäuschung. Vielleicht steigerte sie sich da hinein.

Rosalie duschte ausgiebig, nahm eine Schlaftablette und fiel in einen tiefen Schlaf.

Sie würde ihre Mutter nächsten Morgen zur Rede stellen.

Nächster Morgen:

Rosalie öffnete die Augen. Der Wecker zeigte 7:30 Uhr.

Der Regen klopfte an ihr Fenster. Rosalie mochte dieses Geräusch. Es entspannte sie. Es war wie ein Trommeln, das sie beruhigte.

Sie hatte doch länger geschlafen, als sie wollte.

Sie blickte durch das Glas und beobachtete die Regentropfen, die sich an die Scheibe schmiegten und sich anschließend auflösten. Wie sehr sie sich wünschen würde, dass sich all ihre Belastungen in Luft auflösen würden.

Sie hatte den Schlaf gebraucht, war aber weit weg von erholt. Diese Müdigkeit hatte sich an ihre Fersen geheftet. Sie kleidete sich an und machte sich auf den Weg in die Küche, wo sie ein herrlich duftender Kaffeegeruch willkommen hieß. „Guten Morgen, Liebes. Wie hast du geschlafen?"

„Gut. Gibt es Kaffee?"

„Natürlich. Frühstück steht auf dem Tisch. Ich setzte mich gleich zu dir."

Renate Hartmann war gut gekleidet. Ihre Frisur saß perfekt. Rosalie hatte sie noch nie im Morgenmantel oder unfrisiert gesehen.

„Sag, Renate, hast du gestern mit Isabella Schwarz telefoniert?"

Ihre Mutter wartete einen Moment, bis sie antwortete, was untypisch für sie war. „Ja, ich kenne sie vom Golfen. Wir telefonieren hin und wieder zu später Stunde. Sie hat immer viel zu tun in der Ordination. Warum fragst du?"

„Ich finde es seltsam", antwortete Rosalie nachdenklich. „Ich habe das Gefühl, im Moment telefoniert jeder mit meiner Ärztin."

„Schatz, ich kenne Isabella Schwarz privat."

„Ich frage mich, ob du mir etwas verheimlichst, Renate?"

Bildete sie sich das ein oder lag da plötzlich ein Schatten über Renates Gesicht, fragte sich Rosalie.

„Natürlich nicht, was soll ich dir denn verheimlichen, Schatz? Deine Phantasie geht wieder einmal mit dir durch", entgegnete Renate.

Wahrscheinlich war ihr Misstrauen schon wieder übertrieben. Sie hatte Stefan und Renate so viel zu verdanken. Der ganze Stress vernebelte ihre Sicht und der Vulkan brodelte im Inneren.

Was aber, wenn sie doch nicht die Wahrheit sagte? Rosalie umklammerte das Frühstücksmesser.

Seltsame Gedanken kamen zu Besuch. Ein dezenter Schwindel erreichte sie und ein unheilvolles Pochen ihres Herzens. Es dröhnte in ihren Ohren.

„Geht es dir gut, Liebes?“, fragte Renate.

Rosalie spürte plötzlich, dass die Anspannung abnahm und sie sich langsam wieder entspannte. Sie ließ das Messer los und blickte Renate in die Augen.

„Alles gut. Die letzten Wochen waren so anstrengend.“

Nach dem Frühstück nahm Renate sie mit in die Stadt.

Ich habe unbewusst Mauern aus Zweifel und Misstrauen errichtet.

Sie halten mich von meinen Träumen fern.

Daher wage ich noch einmal mutig einen Blick tief in mich hinein.

Die Erinnerung verschwimmt. Die Schuld bleibt.

Niemand weiß es. Niemand.

Kapitel 11

Die Uhr tickt.

Rosalie war zu sehr Ärztin, als dass sie alles hinwarf und sie Station nicht mehr betrat.

Sie brauchte Ablenkung und musste den Pastor weiter unter Beobachtung halten. Sie wollte kämpfen bis zum bitteren Ende. Zu verstörend waren die Ereignisse der letzten Wochen. Sie versuchte, die Puzzleteile zusammenzusetzen, und ihr war schon länger klar, dass sie gegen eine dunkle Macht kämpfte, die ihre ganze Zukunft bedrohte.

Die Grenzen von Wahrheit und Fiktion verschwammen zunehmend. Die Tatsache, dass sie mit niemanden darüber reden konnte, machte alles noch schwieriger.

Der Zustand des Pastors verschlechterte sich zusehends. Für seine Blutgruppe AB negativ war es schwierig, ein kompatibles Spenderherz zu bekommen. Die Uhr tickte weiter. Tick-Tack.

Es wurde nicht einfacher, das war ihr klar. Sie war hin- und hergerissen zwischen der Ärztin in ihr und der Frau, die bedroht wurde. Die eine Seite wünschte dem Pastor, dass er ein Kunstherz bekam, die Bedrohte konnte das nicht nachvollziehen.

Bei einem Kunstherzen würde alles ersetzt werden. Es würde eine Maschine in seinem Brustkorb pumpen, die er in einer Tasche mit sich tragen würde, bis sich ein passendes Herz finden würde. Eine künstliche Attrappe, die sein trostloses, kaltes Leben aufrechterhalten würde. Natürlich war ein großes Risiko dabei, einen Schlaganfall zu erleiden oder an einer Blutung zu sterben.

Rosalie konnte nicht fassen, was sie da in ihrem Kopf zusammenbraute. Er hatte sie infiziert. Er war definitiv ein Feind. Die Spinne, die den Kokon, den sie gewebt hatte, immer enger schnürte und dem Opfer immer näherkam.

Rosalie hatte dieselbe Blutgruppe. Wenn ihr etwas geschehen würde, bekäme der Pastor ihr Herz. War das sein grausamer Plan?

Sie hatte niemandem erzählt, dass sie mit ihm verwandt war. Sie musste schweigen. Ihr Leben hing davon ab. Es würde ihr sowieso niemand glauben, dass er eine Bedrohung war für sie. Alle würden sie belächeln. Sie ahnten nichts von Beckers wahrer Natur, die er hinter einer Maske versteckte. Er würde sie weiter bis in ihre Träume verfolgen. Keiner würde verstehen, warum sie ihn hasste. Er wurde plötzlich zum Regisseur ihres Lebens.

Rosalie verspürte Schwindel und griff sich an die Schläfen. Sie ging in den Aufenthaltsraum, um etwas zu trinken. Sie hatte heute kaum Flüssigkeit zu sich genommen. Ein paar Minuten später und einem großen Glas Wasser fühlte sie sich besser.

„Achtung, Schock!“, hörte sie jemanden rufen und Rosalie hatte das Gefühl, der Strom flösse direkt über ihren Brustkorb. Leichtes Unwohlsein ergriff sie und sie hielt sich an der Wand fest.

Dann sackte sie zusammen und es wurde schwarz um sie.

Als sie ihre Augen öffnete, presste man ihr eine Maske auf das Gesicht, die ihren Mund und ihre Nase bedeckte. Es wurde hektisch.

„Intubation!“, schrie jemand, „Rosalie ist zusammengebrochen!“

Es waren überraschend viele Menschen, die sie umkreisten. Warum erkannte denn niemand, dass sie gesund war? Rosalie wollte schreien, fand jedoch keine Stimme. Sie konnte sich nicht bewegen. Sie versuchte, sich weiter bemerkbar zu machen, aber es war nicht möglich. Sauerstoff rauschte in sie hinein. Sie hörte Menschen über sie reden. Panik überfiel sie.

Was sollte das?, dachte Rosalie. Sie hatte keine Kontrolle mehr über ihren Körper. Es war wie in ihrem Traum als Jugendliche. Die Beine fühlten sich schwerelos an. Sie war nicht in der Lage, sie zu bewegen. Die Arme waren erstarrt, ähnlich wie Äste, die sich nicht bewegen konnten.

„Intubation!“, schrie der Oberarzt, „Sauerstoffsättigung auf 60%. Wir brauchen Neosinephrine, um den Blutdruck zu halten.“ Der Blutdruck hielt sich so weit stabil.

„Haltet ein Adrenalin bereit, falls wir reanimieren müssen.“ *´Mich wiederbeleben, warum denn das? Warum hört mich niemand?`*, schrie Rosalie. Zumindest versuchte sie das, aber sie war unfähig, einen Laut hervorzubringen.

„Tom, trotzdem ein Noradrenalin und Sedierung herrichten.“

„Nein, ich brauche nichts, ich bin gesund!“, versuchte sie, zu schreien, aber es verließ kein einziger Ton ihre Lippen. „Ich brauche keine Medikamente, die meinen Blutdruck und die Herzfrequenz stabilisieren. Es ist doch alles ok. Ich will auch nicht schlafen. Das ist alles ein Missverständnis. Ich wollte mich doch nicht umbringen!“, bemühte sie sich, zu schreien, aber die Maske verdeckte ihren Mund. Rosalie begann zu verzweifeln. Schweißperlen drängten sich auf ihrer Stirn und liefen an den Schläfen hinunter. Ihr Herz raste.

„Hallo!“ Rosalie wollte sich noch einmal bemerkbar machen. „Hallo!“, aber niemand nahm Notiz von ihr.

Sie wurde panisch. Sie war dem Schicksal ausgeliefert. Es war doch alles gerade noch in Ordnung. Durch den Aufprall hat sich auf beiden Seiten ein Pneumothorax gebildet. Die Lunge war sozusagen kollabiert. Sie bekam jeweils eine Drainage, die den Brustkorb entlastete. Es fühlte sich wie diese Erstickungsanfälle an, die sie seit Wochen begleiteten. Panikattacken, die sie lähmten und in Angst und Schrecken versetzten.

Während jemand: „Wir brauchen eine Herz-Lungen-Maschine!“, rief, telefonierte Tom von der Pflege mit der Kardiotechnik und gleichzeitig wurde der Chirurg benachrichtigt. Der Kardiotechniker war zuständig für das Aufrüsten der Maschine. Es ging alles sehr rasch. Die Herz-Lungen-Maschine wurde gefüllt. Rosalie wurde mit großen sterilen Tüchern abgedeckt und plötzlich war es dunkel. Sie spürte nur einen dumpfen Schnitt, den der Chirurg setzte, um die Kanülen zu platzieren.

„Sie ist Ärztin“, hört sie den Arzt sagen.

„Ja, sie hat einen Suizid versucht“, antwortete der Oberarzt. „Wir wissen nicht, was die Organe abbekommen haben.“

Sie kannte diese Stimme, es war Pastor Becker.

Gefangen in ihrem Körper, wollte sie erneut schreien. Ihr Mund öffnete sich, aber es entglitt ihr kein Ton.

Er hatte es geschafft. War sie tot? Hatte sie wirklich einen Selbstmordversuch gestartet? Der Pastor musste sie manipuliert haben.

„Rosalie?“ Jemand rüttelte an ihr.

„Rosalie.“ Franz, ihr Kollege lächelte.

„Keine Angst, du bekommst keine Herz-Lungenmaschine.“

„Habe ich das gesagt?“ , fragte Rosalie.

„Du hast es förmlich gerufen“, meinte Christian, ein Arztkollege lachend.

„Was ist passiert?“, stammelte Rosalie.

„Du bist zusammengeklappt. Alles ok?“

Rosalie griff sich auf den Kopf. Ihr Blick war etwas verschwommen.

„Ich habe heute noch nicht viel getrunken“, sagte Rosalie. „Wahrscheinlich bin ich dehydriert.“

„Du wirkst sehr angespannt die letzten Tage. Geh nach Hause und leg die Beine hoch. Ich denke, es liegt nicht nur an der Flüssigkeit, Rosalie“, sagte Christian ihr leise ins Ohr. „Du solltest dich untersuchen lassen.“

Das hatte Franz auch immer gesagt. Er war immer fordernder, erinnerte sie sich. Auch er begann gerade, eine Grenze zu überschreiten. Rosalie antwortete nicht.

Sie hielt sich den Kopf. Das Gedankenkarussell rotierte in rasendem Tempo.

„Am besten du gehst jetzt nach Hause“, meinte Christian ganz ruhig, aber bestimmt.

„Das wird wohl das Beste sein“, murmelte Rosalie.

Eine leichte Übelkeit überkam sie. Es war diese Wut, die sich an die Oberfläche grub. *Warum wollen ihr immer nur alle erklären, was sie tun soll?* Etwas blass um die Nase packte sie ihre Sachen und machte sich auf den Nachhauseweg.

Rosalie wurde schwächer. Der Pastor drang in die Tiefen ihrer Energie vor und saugte sie mit jedem Atemzug mehr und mehr ab. Sie konnte sich nicht erklären, wie er das machte. Er entzog ihr ihre Vitalität, die drohend zu schwinden begann.

Er verwirrte ihre Wahrnehmung. Sie wusste Wahrheit und Illusion nicht mehr zu unterscheiden.

Sie verstrickte sich immer mehr im Spinnennetz. Er war ein Profi auf seinem Gebiet. Berechnend und kalt. Er zapfte Rosalie an, wann er wollte. Er spielte ein perfides Spiel.

Sie wünschte, sie hätte sich früher mit ihrer Angst beschäftigt. Dann würde sie ihm entgegenlachen und ihm die Stirn bieten.

Das Spiel war noch nicht zu Ende. Sie konnte sich noch aus dem Gefängnis ihrer Gedanken befreien, das der Pastor versuchte, verschlossen zu halten. Mit jedem Zug verlor sie an Kraft und rang nach Luft.

Kapitel 12

Flashback

Sitzung 5: Ordination Dr. Isabella Schwarz

Erschöpft ließ sich Rosalie in den Sessel fallen, tauchte wieder ein in diese Angst, die sie lähmte.

Diese unsagbare Panik, die sich breitmachte und ihren ganzen Körper ergriff. Das Kribbeln breitete sich überall aus.

Dieser Ekel, der sie überfiel, wenn sie seine Hände spürte, trieb ihren Herzschlag in schwindelerregende Höhen. Ihre Hände formten sich zu einer Faust. Der Atem, der nach Alkohol roch, löste Übelkeit aus.

Aber sie verharrte in dieser Situation und sie drehte sich im Kreis. Rosalie fühlte sich wie gelähmt. Der Kokon hatte sich nicht gelöst, er spannte sich noch enger um sie.

Sie war nicht bereit, heute über dieses Ereignis zu berichten. Die Vergangenheit verschwamm. Manches schien sie vergessen oder verdrängt zu haben. Sie wusste es nicht mehr. Der Pastor streute Nebel und die Wahrheit verschwand.

Die Psychiaterin änderte ihre Taktik.

„Rosalie, erinnern Sie sich an Ihre Albträume, die sich wiederholen? Die belastenden Träume, die mit Ihrer Vergangenheit in Verbindung stehen?“

„Der Pastor kommt mich besuchen und er lacht und will mir mein Herz entreißen. Dieses Lachen ist so zynisch. Er zeigt mir seine Überlegenheit.“

„Erinnert Sie diese Stimme an eine bestimmte Begebenheit?“, fragte Isabella Schwarz, während sie ihren Kopf hob und ihr Blick über die Brille glitt.

„Ja, es ist eine Stimme, die stöhnt und mir durch die Haare streicht. Ein Körper, der sich an mich presst und mir die Luft zum Atmen nimmt. Dann wache ich immer auf. Sie hat keinen Respekt vor mir. Sie verhöhnt mich.“

Eine alte Wut, die mit der Erinnerung hochkam und ein Ventil suchte.

„Wie alt sind Sie da, Rosalie?“

„Ich bin 10 Jahre. Mein Vater hat zu trinken begonnen.

Er kommt in mein Zimmer und legt sich zu mir, obwohl ich das nicht will.

Er streichelt mich am ganzen Körper.“

„Wo ist Ihre Mutter?“

„Sie schläft.“

„Haben Sie es ihr erzählt?“

„Ja, sie hat mit mir gebetet. Ich durfte mit niemanden darüber sprechen."

„Jetzt dürfen Sie reden, Rosalie.

Ich denke, Sie haben gerade eine Tür aufgestoßen."

Rosalie atmete heftig. Sie begann zu hyperventilieren. Ihr Atem beschleunigte sich, wie ein galoppierendes Pferd. Ihr Herz klopfte so kräftig in ihrem Hals, dass sie kaum Luft bekam. Rosalie stütze sich mit ihren Armen auf, während sie nach Luft rang. Ihre Augen waren weit aufgerissen.

Frau Dr. Schwarz stand auf und legte ihre linke Hand auf Rosalies Schulter. Sie versuchte, beruhigend mit ihrer Stimme auf sie einzuwirken. Mit der anderen Hand hielt sie eine Tüte und ließ Rosalie hineinatmen, damit sie sich wieder beruhigte. Die Tüten hielt sie immer für Notfälle bereit. Während sich Rosalies Atmung wieder stabilisierte, beruhigte sich auch die Geschwindigkeit ihres Herzschlages.

Mit dieser Sitzungsrunde wurde eine Tür aufgestoßen, die bisher versperrt war. Die Vergangenheit verschwand nicht in Schall und Rauch, im Gegenteil sie zeigte sich erstmalig mit ihrer ganzen Intensität.

„Rosalie, haben Sie das Gefühl, dass es eine Verbindung zwischen ihrem Vater und dem Pastor gibt?"

Rosalie war erschöpft. Die Reise in ihre Jugendzeit war anstrengender, als sie dachte. Die Müdigkeit legte ihren Körper lahm. Er fühlte sich taub an. Jeder Atemzug war ein Kraftakt. Ihr Herz schlug dumpf, wie ein müdes Echo in der Stille. Ein leichtes Schwindelgefühl machte sich bemerkbar.

Sie atmete tief ein und meinte: „Ich weiß es nicht, aber ich werde darüber nachdenken."

Es war ein kleiner Anfang, aber noch nicht das Ende.

Als Rosalie zuhause war, ließ ihr Blick in den Spiegel ihre Narben erkennen.

Ihr Spiegelbild wirkte vertraut, aber gleichzeitig spürte sie wieder diese Kluft. Es war, als ob die Person, die sie im Spiegel sah, eine eigene Geschichte hatte, die sie nicht vollständig kannte und verstand.

Da gab es verschlossene Türen, die sich plötzlich einen Spalt öffneten.

Sie stand vor der imaginären Tür, die ins Dunkle führte und ihr Angst machte.

Es war wie die Suche nach dem Licht am Ende des Tunnels.

Etwas erschrocken von der Intensität der neuen Dynamik, einer unbeirrbaren Wahrheit, die sich auf ihrem Weg zeigte, wollte sie ein Bad nehmen, um die Spannung in ihrem Körper abzuwaschen und sich zu wärmen.

Die Sitzungen erschöpften sie, aber mit jedem Schritt fühlte sie sich am nächsten Tag etwas stärker. Sie balancierte gefühlt auf einem Seil zwischen Hoffnung und Abgrund.

Als würde eine Welle nach Außen treten, die alles Alte mitgerissen hatte und ein kleines Licht plötzlich sichtbar wurde. Wie ein Leuchtturm im Sturm, den sie vor sich sah. Sie lächelte und schloss die Augen, während sie die Hände nach vorne und nach hinten bewegte.

Die Wärme entspannte sie und zog sich durch ihr Herz. Ihre Emotionen peitschten hoch. Die Wogen waren manchmal meterhoch. Sie prallten ab an der imaginären Wand, die sich über all die Jahre aufgebaut hatte und es kam wie ein Tsunami zu ihr zurück.

Karim war auf einem Seminar und kam erst am nächsten Tag zurück.

Rosalie zog sich etwas Bequemes an und schlenderte gedankenverloren in die Küche, wo sie sich noch eine Kleinigkeit zum Essen zubereitete.

Sie bleib in der Küche und blickte vom Küchenhocker über Wien. Anschließend machte sich eine Tasse Tee und ging gemächlich ins Wohnzimmer, wo sie sich auf das Sofa fallen ließ. Sie nippte vorsichtig an der Tasse, während sie die Wärme genoss, die ihren Hals erfüllte. Das Aroma von Zimt umspielte ihre

Nase und wirkte beruhigend. Rosalie saß noch eine Weile einfach so da, während sie ins Nichts starrte.

Sie versuchte zu lesen, aber ihre Konzentration war wie weggeblasen. Sie zappte noch ein wenig zwischen den Fernsehprogrammen her und entschied sich gegen 22:00 Uhr, schlafen zu gehen.

In den Scherben blüht ein Samen wie ein zartes Geflecht.

Aus der Stille steigt ein Lied, zart und klar.

Der Samen trägt die Erinnerung vergangener Tage.

In jedem Ende schlummert ein neuer Anfang.

Rosalie hatte ganz gut geschlafen, aber die Erschöpfung hinterließ ihre Spuren.

Ihre Schwester und Linda hatten sich zum Brunch angekündigt. Eine willkommene Abwechslung. Rosalie ging ins Schlafzimmer und zog sich an. Während sie ihr Haar kämmte, dachte sie an ihre leibliche Mutter. Sie erinnerte sich an die Zeit, als die Mutter ihr jeden Tag Zöpfe geflochten hatte.

Sie band die Haare zu einem Zopf. Sie war nicht in der Stimmung für ein Styling. Sie trug etwas Make-up auf, um die Spuren der Erschöpfung zu beseitigen und trug das rosafarbener Rouge auf die Wangen auf. Ein passendes Lipgloss rundete den Look perfekt ab. Als hätte sie eine Maske aufgetragen, die ihre Ängste überschminkte.

Während Rosalie den Tisch deckte und alles für den Brunch vorbereitete, läutete das Handy. Karim rief an.

„Hallo Schatz, hat der Mädchenbrunch schon begonnen?"

„Nein, sie haben noch zehn Minuten. Sie werden wie immer pünktlich sein.

Wie war das Seminar?"

„Sehr interessant, muss ich sagen. Stell dir vor, ich habe einen alten Freund aus dem Studium getroffen."

„Wie nett“, antwortete Rosalie, als es an der Tür klingelte.

„Ich muss auflegen, das Familien-Catering ist bereits eingetroffen.“

„Dann hab viel Spaß und liebe Grüße!“

Rosalie rief noch ein „Danke“ in das Telefon und lief zur Tür.

Als sie die Tür öffnete, fand sie zwei gut gelaunte Frauen vor, die mit Einkaufstüten beladen, plaudernd die Wohnung betraten.

„Ich hoffe, du hast Appetit, Rosalie. Deine Schwester war nicht aufzuhalten. Sie hat eine riesige Menge an Lebensmitteln eingekauft. Ihr werdet noch Wochen davon leben können“, erzählte Linda.

„Ich konnte mich einfach nicht entscheiden“, ergänzte Sophia lachend.

Rosalie half beim Auspacken, das vom Klappern des Geschirrs begleitet wurde. Der Brunch war eine lebhafte Versammlung, die sich in angeregten Gesprächen verlor. Rosalie tat die Anwesenheit ihrer Familie gut und stimmte sie zufrieden, als würden die Sorgen für eine kurze Zeit verblassen.

Gegen 15:00 Uhr war der nächste Termin bei Frau Doktor Schwarz angesetzt. Es war später Nachmittag, als Rosalie die Ordination verließ. Sie hatte jegliches Gefühl für die Zeit verloren.

Rosalie schlenderte auf ihrem Heimweg durch Wien, begleitet von den Schatten der Vergangenheit. Beim Spaziergang durch die engen Gassen streifte eine angenehme Brise ihr Gesicht. Während die kühle Luft ihre Sinne umhüllte, begann sich die Sonne langsam hinter den Gebäuden zu verstecken, während die Straßen in Dämmerung gehüllt wurden. Ihre Gedanken waren still. Das Gedankenkarussell machte gerade Pause. Sie fühlte eine Leere. Die Erlebnisse der letzten Wochen zogen an ihr vorbei. Der Sturm hatte ein Schlachtfeld hinterlassen, mit Trümmern und Verwüstung.

Chaos, Verwirrung und Angst rückten in den Vordergrund. Längst versperrte Türen begannen, sich einen Spalt zu öffnen und ein dezenter Lichtstrahl stahl sich durch die Ritzen. Die alten Gebäude, an denen sie vorbeischlenderte, waren stille Zeitzeugen dieser Turbulenzen, die in ihrem Inneren tobten und die immer mehr das Außen beeinflussten. Sie war zum Auge des Sturms geworden. Die Erfahrung hatte ihr gezeigt, dass sie sich in schwierigen Zeiten lieber zurückzog, anstatt sich den Herausforderungen zu stellen.

Sie hatte als Kind gelernt, zu schweigen, um nur keine Aufmerksamkeit zu erregen. Aber mit den Jahren erkannte Rosalie, dass sie nicht mehr auf Zehenspitzen durchs Leben gehen wollte. Sie musste sich nichts alles gefallen lassen. Sie lernte, sich zu wehren. Aber der alte Groll blieb und wuchs mit ihr heran.

Das Leben ist Veränderung. Ein neuer Tag. Es forderte Rosalie. Holte es aber auch das Beste aus ihr heraus? Bei ihr waren es die Angst und die Schuld der Vergangenheit. Sie waren wie Wellen im Ozean, die gerade über sie hereinbrachen.

Die Begrenzungen, die sie in sich trug, fielen auch nicht inmitten der alten, vertrauten Straßen der Stadt ab. Jeder Schritt, den sie setzte, war keineswegs die erhoffte Befreiung, die sie sich wünschte. Die Stadt flüsterte ihr zu und mit der Zeit trug der Wind ihr ein Lachen entgegen, das sie kannte.

Plötzlich vernahm sie eine bekannte Stimme. Es war Karim, der mit ein paar Freunden ausgelassen vorbeischlenderte. Er bemerkte Rosalie nicht. Sie hatte sich die Kapuze ihrer Jacke übergestülpt und stand weiter weg. Menschenmassen tummelten sich am Graben. So war es ihm unmöglich, sie zu erkennen.

Ihr enger Vertrauter wirkte plötzlich distanziert und auf eine seltsame Art und Weise fremd. Sein ungewöhnliches Verhalten ließ sie ahnen, dass etwas nicht stimmte. Er wirkte fremd und genoss die Aufmerksamkeit der Gruppe. Er inszenierte sich, was sie gar nicht von ihm kannte. Aber sie ging auch wenig mit ihm aus und erlebte ihn mit anderen. Er war kommunikativ und hatte keine Probleme, Anhang zu finden.

Es war ein eigenartiges Gefühl. Sie konnte es nicht beschreiben. Vielleicht war sie nur neidisch. Etwas in ihrem Bauch sprach mit ihr. Eine Art innere Stimme. Als würde die Vertrautheit zwischen ihnen zerrinnen. Rosalie fühlte sich plötzlich verlassen und alleine, inmitten ihrer eigenen Gedanken und Zweifel. Er wirkte so ausgelassen, wie sie es nie war.

Ihr Vertrauen begann zu schwanken, sie begann, ihre eigenen Erinnerungen und Wahrnehmungen in Frage zu stellen.

Rosalie hatte wieder einmal das Gefühl, verrückt zu werden. Der Verlust der Kontrolle über ihre eigenen Gedanken und Emotionen machte Rosalie zu schaffen. Diese Verwirrung, begleitet von Paranoia zog mit jedem Tag mehr Lebensenergie mit sich. Eine erschreckende Realität, die vom Strudel der Unsicherheit ihr Leben negativ beeinflusste. Jede Entscheidung war riskant und jede Handlung potentiell fatal.

Diese Empfindung von Verrat und Entfremdung von einer Person, der sie vertraut hatte, hatte tiefe Wunden hinterlassen. Die Leichtigkeit hatte sich aus dem Staub gemacht und wollte den Weg nicht mehr zurückfinden.

Die Rillen in den Pflastersteinen erinnerten sie an klaffende Risse, die ihre momentane Instabilität und Unsicherheit widerspiegelten. Rosalie weigerte sich, in eine Opferrolle gedrängt zu werden, aber sie hatte sie nie aufgelöst. Sie zeigte sich unaufhörlich und ließ sie nicht los. Es fühlte sich an, als würde sie sich auf haltlosem Boden befinden. Sie hatte ihr Leben lang um Unabhängigkeit gekämpft und jetzt dümpelte sie erneut in dieser Opferrolle. Eine dunkle Pfütze, die nichts zu erkennen gab. Ihr Verstand schien ihr Streiche zu spielen und zog sie immer mehr in einen Strudel der Verzweiflung.

Rosalie befand sich momentan in einem ständigen Konflikt zwischen dem, was sie für die Wahrheit hielt und den Illusionen, die sie aufbaute. Es war schwierig geworden, es zu unterscheiden. *War sie noch ein Wesen aus Fleisch und Blut oder bereits seine Marionette, die er tanzen ließ, wie es ihm gefiel?* Der Pastor heftete sich an ihre Fersen.

Aber das wollte er. Sie begann, an ihrem geistigen Zustand zu zweifeln.

Folgte sie einem falschen Narrativ oder waren ihre Zweifel und Ängste gerechtfertigt? Er war wie eine unsichtbare Barriere, die ihren Geist umschloss, während sie verzweifelt nach einem Ausweg suchte.

Sie wusste nicht mehr, wem sie trauen konnte. *Karim telefonierte mit ihrer Psychiaterin. Der Pastor wollte ihre Wahrnehmungen manipulieren. Er war ein Meister seines Faches.*

Wer war noch Freund und wer war Feind? Seltsam, dass sie plötzlich so vieles in Frage stellte. Der Pastor kippte ihr ganzes Leben auf den Kopf.

Sie begann, ihr Tempo zu beschleunigen, während ihr Puls sich erhöhte. Die kühle Luft brannte in ihrer Lunge, die nach mehr Sauerstoff verlangte. Es war, als würde sie keine Luft bekommen und jemand seine Hände um ihren Hals legen, um sie zu erwürgen.

Sie wollte die Straße überqueren. Plötzlich streiften sie die Lichter eines Autos. Die flackernden und pulsierenden Scheinwerfer warfen unruhige Schatten auf die Straße und blendeten Rosalie. Sie schreckte zurück, zu sehr war sie in ihren Gedanken versunken. Es löste einen Flashback aus.

Sie stand vor der Couch, ihr Vater röchelte, während ihm der Schaum aus dem Mund lief. Es war, als würde Rosalie sich selbst dabei zusehen, wie sie das Polster in ihre Hände nahm. Sie spürte, wie Wut an ihr hochkroch. Ihre Muskeln spannten sich an, ihr Herzschlag beschleunigte sich. Ihre Hände ballten sich zu Fäusten und sie konnte spüren, wie ihre Finger zitterten. Die jahrelange Zurückhaltung wurde von einer unaufhaltsamen Flut überwältigt, die ihre Gedanken überschwemmte. Jede unterdrückte Träne, jeder unausgesprochene Schmerz, der Verlust der Mutter, schienen sich in diesem einen Moment zu entladen.

Ihre Augen funkelten vor Zorn, als eine vertraute Stimme die emotionalen Wogen durchbrach.

„Rosalie, Rosalie warte!“, rief Karim. Er war etwas außer Atem.

Die Panik in ihren Augen machte ihm Sorgen. „Was ist passiert?“, rief er.

„Das Licht! Es hat mich in die Vergangenheit zurückkatapultiert. Ich war so wütend!“, brüllte sie und warf sich gleichzeitig in Karims Arme.

Sie spürte, wie die Beklemmung langsam verebbte. Als seine Arme sie umschlangen, schien die Welt stillzustehen und sie fühlte, wie die Wut wieder aus ihrem Körper wich. Diese Nähe und die vertraute Umarmung brachten Trost und Sicherheit. Sie wusste, sie war nicht alleine. Das war alles, was zählte. Die wilden Fluten ihrer Gefühle hatten sich gelegt und die Erinnerung endete.

„Ich denke, die Sitzung hat mehr ausgelöst, als ich dachte. Er drängt mich in eine vergangene Opferrolle.“

„Nächstes Mal ruf mich an, ich hole dich ab oder bitte Sophia, dich zu begleiten“, meinte Karim.

„Unterschätze nicht, was Gespräche auslösen können. Du hast jahrelang so vieles verdrängt. Du wusstest, es würde nicht einfach werden.

Gehen wir nach Hause, Rosalie“, flüsterte Karim besorgt. Er nahm ihre Hand.

„Ja, das machen wir“, murmelte Rosalie, während sie Karims Hand fest umschloss und nie wieder loslassen wollte.

Die Dunkelheit, die kurz etwas bedrohlich wirkte, konnte sie nun nicht mehr erschüttern.

Eine Pferdekutsche fuhr an ihnen vorbei. Sie vernahm das Klappern der Hufe am Asphalt. Es war ein beruhigender Rhythmus, der sich mit den Geräuschen der Stadt vermischte und sie entspannte. Es war wie eine zarte Melodie, die die Stille der Dämmerung durchbrach.

Sie wollte so gerne wieder die Schönheit des Augenblicks entdecken. Wer weiß, wie viel Zeit ihnen noch blieb. Ihren Geist befreien von den Fesseln. Rosalie atmete Karims vertrauten Duft ein, der ihre Nase streifte. Er war wie eine Pause von all dem Chaos und den lärmenden Klängen in ihrem Kopf. Klick. Ein kleiner

Screenshot für ihre Sammlung an Erinnerungskugeln. Dieser Moment würde sich nicht mehr wiederholen.

Sie fuhren mit dem Aufzug ins Dachgeschoss. Rosalie tänzelte förmlich zur Haustür. Sie fühlte sich immer so leicht mit Karim. Er durfte sie nie verlassen.

Karim ging zum Weinkühler und holte einen Cuvee und zwei Gläser.

Sie setzten sich zum Panoramafenster. Für den Balkon war es zu kühl.

Er stellte ein paar Oliven, Parmesanstückchen und Cracker auf den Tisch. Karim war immer so fürsorglich. War es noch *ehrlich?* Diese Frage wollte sich Rosalie nie stellen. Nun war es so weit. Das Leben war Veränderung und sie spürte sie in all ihrer Intensität und Traurigkeit.

Es hing eine gewisse Spannung in der Luft, als er ihr das Glas Wein einschenkte, ein Nachhall der turbulenten Ereignisse, die sie in den letzten Wochen gemeinsam erlebt hatten. Ihr Blick traf seinen, und für einen Moment hingen sie in der Stille fest, beide verloren in ihren Gedanken und Emotionen.

Sie blickten über die Dächer Wiens.

Es war, als würden alle Grenzen zerfließen. Klick. Screenshot.

Es war immer ein Erlebnis.

Es dehnte sich etwas in ihrer Brust aus und schaffte Platz. Ein Gefühl der Freiheit, das sich bemerkbar machte. Als würden die Probleme von oben so viel kleiner erscheinen.

Rosalie beobachtete Karim. Prägte sich jede einzelne Mimik ein. Screenshot. Seine zarten Fältchen, wenn er lächelte. Die Bewegung seiner Augenbrauen, wenn er etwas erzählte.

Sie nahm einen Schluck Wein. *War er noch ein Freund oder schon Feind*, fragte sie sich.

„Sag mir die Wahrheit, Karim. Kann ich dir noch vertrauen?“, fragte Rosalie und ließ das Glas sinken.

Karim schaute sie an. „Es ist seltsam, wie die Stille nach all den Jahren so viel lauter war als unsere Worte.

Es tut mir weh, dass du mir misstraust.“

„Die Vergangenheit wirft ihre Schatten.“

„Wollen wir sie nicht endlich gemeinsam durchbrechen, Rosalie?“

„Ich denke, die Tiefe der Verletzungen verschlingen mich. Mein Vertrauen kippt täglich. Ich habe Angst, dass sich alles wiederholt, Karim.“

„Was könnte den schlimmer werden, als es jetzt schon ist?“ Im Hintergrund lief `Ain`t no mountain high enough`

Irgendwie passend. *Was aber, wenn der Berg nicht zu erklimmen war, weil die negativen Gedanken es verhinderten*, dachte Rosalie.

„Ruf Isabella Schwarz an und mach dich auf den Weg, Rosalie. Ich weiß nicht, wie es sonst weitergehen soll.

Egal, was ich mache, ich mach`s falsch.

Ich bin ratlos." Karim war eben auch nur ein Mensch.

Manchmal brachte sie Karim an seine Grenzen.

Diese so besondere Verbundenheit über all die Jahre bekam einen Riss, der tief in ihr Herz drang. Rosalie setzte sich abrupt auf und schaute Karim an: „Wirst du mich verlassen?"

„Nein, natürlich nicht, aber das ist jetzt gar nicht Thema", antworte Karim und seufzte tief.

„Es geht um Dich und Deine Lebensqualität, Rosalie! Willst du so weitermachen?"

„Nein, will ich nicht."

Rosalie probierte, die Kontrolle zu durchbrechen, die nach Sicherheit strebte. Es gelang ihr nicht. Sie konnte nicht anders, als alles bis ins kleinste Detail zu durchdenken.

Die Altlasten waren schuld. Sie versuchten, sie zu kontrollieren und in die Irre zu treiben.

Rosalie war zum Sklaven ihrer Gedanken geworden.

„Ich weiß."

„Du hast immer gesagt, ich darf nicht alles glauben, was ich denke. Ich versuche es, aber schaffe es nicht.“

Es waren genau diese Gedanken, die Ihr das Leben schwer machten.

Wie gerne würde sie aus dem Gedankenlabyrinth aussteigen. Es fehlte der passende Schlüssel für den Ausgang. Die Türen zur Lösung schienen alle versperrt.

Es war, als würde sich die früheren Zeiten wiederholen. Die Einflüsse der Vergangenheit streckten sie heute zu Boden. Sie war bewegungslos. Ihre Kraft schien sich zu verabschieden.

Wie gerne würde sie ihr Segel ändern, aber es war zu spät. Sie hatte das Gefühl, dass die Orientierungslosigkeit sie im Dauertakt ereilte. Sie wollte die Wahrheit sehen. Konnte sie aber nicht erkennen. Die Angst stellte sich ihr in den Weg.

Die Hoffnung ließ sie hängen.

Es war Zeit für eine neue Bestandsaufnahme ihrer Gedanken.

Sie war zu müde für weitere Diskussionen.

Sie wünschte Karim eine gute Nacht. Sie konnte seine gespielte Fürsorglichkeit nicht mehr länger ertragen. So schaufelte er die Grube ihrer Opferrolle tiefer, aus der es kein Entrinnen gab.

Sie brauchte Schlaf und morgen würde sie alles neu überdenken. „Ich bin zu müde, weiterzureden. Ich brauche Schlaf." Den Kopf gesenkt, schlurfte sie ins Bad.

„Wie du meinst Rosalie."

Rosalie wusch ihr Gesicht, putzte sich die Zähne und schlüpfte aus ihren Kleidungstücken. Ihr Seidenpyjama, den sie überzog, fühlte sich leicht an.

Es war eine Wohltat. Sie nahm eine Schlaftablette aus der Vitrine. Die war wie ein Trostpflaster, das sie aufklebte. Sie konnte sich darauf verlassen, durchzuschlafen. Die Flashbacks zu durchbrechen. Das war im Moment alles, was sie brauchte.

Karim rückte in den Hintergrund. All die Emotionen, die sie mit ihm verband, zerrannen plötzlich. *Wie konnte das sein?*, dachte Rosalie.

Nach all den Kämpfen und Qualen, die sie durchlitten hatte, war sie nicht weitergekommen. Ihr Fokus war völlig verrückt. Er war zerbrechlich und unzuverlässig in den emotionalen Wogen untergegangen. Sie war gefangen im Netz des Pastors und die Spinne näherte sich bedrohlich schnell. Es drehte sich alles nur mehr um den Pastor.

Sein unersättlicher Hunger wollte gestillt werden. Ein Jäger, der seinem Opfer auflauerte. Gierig danach, seine Beute zu erlegen.

Kapitel 13

Freund oder Feind?

Der Wecker zeigte 7:30 Uhr.

Sie fühlte sich wohler. Karim war bereits fort.

Als sie sich umdrehte und auf die leere Seite neben sich schaute, entdeckte sie einen kleinen Notizzettel.

„Guten Morgen, Liebes. Ich hoffe, du fühlst dich heute besser. Bin für Dich da.“

Es war schon länger her, dass sie einen wirklich schönen Tag erlebt hatte. Als sie ihrer Fantasie nachhing, ohne verfolgt zu werden.

Rosalie musste auf die Station. Vorher wollte sie aber noch mit dem Nachbarshund Gassi gehen. Ein Spaziergang würde ihr guttun.

Zwei Stunden später fuhr sie zu ihrer Arbeitsstelle. Sie musste mit einem Kollegen ihre Forschungsarbeit besprechen. Rosalie versuchte ein Zusammentreffen mit dem Pastor vermeiden. Gerade als sie an seinem Zimmer vorbeischleichen wollte, hörte sie ihn lachen. Irritiert wagte sie einen Blick hinein.

Er telefonierte und wirkte sehr entspannt. So hatte sie ihn noch nie erlebt. Sein Gesichtsausdruck schien das erste Mal nahbar, was sich in dem Moment, in dem er den Anruf beendete und das Handy wieder weglegte, änderte. Er verabschiedete sich mit einem: „Tschüss, meine Liebe!“, und lehnte sich zurück, während er seine kabellosen Kopfhörer in die Ohren steckte. Plötzlich drehte er sich in ihre Richtung und das auf seinen Lippen und in seinen Augen liebevoll nachleuchtende Lächeln veränderte sich. Es war nicht mehr das liebevolle Lächeln, das er beim Telefonieren demaskierte. Es wurde zu einem kalten, sicheren Gesichtsausdruck. In seinen Augen lag eine Entschlossenheit, die ihr Angst machte. Rosalies Herzschlag beschleunigte sich.

Sie besprach gerade noch ein paar Sachen mit einem Arztkollegen, als sie wieder an Beckers Zimmer vorbeiging.

Es war Besuchszeit und sie sah eine Frau an seinem Bett sitzen. Sie kam ihr seltsam bekannt vor. Er lächelte wie bei dem Telefonat, bei dem Rosalie ihn beobachtet hatte. Seine Augen hatten ihre Kälte verloren und es ging tatsächlich eine Wärme von ihm aus, die sie nicht kannte. *Wer mochte diese Frau sein?*

„Es ist so schön, dass du dir kurz Zeit genommen hast, mich zu besuchen, Isabella“, meinte Pastor Becker.

„Natürlich, für dich doch immer, mein Lieber“, antwortete die Frau, während sie ihm liebevoll auf den Oberschenkel klopfte.

„Ich bin so froh, dass Rosalie sich entschieden hat, zu dir in deine Ordination zu kommen.“

„Ja, Karim und du, ihr habt mich da gut unterstützt.“

„Kommt ihr voran? Konntest du schon eine Diagnose stellen?

Ich mache mir wirklich Sorgen um sie.“

„Ich habe mir bereits ein Bild gemacht, zu einer genauen Diagnose brauche ich noch ein paar Fakten. Aber ich habe eine Ahnung.“

Der Pastor ergriff ihre Hand und schenkte ihr ein Lächeln, von dem Rosalie nie dachte, dass so etwas überhaupt für ihn möglich war.

Rosalie verharrte hinter der Tür. Als ihre Blicke erneut auf die Frau fielen, erkannte sie sie in der Sekunde. Es war Frau Doktor Isabella Schwarz. Ihr Herz begann wie wild zu klopfen.

Was machte sie hier bei ihrem Feind?

Rosalie wurde nervös. *Machten sie gemeinsame Sache?*

Was ging da vor sich?

Ihr Hals wurde enger. Rosalie bekam keine Luft.

Erneute Zweifel zeigten ihr Gesicht. Das Gedankenkarussell startete und die Emotionen begannen zu kochen. Rosalies Knie wurden weich und sie drohte, einzuknicken. Es kam ihr vor, als würde ein Netz aus Intrigen um sie gesponnen werden. Gefangen in einem undurchdringbaren Geflecht aus Lügen und Verrat. Sie verstrickte sich immer mehr darin. Es verdeckte ihr die Sicht.

Der Anker, den Rosalie auszuwerfen versuchte, fand keinen Halt. Der Boden war zu rutschig geworden. Dieser ständige Strudel an Unsicherheiten und Zweifeln, während die Welt sich um sie herum zu verdunkeln drohte.

Isabella Schwarz hat vielleicht ganz bewusst diese innere Zerrissenheit ausgelöst. Die Zweifel an der Psychiaterin wuchsen. Sie war ein Profi auf ihrem Gebiet und konnte die Prozesse lenken. Sie konnte sie manipulieren. Isabella Schwarz hatte ihr Vertrauen gewonnen und lenkte sie ins Verderben.

Hatte sie sie absichtlich in eine gewisse Richtung gelenkt, fragte sich Rosalie. *Was, wenn sie sich doch der Hypnose bediente und sie damit beeinflusste? Die Erinnerungsfetzen gar nicht stimmten und ihre Gedanken und Emotionen manipuliert wurden?* Eine Vertrauenskrise begann zu wachsen, wie Unkraut in einem Garten. Ein zartes Keimen schnell wachsender Schlingpflanzen, die ihr Herz umschlangen und es zu zerquetschen drohten. Der Stein kam langsam ins Rollen. Es lag etwas Unheimliches in der Luft, eine bedrohliche Spannung, die jeden Moment explodieren konnte.

Nächster Tag:

Als Rosalie aufwachte, hatte sie so gut wie lange nicht geschlafen. Als hätte sie kurz alles ausgeblendet, was auf sie hereinprasselte.

Natürlich war es dem Schlafmittel geschuldet, aber die ungewohnte Stille war dennoch irritierend. Diese Ruhe im Schlaf war ungewöhnlich, hatten die belastenden Albträume zu lange viel Raum eingenommen und ihr die Erholung geraubt.

Karim war normalerweise schon vor ihr wach und trällerte in der Dusche vor sich hin. Anschließend hantierte in der Küche. Sie drehte sich um, aber er lag auch nicht neben ihr.

Sie schreckte hoch und rief seinen Namen: „Karim?" Sie krabbelte aus dem Bett, fand keine Pantoffeln und machte sich barfuß auf den Weg ins Bad.

Auf dem Boden neben dem Bett sah sie ihn. Seine Augen weit geöffnet, der Blick durchdringend. Ein Messer durchbohrte seinen Bauch. Die Aorta war getroffen.

Ihre nackten Füße standen in einer Blutlache. Panik stieg in ihr hoch, aber die Ärztin in ihr versuchte, die Situation zu kontrollieren. Die Mischung aus Schock, Trauer und Panik überwältigte sie jedoch. Ihre Hände zitterten, während ihre Gedanken in einen Strudel der Verzweiflung gezogen wurden. Sie konnte nicht mehr klar denken. Die Welt um sie verschwamm, während sie das Gefühl hatte, in einem Albtraum gefangen zu sein, aus dem es kein Entrinnen gab.

Plötzlich stand ihr Nachbar in der Tür. Er musste den offenen Spalt gesehen haben.

„Ist jemand da?“, rief er in die Wohnung. „Rosalie, Karim?“ Er trat vorsichtig ein, als er Rosalie blutüberströmt im Schlafzimmer vorfand. Sie erschrak, als sie ihn sah. Ihr Herz raste. Rosalie drückte auf Karims Brustkorb, obwohl die Ärztin in ihr wusste, dass es keinen Sinn hatte. Er hatte zu viel Blut verloren. Ihre Kraft war am Ende.

Sie schrie ihn an: „Karim!“, während sie ihn bei den Schultern packte und rüttelte. Der Nachbar war wie gelähmt.

„Was ist passiert, Rosalie?“, fragte er, stotternd vor Aufregung. Als er den Toten am Boden liegen sah, überkam ihn Übelkeit und er rannte aus dem Zimmer. Er rief den Notarzt. Gleichzeitig wurde die Polizei informiert.

„Karim!“, versuchte sie es noch einmal. Dann tastete sie mit zitternden Händen seinen Hals entlang. Kein Puls spürbar. Dann sackte sie zusammen. Der Pastor nahm sich ihr Liebstes. Ihr Blick war von dem Tränenstrom völlig ver-

schwommen. Sie war fassungslos und wütend zugleich.
Voller Panik ihre letzten Kräfte mobilisierend, warf sie sich erneut auf den regungslosen Körper, der keinen Widerstand leistete. Es ging keine Regung von ihm aus. Ihre Halsschlagader pulsierte wie verrückt und sie fühlte, wie Becker ihre Kehle abschnürte.

Ihre Kraft war erschöpft. Sie konnte ihren geliebten Karim nicht mehr retten.

„Was ist passiert?“, fragte der eintreffende Notarzt.

Rosalie sah ihn an.

Sie erzählte völlig teilnahmslos, wie sie ihren Freund gefunden hatte und den genauen Ablauf. Die Ärztin in ihr hatte wieder Oberhand gewonnen.

Sie strich liebevoll über Karims blassen Wangen.

Es war hoffnungslos. Seine Lippen färbten sich anfänglich blau, bis sie ihre Farbe zur Gänze verloren. Karims charismatisches Lächeln war erloschen. Mit ihm all die Lebendigkeit, die ihn ausmachte. Das Braun seiner Augen würde sie nie wieder sehen. Screenshot.

Der Nachbar stand wie gelähmt zwischen Tür und Angel. Der Anblick, der sich ihm bot, war zu verstörend. Er konnte die Situation nicht wirklich einschätzen. Rosalies Tränen tropften auf den Boden und mischten sich mit Karims Blut. Ein letztes Mal vereint. Die Tränen nahmen ihr die Sicht, während das Blut ihren Pyjama durchtränkte.

Sie wollten Karim mitnehmen. Jede Hilfe kam zu spät. Rosalie sprang auf und stürmte zu Karim. Verzweifelt stürzte sie sich noch einmal auf ihn.

Zwei Sanitäter stützen sie, während der Nachbar einen Stuhl holte. Rosalie war blutüberströmt. Der Nachbar hatte die Telefonnummer der Schwester, die sie sofort anriefen.

„Die Tür stand offen, Rosalie, warst du das?“, fragte der Nachbar, der wieder seine Worte fand.

„Nein, ich habe die Tür nicht offengelassen“, antwortete sie verzweifelt. „Ich habe fest geschlafen. Habe ein Schlafmittel genommen.“

Sie warteten, bis die Schwester eintraf. Rosalie fiel ihr in die Arme. Der Notarzt unterhielt sich noch kurz mit Sophia und informierte anschließend den psychiatrischen Notdienst, der 24 Stunden zur Verfügung stand. Sophia wusste, dass Rosalie Medikamente zur Beruhigung hatte und erklärte ihm, dass sie gleich die behandelnde Ärztin informieren würde. Kurz nach Eintreffen von Rosalies Schwester kam die Polizei. Sophia versuchte währenddessen, Isabella Schwarz zu erreichen:

„Es ist ein Notfall, es ist etwas Schreckliches passiert.

Bitte rufen sie mich so schnell wie möglich zurück.“ Sophias Stimme war aufgeregt, aber sie versuchte, sich zusammenzureißen.

Dann unterhielt sie sich gemeinsam mit Rosalie mit den Polizisten. Die sicherten sofort den Tatort und vernahmen auch den Nachbarn. Der Verdacht wegen Einbruch und Mord war naheliegend. Die Spuren am Tatort mussten gesichert werden. Dann nahmen sie seine Daten auf und schickten den blassen Mann zurück in seine Wohnung. Sophia war ja nicht nur Schwester, sondern agierte gleichzeitig als Rosalies Anwältin.

Der Notarzt und die Sanitäter verabschiedeten sich und fuhren mit dem toten Karim in die Pathologie. Der psychiatrische Notdienst erschien relativ rasch und versorgten Rosalie nach einem kurzen Gespräch mit einem Beruhigungsmittel.

Eine Stunde später rief auch Isabella Schwarz zurück.

„Rosalie hat Karim erstochen aufgefunden. Der psychiatrische Notdienst hat Rosalie bereits versorgt“, sprach Sophia aufgeregt ins Telefon.

„Wie furchtbar. Wie entsetzlich“, erwiderte Isabella Schwarz.

„Ich schaue morgen nach ihr“, antwortete die Psychiaterin. „Danke Frau Doktor Schwarz.“

Sophia ging ins Schlafzimmer und holte frische Sachen zum Anziehen. Die blutverschmierte Kleidung packte sie in einen Sack, den sie der Spurensicherung mitgeben musste. Da Rosalie automatisch unter Tatverdacht stand, aber keine Fluchtgefahr bestand, hatte Sophia es eingefädelt, dass sie nach Hause zu den Eltern fahren konnte. Sie packte noch eine Tasche für Rosalie, da sie sicher ein paar Tage nicht nach Hause kommen würde.

Ein paar Stunden später holte sie Stefan Hartmann mit dem Auto ab und nahm seine Töchter mit nach Hause. Er kam aus einem langen Meeting. Zuhause wartete auch schon eine aufgeregte Renate Hartmann, die sie alle in Empfang nahm.

Sie brachten Rosalie in ihr Zimmer und legten sie hin. Rosalie wollte die Realität ausknipsen, aussteigen aus der Leere.

Wie viel Verluste musste sie noch verkraften, fragte sie sich.

Freunde und Feinde verschwammen immer mehr.

Zwei Tage später:

Rosalie hatte viel geschlafen. Karims Tod war surreal. Keiner sprach es an. Die Realität des Verlustes verdrängte sie, aus Angst vor dem unaufhaltsamen Schmerz, der sich zeigen würde.

Es war wie eine stickige Dunkelheit, die sich um sie legte, erdrückend und unentrinnbar. Sie hatte das Gefühl, ihr Herz hätte sein Klopfen eingestellt. Es war kaum zu hören.

Nicht, dass Karim es nicht verdient hätte, schoss es ihr plötzlich in den Kopf. *Er hätte mich irgendwann sowieso verlassen.*

Was war das für eine Stimme in ihrem Kopf? Nie würde sie jemals so einen Gedanken hegen. Rosalie zuckte zusammen. Es war diese fremde Stimme in ihr, die sie zu verdrängen drohte. Wenn es einen Schuldigen gab, dann war es der Pastor. Er war die Stimme in ihrem Kopf. Vielleicht hatte er die Macht, sie so zu manipulieren, dass sie sogar tötete?

War sie dazu imstande?, fragte sie sich.

Diese Unsicherheit nagte an ihrem Verstand.

Sie fühlte sich wie ein Floß, das dahintrieb in den stürmischen Gewässern der Ereignisse, ohne Kontrolle und eigene Bestimmung.

Die Geschehnisse waren zu verstörend. Die Medikamente dämpften zunehmend ihren Verstand.

Ihre Psychiaterin machte täglich einen Hausbesuch.

Die Freigabe von Karims Leichnam dauerte. Der Beisetzung wollte Rosalie nicht beiwohnen. Sie würde es emotional nicht schaffen.

Die Familie akzeptierte ihre Entscheidung.

Eine Woche später vereinbarten sie einen Termin in der Ordination.

Stefan Hartmann fuhr sie hin. Sophia würde sie wieder abholen.

Kapitel 14

Der Vorhang fällt

Sitzung 6: Ordination Dr. Isabella Schwarz

Rosalie wollte gerade auf den Klingelknopf der Ordination drücken, als sie bemerkte, dass die Tür einen Spalt offenstand. Sie gab der Tür einen Schubs und öffnete sie. „Doktor Schwarz?", rief Rosalie in den Raum, aber bekam keine Antwort.

Vorsichtig trat sie ein. Ihre Blicke erkundeten den vertrauten Vorraum. Normalerweise kam ihr Isabella Schwarz hier schon entgegen.

Die Sitzungen hatten ihr anfangs Sicherheit gegeben. Sie waren eine Tür zu ihrer Vergangenheit, die sie öffnete, wenn sie kam und wieder schloss, wenn sie ging. Heute spielte es keine Rolle mehr. Sie kam nur mehr hierher, weil ihre Familie sie darum bat. Rosalie hatte das Gefühl, es war das letzte Mal.

„Frau Doktor Schwarz!", rief sie wiederholt in den Raum, aber bekam keine Antwort.

Sie ging vom Vorraum zur Tür des Ordinationsraumes, die ihr weit geöffnet Einblick gewährte. Donnerstags war sie ohne Sekretärin.

Dieser gemütliche, klare Raum, wo sie bereits einiges über sich und ihre Vergangenheit erfahren hatte, fühlte sich leer an. Keine Spur von ihrer Ärztin.

Rosalie erblickte das schwarze Notizbuch auf dem Schreibtisch. Es lag offen auf dem Tisch.

Rosalie näherte sich und begann, darin zu blättern. Es enthielt natürlich auch Notizen über andere Klienten, aber Rosalie interessierte sich nur für ihre eigenen.

Sie nahm Platz, legte das Buch auf ihre Oberschenkel und verschlang gierig die Aufzeichnungen der Psychiaterin.

Ein seltsames Gefühl, wenn man über sich selbst liest, dachte Rosalie.

Aufzeichnungen von Dr. Isabella Schwarz Therapiesitzungen mit Dr. Rosalie Hartmann

Erste Sitzung:

Rosalie Hartmann ist 35 Jahre, ist Ärztin und kommt aus freien Stücken zu mir. Sie fühlt sich verfolgt. Hat Angst, leidet an Albträumen.

Sie wirkt etwas ängstlich und kontrolliert.

Erfolgreiche Ärztin – Studium in Rekordzeit.

Die Klientin hat noch immer Lücken in ihrer Vergangenheit, die laut ihren Erzählungen erst mit dem Alter von sechzehn Jahren beginnt.

Was war davor?

Fragestellung: Verleugnung? Amnesie?

Haben die Probleme schon im Kindesalter begonnen?

Warum Erinnerungslücken? Verdrängung?

Verlust der Mutter – Probleme mit dem alkoholkranken Vater.

Es gibt einen Freund, mit dem sie zusammenlebt. Er ist Psychiater.

Es gibt eine Adoptivfamilie, die sie immer sehr unterstützt hat.

Sie leidet seither an Depressionen, konnte aber mit Gesprächstherapie und Musiktherapie eine Stabilisation erreichen.

Diagnose: Kann mich noch nicht festlegen.

Eingehende Recherchen wegen Außenanamnese notwendig.

Zweite Sitzung:

Rosalie Hartmann wirkt sehr motiviert. Ist die Motivation echt? Sie möchte ihrer Angst auf die Spur gehen. Ihre emotionalen Zustände scheinen instabil.

Fragestellung: Ist die Bedrohung Realität oder Einbildung?

Die Klientin versucht, die Situation zu kontrollieren.

„*Einbildung, ernsthaft Frau Doktor Schwarz!*“, stellte Rosalie entsetzt fest. Sie konnte nicht glauben, was sie da las.

Dann blätterte sie aufgeregt weiter. Die Zeilen erreichten ihre ganze Aufmerksamkeit.

Verdrängung oder Verleugnung der Vergangenheit?

Sie begegnet der Vergangenheit unbewusst mit Widerstand.

Wut spielt ein zentrales Thema. Wurde scheinbar als Kind ausgelöst und nicht therapiert.

Eine innere Wut, die gefährlich nach außen treten könnte?

Die Aufzeichnungen der Psychotherapeutin waren oberflächlich.

Albträume. Flashbacks.

Gespräch mit Adoptivfamilie. Sehr aufgeschlossen. Interessiert an einer Weiterentwicklung von Rosalie.

Dritte Sitzung:

Meine Klientin erzählt nur das, was sie will. Prinzipiell ein sinnvoller Abwehrmechanismus. Sie möchte nicht hinschauen.

Fragestellung: Pathologischer Richtungsverlauf?

Erkennt sie ihre Symptome wirklich oder verdrängt sie auch die Tatsachen?

Eine Vortäuschung falscher Tatsachen. Rosalie tötet und merkt es nicht. Sie hat sich über die Jahre einen Verdrängungsmechanismus angeeignet.

Ich weiß noch nicht, ob sie das bewusst macht oder unbewusst.

Es scheint, als würde sie Teile ihre Vergangenheit ganz verdrängen wollen. Die Erinnerungen sind nur schemenhaft.

Fragestellung: Trauma: Amnesie? Noch nicht geklärt.

Erinnerungslücken und das Gefühl, als wären Teile ihrer Vergangenheit verschwunden, könnten auf eine dissoziative Störung hindeuten.

Verdacht auf multiple Persönlichkeitsstörung oder Verdacht auf dissoziative Identitätsstörung?

Wahrheit tief verdrängt – Mikroepisoden an Wahnvorstellungen möglich.

Abklärung organisch – funktionelle Verleugnung – keinen Zugriff

Fragestellung: Hypnose zum besseren Zugang zum Unterbewusstsein

Oder Psychotherapie?

Ich taste mich noch vor, um herauszufinden, ob hier lediglich eine Verleugnung stattfindet oder eine Amnesie, da wäre die Erinnerung wie ausgestanzt und für die Betroffene nicht mehr existent oder schemenhaft.

Arbeite mit meiner Klientin an: Wahrnehmungssymptomatik

- explorieren
- reflektieren
- wie realistisch sind die Erzählungen
- Widersprüche in den Erzählungen

Rosalies Mund stand offen. Ihre Augenbrauen zogen sich zu einer tiefen Falte.

Sie musste kurz pausieren. Die Aufzeichnungen reizten ihre Wut. Das glosende Feuer entflammte erneut.

Vierte Sitzung:

Rosalie Hartmann spricht von widersprüchlichen Erinnerungen und Identitätskrisen.

Die Diskrepanz zwischen ihrer äußeren Fassade und ihren Konflikten ist offensichtlich.

Die Klientin willigt in eine Hypnosesitzung ein.

Die Tür vor dem 16. Lebensjahr hat sich einen Spalt geöffnet. Hier dürfte Missbrauch stattgefunden haben. Alkohol / Vater dürfte schon früher eine Rolle gespielt haben.

Laut Außenanamnese: Ein Freund aus Kindertagen – Partner für ein paar Jahre.

Lt. Psychiater (Doktor Karim Mousavi) hat sie mit 11 Jahren für ein paar Monate eine Brille getragen. Die Sehstärke war so schnell, wie sie gegangen ist, wieder zurück.

Verdacht: Niemand wollte die Ereignisse sehen, auch nicht ihre Mutter und sie hatte die Übergriffe als Kind mit ihren Augen widergespiegelt. Die Tatsache, nicht hinzuschauen, hat sich in ihrer Psyche manifestiert.

Rosalie musste zehn, elf Jahre alt gewesen sein.

Die sexuellen Übergriffe des Vaters dürften Auslöser gewesen sein für die Identitätsstörungen.

Ein Freund aus Kindertagen, Karim Mousavi: Sie hatte nie über die Vergangenheit gesprochen. Nach und nach bemerkte er, dass sie sich veränderte. Sie war ein paar Jahre in Therapie, aber man konnte keine genaue Diagnose stellen. Trauma aus der Kindheit war die Vermutung. Sie war die letzten Jahre stabil. Er hat ihr versprochen, immer für Rosalie da zu sein.

Trotz der Trennung waren sie freundschaftlich verbunden. Herr Doktor Mousavi kochte für sie, schlief 2-3 Mal die Woche bei Ihr.

Er hatte ihr zu einer erneuten Therapie geraten.

Mein Halbbruder Theodor Hartmann hat mich gebeten, die Behandlung zu übernehmen.

Sein Erscheinen hatte die Angststörungen und Albträume ausgelöst. Sie spürte eine Verbindung, die es ja tatsächlich gab. Er war ihr Patient. Er wusste, wer Rosalie war, aber er hatte keine Ahnung, wie er sie drauf ansprechen sollte. Er wollte sie so gerne kennenlernen.

Als sie es herausfand, war es schon zu spät.

Eifersucht– Flashback, Tod der Mutter – junger Monsignore war ein Feindbild

Fünfte Sitzung:

Es geht um die Loslösung von Eindrücken, Gedanken, Gefühlen, ihrem eigenen Körper

Hypnose – Die Tür geht nicht auf. Lediglich bis zum 16. Lebensjahr kann sie zurückgehen. Kurzer Einblick in das Alter von 10, wo der Missbrauch begann.

Therapie:

Empfehlung – Weiter mit Psychotherapie, um die schmerzhaften Erfahrungen zu bewältigen und das Tor zur Kindheit zu öffnen.

- Braucht Akzeptanz und Respekt
- Druck vermeiden
- Suizidabsichten nicht geäußert, auch in der Vergangenheit keinerlei Versuche

Auf die Frage, ob es jemals verschiedene Seiten ihrer Persönlichkeit gab. Teile, die sie nicht vollständig verstand und von ihrer bewussten Selbstwahrnehmung unterschied, konnte sie nicht beantworten.

Trotzdem ist eine Zerrissenheit zu erkennen.

Ihre dissoziative Störung manifestiert sich deutlich.

Vorsichtige Herangehensweise notwendig, um die Klientin nicht weiter zu destabilisieren.

Die Spannungen nehmen deutlich zu.

Rosalie Hartmann glaubt, von einem Pastor verfolgt zu werden. Der Pastor ist ihr Halbbruder. Sie verliert mehr und mehr den Kontakt zur Realität.

Zusammenbruch der Klientin muss verhindert werden.

Fazit:

Dr. Rosalie Hartmann
Hypnose

Diagnose. Dissoziative Identitätsstörung durch Trauma in der Kindheit bestätigt

Symptome: Ängste, Albträume

Depressionen

Mikroepisoden Wahnvorstellungen, Persönlichkeitsveränderungen, die eine Amnesie zur Folge haben

Angststörung – Angst durch die reduzierte Herzleistung getriggert.

Depression

Die Frage, ob sie das Gefühl hat, dass es verschiedene Seiten ihrer Persönlichkeit gibt, werde ich bei der nächsten Sitzung eruieren, die mir weitere Aufschlüsse zu ihrer Erkrankung geben wird und eine Diagnose gestellt werden kann.

Sie selbst hat bis heute noch nicht in irgendeiner Art und Weise das Gefühl vermittelt, zu wissen, was sie während dieser Mikroepisoden tut.

Die Möglichkeit, dass sie in diesen Phasen tötet, ist gegeben.

Verdacht der Wahnvorstellung kann bestätigt werden. Die Amnesie verhindert, dass sie sich damit auseinandersetzen kann. Es kann sein, dass sie sich nur teilweise oder gar nicht daran erinnert.

Aufnahme in die Psychiatrie erbeten.

Rosalie las interessiert die Aufzeichnungen. Sie inhalierte das Geschriebene gierig und Entsetzen machte sich breit.

Die Wut brodelte und der Vulkan war bereit, zu explodieren.

Frau Doktor Schwarz machte gemeinsame Sache mit dem Pastor. Rosalie hatte längst herausgefunden, dass sie Beckers Halbschwester ist.

Rosalie hatte ihr vertraut und so viel Hoffnung in Isabella Schwarz gesetzt, aber auch sie konnte ihr nicht helfen.

Nun wollte sie Rosalie wieder loswerden und schrieb ihr eine falsche Diagnose. Sie machten ihre Sache gut, aber Rosalie hatte es noch rechtzeitig durchschaut.

Sie haben mich alle verraten, dachte Rosalie entsetzt, als sie plötzlich bemerkte, dass ihre Schuhe wieder einmal in einer riesigen Blutlache standen. Rosalie sprang abrupt vom Sessel auf. Ihr Blick folgte der Pfütze, die sich rund um den ganzen Bereich des Sessels ausbreitete. Dann sah sie den Kopf von Isabella Schwarz hinter dem Stuhl hervorschauen. Ihre

Augen starrten sie an wie matte Diamanten, die all ihren Glanz verloren hatten. Ihre Mimik wirkte erschrocken. Indessen tauchten ihre dunklen Haare immer mehr in das Blut. Ihre gesamte Eleganz verblasste, während ihr Licht erlosch. Ein Skalpell steckte in ihrem Herzen.

Er vernichtete alles, was sie unterstützte. Rosalie verspürte keine Panik. Es war mehr Genugtuung, die sich in ihr breitmachte. Trotzdem wurde der Druck im Brustkorb nicht leichter.

Isabella Schwarz hatte tatsächlich gedacht, sie könnte sie täuschen. Sie hatte Rosalie hintergangen. Gemeinsame Sache mit dem Pastor gemacht.

Seine rachsüchtigen Tendenzen die zu einer ernsthaften Bedrohung für Rosalie, wurden, mussten ein Ende finden.

Isabella Schwarz war seine Schwester. Sie musste ihn bestrafen, so wie er sie bestraft hatte.

Wie du mir, so ich dir, dachte Rosalie.

Wie damals, als sie ihrem Vater das Polster in das Gesicht gedrückt hatte. Die Erinnerung war plötzlich da und schmiegte sich wie eine Katze um ihre Beine. Ein seltsam sattes Gefühl, das sich in ihr breitmachte.

Das Gesicht der Spinne veränderte sich. Sie sah ihr aus dem Spiegel entgegen.

Es war, als hätte jemand den Vorhang zurückgezogen und den Blick freigegeben.

Eine neue Wahrheit, die alle Widerstände durchbrach und die Realität mit einem Knall vor sie stellte.

Kapitel 15

Verloren und nicht wiedergefunden

Psychiatrie AKH Wien

Gespräch: Psychiater/Rosalie

Es war ein heller Raum mit einem Fenster. Rosalie saß dem Arzt gegenüber auf einem Sessel.

Es gab keine Gegenstände, die verletzten könnten. Der Raum wirkte kühl.

P: „Rosalie, können sie sich daran erinnern, dass Sie jemanden getötet haben?"

R: Rosalie hob ihren Kopf und blickte den Psychiater irritiert an. „Ich erinnere mich an nichts. Es ist wie ein verschwommenes Bild, das ich nicht entziffern kann." Sie tappte im Dunkeln.

P: „Die Dunkelheit ist der Schlüssel zur Wahrheit.

Wie sehen sie das, Rosalie?"

R: *Die Frage erinnerte sie an Isabella Schwarz' Worte, die auf sie hereinprasselten.*

„Sie war ein Monster", flüsterte Rosalie.

„Vielleicht ist es auch in mir", meinte sie. Ihr Blick war leer. *Es war, als würde sie neben sich stehen. Ihr Kopf fühlte sich an wie Watte.*

P: „Das Monster in uns ist oft nur ein Spiegelbild unserer tiefsten Ängste. Die Wahrheit zu akzeptieren, bedeutete die Kontrolle über dieses Monster zu erlangen."

R: „Was, wenn manche Wahrheiten zu dunkel sind, um sie je ans Licht zu bringen?", antwortete sie, während sie den Kopf neigte und wieder aus dem Fenster blickte.

P: „Was, wenn nicht?"

R: Rosalie entglitt ein kühles Lächeln. „Ich möchte die Sitzung beenden."

Sie schlenderte zurück in ihr Zimmer im allgemeinen Krankenhaus Wien. Es war ein Einzelzimmer mit dem Blick über Wien. Ihre Umgebung nahm sie nicht wahr. Es war eine angenehme Taubheit, die sie umgab. Eine Gleichgültigkeit, die selbst die leisesten Schreie des Verstandes verschluckte und die Sinne in eine stille, undurchdringliche Dunkelheit hüllte. Sie fühlte keinen Schmerz. Das nervige Gedankenkarussell war gestoppt.

Rosalie hatte das Gefühl, in einen leeren Raum zu rufen. Sie sprach scheinbar mit den Wänden. Ihr Echo kehrte alleine zurück und traf sie mit voller Härte. Sie bekam keine Antwort. Ihre innere Stimme konnte nicht wiedererweckt werden. Zu groß war das Trauma, zu lange unbearbeitet liegengeblieben.

Sie hatte so viele Fragen an das Leben, aber es gab keine Antwort. Ihre Illusionen begannen zu bröckeln. Ihre Ängste legten ihre Aufgabe nicht ab. Sie hatte versucht, die beste Version ihrer selbst zu sein.

Der Schmerz dehnte sich weiter aus und drückte auf ihr Herz. Eine Ohnmacht, die sie wie eine Walze plattdrückte. Sie hatte begonnen, in den Abgründen ihrer Seele zu versinken.

Die Kälte ihres Herzens ließ sie zittern, die Traurigkeit beinahe erfrieren. Sie lag zwischen all den Scherben der Vergangenheit. Alles stand still, während ihre Gedanken noch einmal all die Jahre zurückwanderten. Es war, als würde sich Rosalie gänzlich auflösen.

Es gab kein Herz für eine Mörderin, die durch ausgelöste Mikroepisoden, die Wahnvorstellungen hervorriefen, Menschen getötet hatte. Rosalie wusste im Nachhinein nichts über diese Taten. Sie wurden ihr erzählt. Es kam ihr vor, als würden sie über eine Fremde erzählen. Rosalie Hartmann, Ärztin aus Leidenschaft würde doch nie Menschen töten.

Sie war doch so voller Hoffnung, dass alles gut werden würde.

Irgendwo war die Kraft in ihr, ungezähmt und ungebunden, aber sie war nicht durchgedrungen. Sie wollte sie gemeinsam mit Isabella Schwarz entfesseln. Sich von den Zwängen und von ihren Sorgen befreien.

Diese Freiheit, diese süße Melodie der Freiheit, die sie erhofft hatte, zu hören. Die Menschen wiesen ihr die Richtung wie Straßenschilder. Aber sie wollte nicht lernen. Ihnen wertfrei zuzuhören war gescheitert, ihre Dämonen hatten dies unterbunden und sie als Gefahr identifiziert und beseitigt.

Die Ereignisse der Vergangenheit hatte ihre Wurzeln geschlagen.

Rosalie wusste nicht mehr, war sie real oder Schein?

War sie gerade der Dämon oder Rosalie? Sie konnte sich selbst nicht mehr trauen. *Was war nur mit ihr passiert?*

Die Worte ihrer Mutter erreichten immer wieder ihre Gehörgänge. Es war das Flattern eines Flügelschlags, der sie nicht losließ und sich in ihre Gedanken presste, als ihr Leben an ihr vorbeizog wie eine Wolke am Himmel. Ein Leben, das sie sich inszenierte und ihre Einsamkeit verdrängt hatte.

Ihre Schuldgefühle, ihren Vater betreffend, dem sie während eines Anfalls noch ein Kissen auf das Gesicht gedrückt hatte, hatte sie verloren. Es wusste niemand. Es war tief vergraben in diesem Buch, das sie ganz nach hinten geschoben hatte. Der Staub lag darauf wie eh und je. Die Schuld in ihrem Herzen, die es versteinerte und eine Scheinwelt erschuf, die sie zu ihrer persönlichen Realität machte. Im Moment konnte sie es nicht spüren.

Unausgesprochene Worte hingen in der Luft, während die Gegenwart verstummte. Das Jetzt verlor an Bedeutung.

Sie schlug noch einmal ein Buch auf, das sie liebte.

Karim, der ihren Weg durch ein Praktikum kreuzte, hatte es ihr geschenkt. Er war für sie da. Er liebte sie, aber das Erscheinen des Pastors hat ihre Balance ausgehebelt. Ihre Adoptivfamilie hatte ihn nach der Trennung gebeten, auf sie aufzupassen. So blieb er zwei- bis dreimal die Woche auch über Nacht. Er liebte sie noch immer, aber er wusste, dass es keine Zukunft geben könnte. Ihm vertraute sie. Ihr Leuchtturm, der ihr Wegweiser in der Dunkelheit. Nun war er tot. Das Licht des Leuchtturmwärters war ausgelöscht.

Die Traumen aus ihrer Kindheit hatten eine Identitätsstörung ausgelöst. Die sexuellen Übergriffe des Vaters waren nicht ohne Folgen geblieben. Lange war sie stabil ohne Medikamente. Sie hatte ihre eigene Welt aufgebaut, aber irgendwann begannen die Illusionen zu bröckeln.

Es war eine Geschichte über den Leuchtturm, der hoch über den Klippen erstrahlte. Ein strahlender Wächter inmitten der Dunkelheit. Er lebte ein Leben voller Einsamkeit und Beständigkeit. Er trotzte den stürmischen Winden und den wilden Wellen, während sein Licht die Nebelschwaden und die Nacht durchdrang. Er lenkte die Schiffe auf ihren Kurs, führte sie durch gefährliche Gewässer.

Tag für Tag stand er dort, unveränderlich und stark. Er leuchtet in die Ferne. Ein Signal des Vertrauens und der Geborgenheit. Doch unter seiner Fassade trug der Leuchtturm auch seine Geheimnisse.

Diese Geschichte gab ihr Hoffnung und währenddessen konnte sie die Vergangenheit zur Seite legen. Wie gerne hätte sie zu sich selbst gefunden.

Es gab immer irgendwo eine Abzweigung, eine undichte Stelle, eine offene Tür, auch in einem Krankenhaus. Sicherheit gab es nicht.

Rosalie war kooperativ. Eine Patientin, wie sie im Buche stand. So bekam sie schrittweise Freiheiten.

Sie war im 16. Stock, blickte noch einmal über Wien. Wie sie diesen Blick liebte. Screenshot.

Rosalie las in ihrem Zimmer noch einmal die Zeilen ihrer Mutter. Sie nahm den Brief in die Hand und umschloss ihn fest.

Sie atmete tief ein und aus.

Dann lächelte sie und sprang.

Die Augen waren klar und nach Hoffnung ringend, bis sie zu leblosen Augäpfeln wurden und nur mehr ins Leere starrten.

Die blassen, zitternden Lippen, die anfänglich noch verzweifelt nach einer Stimme suchten, hatten ihre Funktion eingestellt. Dieser Funke Hoffnung, der noch kurz aus den Augen blitzte, war verschwunden.

In der unheilvollen Stille durchbohrte der starre Blick die Umgebung, während die schattenhafte Vergangenheit langsam an die Oberfläche trat. Sie floss langsam mit dem rubinfarbenen Blut aus dem aufgeplatzten Kopf, der auf dem kalten Boden lag.

Wie ein roter Teppich, der die Aufmerksamkeit noch einmal ganz auf sich zog.

Ein zerknüllter Zettel neben der Leiche, mit den Worten: „Und wenn du nicht bei mir bist, ist immer ein Stück von mir in dir", tränkte sich mehr und mehr mit Blut, bis die Zeilen verschwammen und mit ihr all die Leere.

Allgemeines Krankenhaus Wien:

Herzalarm: Sprung vom Dach. Verdacht auf Suizid!

Ein Platz, an dem immer wieder Leute vorbeigingen.

Rosalie lag regungslos auf dem kalten Boden.

Ihr Atem war flach. Ein Arzt, der gerade vorbeikam, eilte sofort zu Hilfe.
Ihre Pupillen waren unterschiedlich groß. Sie reagierten nicht mehr.
Teile des Gehirns waren ausgetreten.
Es gab keine Überlebenschance.

Dennoch informierte er den Herzalarm über das Handy.
Das Team der Notfallambulanz war sofort zur Stelle. Sie brachten Rosalie auf einer Tragbare zur Akutversorgung.

Man informierte die Familie. Der Arzt sprach die traurige Wahrheit aus. Die Familie nahm Abschied von Rosalie. Ihre Schwester schickte eine Kusshand und strich ihr noch einmal liebevoll über die Stirn. Eine Geste der schwesterlichen Verbundenheit.

Die Mutter stand am Ende des Bettes. Ihr stummer Schmerz spiegelte sich in ihrem Blick wider, während sie mit stiller Verzweiflung kämpfte. Ihr Vater küsste noch einmal ihre kalte Hand, während Tränen auf die Hände tropften. Ein „Auf Wiedersehen“ ging durch den Raum, bevor sich Rosalies Türe für immer schloss.

Theodor Becker war nicht in der Lage, die letzten Worte zu sprechen, da er auf der Intensivstation lag. Ein Kollege von ihm sprach sie.

Ein letzter Herzschlag, dann Stille, während ein paar Sonnenstrahlen durch das Fenster drangen und ein Schmetterling seine Flügel ausbreitete.

Die Vergangenheit ist vorbei, ein Schatten längst verglüht.

Erinnerungen wie bunte Blätter, vom Wind verweht. Verflogen.

Sie tanzt wie ein Schmetterling an uns vorbei.

Und doch bleibt sie in uns verwurzelt, bis ans Lebensende.

Die Vergangenheit ist unser Lehrer, sie spricht in leisen Tönen.

Vergänglichkeit, die uns mahnt, die Zeit bewusster zu erleben.

Das Leben tanzt im Zeitenstrom, es wechselt unablässig sein Gesicht.

Und dennoch sind wir, was wir waren, die Essenz, die uns einst berührte.

Zum Buch – **Danksagung**

Mit – Rhythmus des Todes – hat mein Debütthriller das Licht der Welt erblickt.

Eine Idee, die während meiner Arbeit auf der Intensivstation entstanden ist und bereits länger in mir herangereift war. Sie durfte nun endlich ihren Ausdruck finden.

Wie gerne würde ich neben dir sitzen und Dein Gesicht sehen. Deine Mimik beobachten, während du die einzelnen Kapitel liest und dich durch die Blätter wühlst, um immer tiefer in die Geschichte einzutauchen.

Ich arbeite seit über dreißig Jahren als Intensivpflegerin und habe viel gesehen und erlebt. Ein Job, der sowohl bewegende als auch herausfordernde Momente bereithält und die eigenen Grenzen aufzeigt.

Eine Tätigkeit, die uns zeigt, wie wertvoll das Leben ist.

Ich danke Lektorat Fidelitas für die wunderbare Begleitung. Ihr habt nicht aufgehört, mich aus der Ferne mental zu unterstützen und an mich zu glauben. Ihr habt meinen Mut beflügelt, weiterzumachen und nicht aufzugeben. Danke von Herzen.

Danke Florin für das unglaublich tolle Cover.

Unsere Zusammenarbeit dauert jetzt schon länger und ist immer wieder eine Freude.

Ich danke Herr Prof. Dr. Robert Zilberszac, Akh Wien, für die medizinische und mentale Unterstützung, den Überblick über die Darstellung der Notfallsituationen und Erkrankungen zu behalten.

Danke auch einem Psychiater, der mir in einem Gespräch so interessante und spannende Details der Psychiatrie näherbrachte.

Danke an Stefanie Penz von texthungrig. Du hast mir wertvolles Werkzeug rund um das Buchmarketing mitgegeben, das ich weiter vertiefen und verinnerlichen werde. Das gesamte Team hat mich im Prozess wirklich großartig unterstützt.

Danke an meine Freunde, all die besonderen Menschen, die mich mental und emotional unterstützt haben, es noch immer tun und nie aufgehört haben, an mich zu glauben.

Ein großes Danke an meine Leserunde, die sich tapfer durch all die Genres gelesen hat und endlich mit ihrem Lieblingsgenre belohnt wird.

Danke für eure Geduld!

Meine Fantasie hat bereits eine neue Idee für den nächsten Thriller erschaffen.

Eine Idee, die im intensivmedizinischen Alltag entstanden ist und darauf wartet, von mir niedergeschrieben zu werden.

Für DICH.

Ich danke dir, dass du mein Buch gelesen hast. Danke von Herzen für deine Zeit.

Deine Greta Valentin

Folge mir gerne auf Instagram: greta_valentin

Homepage: www.gretavalentin.at

Freue mich natürlich über Dein Feedback. Wenn es Dir gefallen hat, dann bitte ich Dich um eine positive Rezension. Dankeschön!